틈새

틈새

초판 1쇄 발행/2006년 5월 30일
초판 11쇄 발행/2014년 12월 6일

지은이/이혜경
펴낸이/강일우
책임편집/황혜숙
펴낸곳/(주)창비
등록/1986년 8월 5일 제85호
주소/413-120 경기도 파주시 회동길 184
전화/031-955-3333
팩시밀리/영업 031-955-3399 · 편집 031-955-3400
홈페이지/www.changbi.com
전자우편/lit@changbi.com

ⓒ 이혜경 2006
ISBN 978-89-364-3692-6 03810

틈새

이혜경 소설집

창비

차례

물 한모금

여인의 목소리는 차갑게 들렸다. 아밀? 저 데위예요. 데위? 웃을 때면 낯빛부터 붉어지던 데위…… 그의 고향 이웃집 데위는 사춘기가 되기도 전에 가정부로 취직해 도시로 나갔다. 데위가 사다준 석유 풍로를 자랑하던 데위 엄마…… 그런데 데위가 왜? 잠결에 더듬더듬 휴대폰을 집어들었던 그는 어리둥절했다. 데위가 왜? 작은 창으로 들어온 희붐한 날빛으로 사물의 윤곽을 알아볼 수 있었다. 머릿속에 낀 안개가 확 걷혔다. 그 데위가 아니다……

누구라구요?

데위, 샤프의 친구예요. 전에 디마나 까페에서 아밀을 만난 적이 있어요.

디마나 까페는 그들 나라의 음식을 먹을 수 있는 식당이었다. 한때 샤프가 일을 거들며 숙식을 해결하던 곳이기도 했다. 데위, 워낙 흔한 이름이라서 잠깐 착각했을 뿐, 샤프와 연관이 있는 데위라면 한사람 뿐이었다. 갸름한 얼굴로 흘러내린 긴 머리, 속내를 알 수 없는 무표정한 얼굴, 검은 눈에서 뿜어나오던 새파란 광채. 딱 한번 스친 얼굴인데도 선연했다.

아, 잘 지내요? 웬일이에요?

샤프가 잡혀갔어요, 어젯밤.

데위는 속삭이듯 말했다. 아무 감정도 느껴지지 않는 무미한 목소리였다. 어떻게…… 그는 뒷말을 삼켰다. 막 끌려나온 꿈의 자락이 그를 다시 잡아챘다. 또께, 또께, 또께…… 꿈속에서 들었던 도마뱀 또께의 울음소리. 그 울음소리가 휴대폰 벨소리로 이어지는 바람에 꿈에서 깨어났다는 걸 기억하자, 비로소 신새벽에 데위가 전해온 말을 그대로 받아들일 수 있을 것 같은 기분이 되었다.

그는 고향집 방에 동생 라흐맛과 함께 누워 있었다. 그들은 이불 대신 끌어안고 잠드는 동그랗고 긴 베개, 굴링 가운데 더 좋은 걸 차지하려고 밤마다 싸우던 초등학교 시절로 돌아가 있었다. 할머니에게 그들을 맡기고 도시에서 가정부로 일하던 어머니가 집주인으로부터 얻어온 그 굴링은 그때까지 써오던 것보다 한결 폭신했다. 하룻밤씩 번갈아 쓰자는 약속을 라흐맛은 번번이 어겼다. 그걸 차지하기 위해서 일부러 일찍 잠자리에 들기도 했던 라흐맛과 그는 꿈속에서 그 굴링을 사이좋게 베고 나란히 누워 있었다. 밖에서 또께가 또께, 또께, 울었다. 또께가 일곱 번 울면 그 집에서 사는 사람에게 행운이, 그보다 적게 울면 오히려 불운이 온다고 했다. 또께, 또께…… 일곱 번이야. 라흐맛이 말했다. 아니, 여섯 번. 그가 말대꾸했다. 일곱 번이래도. 라흐맛이 우겼다. 억지 쓰지 마, 여섯 번이야. 그가 반박했다.

또께, 또께…… 그가 꿈속의 또께 울음소리를 다시 듣는 동안, 데위는 수화기 너머에서 침묵을 지켰다. 똑, 똑, 공중전화인지, 신호음 떨어지는 소리가 들렸다. 아침저녁으로는 여전히 결이 서늘한 바람에 오스스 소름이 돋고 찬물로 씻기엔 조금 이른 철이었다. 공중전화부스 안에 있는 데위의 모습이 스쳤다. 데위가 양말도 신지 않은 맨발 차림이라는 데, 그는 내기라도 걸 수 있을 것 같았다.

곧 추방당할 거예요. 샤프가 아밀 형 이야기를 참 많이 했어요. 아무래도 알려드려야 할 것 같아서요. 그럼…… 안녕.

여보세요, 그럼 지금 어디…… 그가 황급히 입을 뗐지만 이미 전화는 끊긴 뒤였다. 속삭이는 듯한 말투는 끝까지 침착했지만, 서둘러 끊긴 통화가 데위의 황황한 마음을 드러내고 있었다. 대학 앞에서 복사 가게를 할 거예요. 캐논 복사기를 들여놓을 수 있을 만큼 벌겠어요. 캐논은 기계가 다른 것보다 비싸지만, 그걸로 복사하면 돈을 더 받을 수 있거든요,라던 샤프는 그가 떠나온 곳으로 짐짝처럼 되돌려보내질 것이다. 그는 담뱃갑을 끌어당겼다.

비행기가 구름 아래로 하강했을 때, 그의 눈에 들어온 세상은 희뿌옜다. 눈이었다. 그가 태어나서 처음 보는 하얗고 조그만 점들이 연회색 세상으로 파슬파슬 떨어져내렸다. 축제 때 뿌리는 종이가루가 생각났다. 눈발 사이로 어슴푸레 보이는 저 아래 세상 어딘가에서 축제가 벌어지고 있는 것처럼, 구름은 제 몸을 잘게 긁어내어 지상에 뿌리고 있었다. 비행기에서 내리자 차가운 공기가 살갗을 때렸다. 회사에서 나눠준 주황색 점퍼로 막기에는 어림없는 한기였다. 거대한 냉장고 안에 들어선 기분이었다.

도착한 지 사흘 만에 근무지로 배치받던 날, 동료들은 봉고차 안에서 약속한 듯이 침묵을 지켰다. 손이 잘리고 다리가 잘리고 더러 빈털터리 주검이 되어 돌아온 이들의 이야기를 들었다. 집을 사고 가게를 내고 팔자를 바꾼 사람들의 성공담도 알고 있었다. 저마다 자기의 운명이 있었다. 그는 차창에 이마를 댔다. 그 서늘한 감촉에 그때까지 멍멍하던 정신이 갰다. 손바닥으로 닦아내도 차창은 금세 부예졌다. 그는 스쳐지나는 도로표지판의 영문글자들을 속으로 발음해보았다. 이치온, 구앙주. 입안엣말이었는데도 그의 혀와 입술은 낯이 설어 뻣뻣하게 움직였다. 그런 작은 도시 외곽, 마당에 목재가 가득 쌓인 공장, 페트병을 담는 플라스틱 판이 차곡차곡 쌓인 공장에서 차가 잠깐잠깐 섰다. 또니, 마스또요! 이름이 불린 사람은 차에서 내려 가방을 끌면서 건물 안으로 들어갔다. 그는 맨 마지막까지 남았다.

조그만 시가지를 두어 개 지난 뒤에 차는 큰길을 버리고 샛길로 접어들었다. 길 가장자리에 인가가 드문드문했다. 저만큼 야트막한 산이 보이는 벌판의 하얀 눈 위로 뾰족뾰족 돋은 게 그루터기라는 걸 깨닫자, 멀미기인지 뭔지 내내 울렁거리던 속이 가만가만 가라앉았다. 그래, 여기도 사람 사는 동네야. 벼를 심어 거두고 쌀로 밥을 지어먹는 사람들, 그런 사람들이 사는 동네야. 이년은 금방 지나갈 거야. 그의 생각을 알아차린 것처럼, 조수석에 앉은 인솔자가 뒤를 돌아보며 말했다. 아밀이 오늘 가장 좋은 데로 가는 거야. 여기 힘들다고 떠나면 한국 어디에서도 이만한 일자리 못 찾아. 근무지 이탈하면 어떻게 되는지 알고 있지? 그의 나라에서 산 적이 있는 한국인 인솔자는 그들의 말을 능숙하게 했다. 이년만 참으면 돌아가서 집 한채는 살 수 있을걸? 웃으며 말하는 입 안쪽의 금니가 차갑게 빛났다.

미소를 뺏기진 마. 하얀 셔츠에 나비넥타이를 맨 제복 차림의 친구 가슴에 붙어 있던 패찰을 잊지 마.

그가 이곳으로 떠나올 수 있도록 다리를 놓아준 친구는 그의 나라에 있는 한국음식점에서 종업원으로 일하고 있었다. 그가 일터로 찾아갔을 때, 친구는 하얀 셔츠에 나비넥타이 차림이었다. 친구가 가슴에 단 비닐 패찰에는 천 루피아짜리 지폐가 들어 있고, 그 위에 뭐라고 씌어 있었다. 한국 글자라는 것만 짐작할 수 있을 뿐이었다. 그게 무슨 돈이야? 친구는 대답을 얼버무렸다. 떠나오기 전, 친구의 하숙집에서 잠들던 밤에 친구가 말했다. 네가 물었던 거, 그 위에 씌어진 한국 글씨가 뭔지 아니? 만일 우리 종업원이 웃지 않으면 이 돈을 가져가셔도 좋습니다,라고 쓴 거래. 웃기는 일이지…… 천 루피아는 시골에선 밥에 야채볶음을 얹어주는 한끼 밥을 사먹을 수 있는 돈이었다. 진짜로 그 돈을 가져간 사람이 있는지 그럴 경우 식당 주인이 뭐라고 하는지 궁금증이 솟았지만, 그는 차마 묻지 못했다. 그의 딱딱한 침묵을 알아챈 친구가 문득 목소리를 높였다. 괜찮아. 우린 또 우리대로 그만큼 값을 치르게 하니까. 손님들이 한눈파는 사이에 구운 고기를 집어먹기도 하고…… 한국에 가면 불고기 먹어봐. 맛있어. 돈 많이 벌어와야 해. 친구는 그에게 등을 보이고 돌아누우며 웅얼거렸다. 아무리 그래도, 네 웃음을 뺏앗기진 마. 흐려지는 친구의 말끝을, 또 께 울음소리가 잘랐다. 여섯 번, 일곱 번. 또께 울음소리가 잦아들자 밤의 무게가 느껴졌다. 행운이 올 것이라고, 그는 믿기로 했다.

그는 운이 좋았다. 운이 좋다,고 생각하는 쪽으로 마음을 굳힌 걸 보면. 잠자리에 누우면 내일아침에 다시 일어날 수 있을까 싶은 나날이 이어졌지만, 월급과 수당이 약속한 대로 꼬박꼬박 나온 것만 봐도 그랬다. 일은 일대로 하고 돈을 떼이는 경우도 많다는 걸 그는 알고 있었다. 처음, 다시 못 움직일 것처럼 통증을 일으켰던 그의 어깨뼈와 척추뼈, 근육은 다음날 아침 그가 날라야 할 콘크리트 더미들 앞에 서면 견딜 수밖에 없다는 걸 순순히 받아들이고 다시 움직였다. 사무실로 올라가서 송금을 부탁하면서 그의 나라 돈으로 환산할 때면, 열두 시간의 고된 노동이나 이태 동안 담보 잡힌 목숨의 무게가 한결 가볍게 느껴지기도 했다. 그가 오던 날 내린 눈은 그해의 마지막 눈이었다. 세상이 온통 권태로운 미색으로 뿌옇더니 공기 속에 섞인 흙냄새가 턱턱 가슴을 막고, 뾰족뾰족 새싹이 돋는가 싶더니 꽃이 와와 피어나고, 어느결에 그의 나라를 생각나게 할 만큼 나뭇잎 빛깔이 짙어졌다. 사철 푸른빛인 열대에서 태어나 자란 그는 계절이 몇번 바뀔 즈음엔 이 나라에 오기 전부터 두려움으로 들어왔던 '빨리빨리'를 이해할 수 있을 것만 같았다. 꽃이 지기 전에 빨리, 나뭇잎 빛깔이 변하기 전에 빨리, 눈이 쌓이기 전에 빨리. 적막하게 내리는 눈발에 제법 익숙해질 무렵 그의 나라에서 온 샤프를 소개하면서 사무실에서 그에게 당부한 말도 역시 빨리,였다. 빨리 익숙해지도록 아밀이 도와야 해.

이건 경계석이라고 해. 왜 도로에 보면 차가 다니는 곳하고 사람이 다니는 곳이 다르잖아. 그 사이에 놓는 거야.

기옹기에속? 샤프는 잘 구르지 않는 혀를 굴려가며 그 딱딱한 단어를 몇번 따라 했다. 점심을 몇술 안 떠서 그런지, 샤프의 목소리는 그들 나라에서 먹던 푸슬푸슬 흩어지는 밥처럼 힘이 없었다. 차진 밥이 무거워선지 샤프의 숟갈질이 더뎠다. 김치와 달걀조림, 야채와 돼지고기를 넣은 찌개. 샤프는 뭇국을 몇술 뜨더니 달걀조림만으로 밥을 먹었다. 그가 제몫의 달걀조림을 건네주자 내내 언 표정이던 샤프는 고마워요, 하며 웃었다. 좀 맨망해 보인다 싶던 얼굴이 미소를 띠자 천진해졌다. 기옹기에속? 다시 한번 발음하는 샤프에게 모국어로 이 말을 전해주기 위해, 이 순간을 위해 몇계절을 건넌 듯한 기분이 들었다.

그를 태운 차가 벌판에 있는 공장으로 들어서던 때, 공장 안에 산더미처럼 쌓인 원통 모양의 콘크리트 관이 물을 나르는 관 따위로 쓰이리라는 건 그도 쉽게 짐작할 수 있었다. 그의 고향은 바닷가인데도 물이 귀한 곳이었다. 물이 귀하고 땅이 척박한 곳에서 태어난 아이들은 어릴 적부터 인근 도시의 가정부로 갔다. 그 도시의 가정부는 다 그의 고향 태생이라는 이야기가 나돌 정도였다. 땅속에 저런 관이 이어지고 그 속으로 물이 콸콸 흘러넘쳤더라면, 어린 그의 가슴을 설레게 했던 앳된 여자애는 고향에서 처녀가 되고 그도 농부가 되어 있을지도 몰랐다.

그는 그가 본 흄관을 만드는 대신 공장 안의 다른 작업장에 배치되었다. 그에게 주어진 일은 형틀에서 떼어낸 콘크리트 막대기를 옮기는 것이었다. 형틀에 콘크리트 반죽을 주입해 김이 모락모락 나는 지하 양생조에서 익히고, 알맞게 굳은 다음 형틀을 꺼내 볼트를 풀고 망치로 두드려 틀의 모양대로 굳은 콘크리트를 떼어내고, 틀에 붙은 콘크리트 부스러기를 긁어내고 다시 기름을 치는 일. 콘크리트 덩어리는 보기보다 무거워서, 추위로 뻣뻣해졌던 몸이 화끈거리면서 등판이며 겨드랑이에서 땀이 비질비질 배어나왔다. 겨우 다 옮겼는가 싶으면 천장에 매달린 호이스트가 움직여 새 일감을 부려놓았다. 일할 때면 귀마개를 꼭꼭 챙겼지만, 파고든 소음 때문에 머릿속은 콘크리트 반죽을 들이부은 것처럼 멍멍했다. 그가, 아침 일곱시 반부터 저녁 일곱시 반까지, 더러 주문이 밀릴 때면 밤 아홉시까지 만들고 옮기는 물건이 무엇인지 깨달은 건 읍내에 나갔다 돌아오는 길이었다. 버스 안에서 무심코 창밖을 보니, 차도와 보도 사이를 가르는 경계, 보도블록 가장자리에 바로 그가 날마다 만들어내는 것들이 죽 늘어서 있었다. 비로소 그는 자기가 만드는 게 어디에 쓰이는 물건인지 알았다.

옷가지를 꺼내어 철제 라커에 넣던 샤프의 가방에서 타르르, 소리를 내며 무언가 쏟아졌다. 방바닥에 흩어진 그것은 그의 모국 가요가 담긴 콤팩트디스크였다. 비교적 값이 싼 복제품일 것이다. 여긴 씨디플레이어는 없지요? 샤프가 새삼스럽게 방안을 둘러보았다. 텔레비전, 데크 덮개가 없어진 카세트플레이어, 낡은 카세트테이프들. 군데군데 찢어져 그 안에 바른 스티로폼이 허옇게 드러난 벽지에는 그동안 이 방을 거친 여러 나라 사람들이 남긴 낙서가 어지러웠다. 어떤 글자는 개구리의 얼굴을 닮았고 어떤 글자는 꽃잎 안에 든 꽃술들을 떠올리게 했다. 텅 빈 공장의 숙소에 혼자 남은 명절, 그는 그 테이프들을 한번씩 들어보았다. 얼마나 자주 들었는지 질질 늘어지는 카세트테이프 안에서 가수들은 저마다 절절하게, 그가 알아듣지 못하는 언어로 무언가를 호소하고 있었다. 샤프는 콤팩트디스크를 챙겨서 라커 위쪽 선반에 차곡차곡 쌓아두었다. 월급 타면 먼저 씨디플레이어를 살 거예요. 짐을 다 챙겨넣고 방바닥에 앉던 샤프는 얼굴을 찡그렸다. 오자마자 컨베이어에 부딪혀 멍든 무릎을 쓸며 샤프는 말했다. 괜찮아요. 난 원래 운이 나쁜 애거든요. 액땜한 셈 치지요. 저걸 보니 고향에 온 것 같네요. 샤프가 가리킨 건 방구석에 놓인 환타병이었다. 그의 고향에서 보던 것과 병 모양새가 똑같은.

이 나라에 올 수 있었던 게 생애 유일한 행운이었다는 샤프가 난 운이 나쁜 애예요,라고 말할 때마다 그에겐 '지금까지 충분히 나빴으니 이보다 더 나빠질 순 없어'라는 다짐으로 들렸다. 샤프는 운이 나빴다. 샤프의 몸은 콘크리트의 무게에 적응하지 못했다. 샤프가 가장 부러워하는 사람은 원통 모양의 흄관에 땜질하는 아줌마였다. 흄관은 그들이 일하는 공장 안쪽, 훨씬 너른 곳에서 만들어져 공장 안마당에 차곡차곡 쌓였다. 물기를 머금은 흄관은 약해서, 자칫 가장자리가 부스러지거나 깨어진 곳들이 생기기 십상이었다. 거기 쌓여서 건조되는 동안, 콘크리트 반죽을 담은 통과 흙손을 들고 부스러진 곳을 땜질하는 일. 그 일이라면 얼마든지 잘해낼 수 있다고 말할 땐 샤프가 천둥벌거숭이처럼 보이기도 했다. 한주일 내내 데친 채소처럼 지쳐 있던 샤프는 주말이 되면 반짝 생기가 돌았다. 수원이나 안산으로 나가 고향음식을 먹고, 노래방에서 모국어로 노래하기. 샤프는 한주일을 그렇게 마감했다. 처음 이 나라에 와서 물건을 살 때면 물건값에 아홉배 곱하던 그와는 달랐다. 그의 나라와 환율차가 그만큼이었다. 공산품은 좀 달랐지만, 대부분 돌아가면 이 나라에서보다 아홉 배, 어쩌면 그 이상의 가치를 지닐 돈이었다. 움직이지 않는 게 수라서, 쉬는 날에도 그는 공장을 지켰다. 진종일 자다깨다 하면서 텔레비전을 보는 그가 샤프에겐 답답해 보이는 모양이었다.

형, 형은 무슨 재미로 사는지 모르겠어요. 이번 쉬는 날엔 나랑 같이 디마나 까페에 가요. 가서 사람들도 만나고 노래방에도 가고 그래요. 내가 맛있는 거 사줄게요.

디마나? 난 그냥 여기 있을래.

돈도 돈이었지만, 어린시절부터 그는 사람들과 무리짓는 일에 서툴렀다. 그의 가장 친한 친구는, 그와 기질이 정반대였던 동생 라흐맛이었다.

아이 참, 내가 형한테 한번 사야 해요. 형이 첫날, 나한테 달걀 준 거 기억해요? 그 달걀이 아니었으면 첫날 오후에 쓰러졌을 거예요, 난.

샤프에게 이끌려 그도 덩달아 나들이가 잦아졌다. 샤프는 그와 많이 달랐다. 시외버스에 올라 운전석 뒷자리에 털썩 앉는 것부터 그랬다. 뒤따라 승강대를 오른 그는 주춤했다. 그는 앞쪽에 앉아본 적이 없었다. 앞자리에 앉으면 안된다고 말한 사람은 없었지만, 왠지 버스에 오르면 맨 뒤쪽으로 들어가 박히는 게 편했다. 여기 앉으려고? 그가 물었다. 샤프는 엄지손가락으로 옆자리를 가리키며 천연스럽게 말했다. 여기 앉아야 앞이 잘 보이거든요.

형, 우리 저거 볼래요? 길가에 내놓은 액세서리며 옷가지들에 연신 눈길을 주며 걷던 샤프가 팔꿈치로 그를 쿡 찌르며 벌쭉 웃었다. 더덕더덕 붙은 간판들 사이로, 너울지는 화염을 배경으로 몸을 한껏 뒤로 젖히고 입을 벌린 여자 그림이 붙어 있었다. 브래지어와 팬티 차림인 여자의 풀어헤친 머리카락은 불꽃 같았다. 그 곁엔 눈을 지그시 감고 목줄을 쓸어내리는 여자 그림이 나란히 붙어 있었다. 영화관인 모양이었다. 죽이네요, 오, 오, 오…… 허리에 양손을 짚고 엉덩이를 앞뒤로 흔들던 샤프는 디마나 까페에서 만났다는 여자, 데위 이야기를 했다. 도도해요. 회사에서 내준 집에서 친구와 함께 지낸다는데, 회사에서 반찬거리며 과일까지 대준다네요. 운이 좋은 여자지요. 지금은 날 눈에 들이지 않지만, 두고보세요. 귀국할 땐 같이 갈 거예요.

플라스틱 제품을 만드는 곳이라 무거운 짐을 들 필요가 없어요. 그럼 주말엔 노가다를 뛸 수도 있을 거예요. 빨리 많은 돈을 벌겠다며, 그새 빨라진 말소리로 장담하는 샤프의, 두 달 만에 육 킬로그램이나 빠진 몸을 그는 미심쩍은 눈으로 바라보았다. 그가 하는 일이 샤프에게 무리한 것임에는 틀림없지만, 그렇다고 해서 다른 일이 샤프가 기대한 만큼 수월하리라고 믿어지진 않았다. 천천히 흘러내리는 모래시계의 지루함을 견디지 못하는, 그런 사람들이 있다는 걸 그는 알고 있었다. 몸에 바람이 든 사람, 바람에 실려다니는 사람. 샤프와 동갑인 라흐맛에게서 맡아지던 기미.

  안녕하세요? 여자는 서툰 그들의 말로 인사하면서 상글상글 웃었다. 눈가에 주름이 자글거리도록 미소를 띠었지만, 여자의 얼굴에선 한기가 느껴졌다. 다리미로 누른 것처럼 납작하고 기다란 얼굴에 밋밋한 가슴과 엉덩이, 짧게 치켜깎은 머리가 사내 같았다. 사랑하지 않는 남편과 별거할 명분을 찾기 위해 이곳으로 와서 염색법을 배운다는 일본 여자. 라흐맛은 그 여자의 운전기사 노릇을 하고 있었다. 승용차가 아니라 오토바이 기사이긴 했지만. 전에라면 엄두도 못 냈을 쇼핑센터의 찻집이나 외국계 패스트푸드점을 드나드는 라흐맛이 그의 눈엔 아슬했다. 새의 높은 울음소리가 허공을 날카롭게 찌르는 새벽, 라흐맛이 오토바이에 올라 찬바람을 가슴에 맞으며 도시로 나갈 때면 그는 속으로 웅얼거렸다. 바람 들라……
  사철 더운 그의 고향에서 가장 흔한 병은 몸에 바람이 드는 것이었다. 오슬오슬한 한기에 그가 맥을 놓고 있으면 할머니는 그의 이마를 짚어보고 기름병과 동전을 꺼냈다. 바람이 들었구나…… 그의 윗몸에 골고루 기름을 바른 다음 백 루피아짜리 동전으로 몸을 차근차근

18

긁었다. 갈비뼈의 뼈마디 사이와 척추를 따라 긁고 돌아눕게 해서 오목가슴까지. 일정한 세기로 긁어도 유난히 발갛게 달아오르는 곳이 있었다. 차가운 바람이 그리로 들어가서 아픈 거라고 했다. 몸을 다 긁고 나면, 등판이 달군 철판 위에 누운 것처럼 후끈해지면서 잠이 몰려왔다. 한숨 자고 일어나면 몸안을 감돌던 차가운 기운이 다 빠져나간 듯 한결 가뿐했다.

외박이 잦아진 라흐맛에게선 미열이 느껴졌다. 여자에게서 느껴지던 한기가 라흐맛의 몸속 깊이 배어든 게 틀림없었다. 백 루피아짜리 동전으로 몰아내기엔 어림도 없는 병이었다. 차라리 다른 일자리를 찾아보라는 그의 조심스러운 제안에 라흐맛은 간결하게 대답했다. 인생은 짧아. 난 내가 마시고 싶은 물을 마실 뿐야. 라흐맛의 짧은 대답은 어린날의 울음소리 같았다.

사원에서 저녁예배를 알리는 기도소리가 흘러나올 무렵이었다. 길게 끌려나온 기도소리는 번지는 해를 잡아끌어 놀을 흥건하게 하늘에 펼쳐놓았다. 마당을 쓸던 할머니가 빗자루를 쥔 채 평상에 앉아 그 놀을 바라보고 있었다. 놀에 붉게 비친 할머니와 할머니가 바라보는 벌판이 문득 서먹했다. 늘 보던 사물이 낯설게 느껴지는 순간. 친척집에 가서 잘 놀던 아이들이 문득 집에 가겠다고 떼를 쓰며 우는 시각이었다. 라흐맛의 손을 잡고 할머니를 부르러 나왔던 그는 그냥 할머니 곁에서 기다리고 있었다. 할머니가 느릿느릿, 꿈결처럼 말했다. 아밀, 인생은 소가 물 한모금 마시는 시간만큼밖에 안된단다. 딱 그만큼이란다…… 어린 그에겐 이해가 안되는 말이었지만, 그는 되새김질하는 소처럼 그 말을 묵새길 뿐 아무것도 묻지 않았다. 할머니의 얼굴은 붉어졌다가 점점 어둑해지고 있었다. 그때였다, 라흐맛이 울음을 터뜨린 건. 할머니는 빗자루를 내던지고 라흐맛을 안았다. 라흐맛, 왜 그러니? 뭐가 물었니? 할머니는 라흐맛의 팔뚝과 종아리를 손으로 쓸면서 물었다. 라흐맛은 제 손으로 제 눈을 가리고 마구 울었다. 흐느끼다가, 주먹쥔 손을 뻗쳐 허공을 가리켰다. 라흐맛이 가리킨 곳엔 벌판에 질펀한 놀뿐이었다. 그때 라흐맛은 무엇을 본 것일까. 그의 눈에 안 보이는 무엇이 라흐맛의 눈에 비쳤을까.

떠나는 샤프를 큰길가에 바래주고 어스름 속을 돌아올 때, 공장 어귀 동네의 개들이 거뭇한 자취로 걸어가는 그를 보고 마구 짖었다. 개들이 짖는 건 남을 위협하려는 게 아니라 두려움 때문일지도 모른다는 걸 그는 그때 깨달았다.

자동사진기로 찍은 사진은 흐릿했다. 견본으로 붙여놓은, 붉은 입술 안쪽의 영근 이를 드러내 보이며 웃는 여자의 선명한 사진과는 딴판이었다. 머리 한쪽이 부연 샤프는 짙은 안개 쪽으로 막 머리를 디미는 사람 같았다. 조명이 반사된 모양이었다. 아밀 형, 이 사진 잘 나오면 한장 줄게. 가지고 다니다 예쁜 여자애 있으면 보여줘야 돼. 흰소리를 하면서 건물 입구에 놓인 자동사진기의 커튼을 들추고 들어가더니, 막상 사진 속의 샤프는 한뎃잠을 자고 난 뒤의 뼈마디처럼 굳은 표정이었다. 자칫 잘못 건드리면 우두둑 소리를 내며 옴쭉도 못할 굳은 뼈마디.

어디서 순 고물 사진기 가져다놓았나봐. 아무래도 아가씨 사냥에 쓰기는 좀 그런걸.

허세와 호기로 둥둥 뜬 샤프의 목소리가 바람결에 불안하게 흩어졌다. 바람이 거센 날이었다. 불법체류 자진신고를 받는 출입국관리사무소 마당 안에 쳐놓은 차일은 바람결에 둔중하게 펄럭였다. 샤프는 사진을 팔랑이며 그리로 다가갔다. 차일 아래, 한줄로 늘어놓은 책상 앞에 이 나라 사람 서너 명이 앉아 서류작성을 도왔다. 여권과 빈칸을 채우지 못한 서류, 뒷날 환불하겠지만 당장은 귀국할 의지가 있음을 입증해주기 때문에 구입한 비행기표나 배표를 모아쥔 사람들은 숙제 검사받는 아이들처럼 서서 차례를 기다렸다. 월드컵이 끝나면 불법체류자들을 싹 쓴다는 소문이 황사처럼 번진 뒤끝이었다. 끌어안고 있던 서류들을 내맡기는 하얗고 노랗고 검은 얼굴에 배어나오는 불안과 의혹. 과연 이 서류가 관리들에게 통과될지, 그래서 불안하지 않은 마음으로 거리를 돌아다닐 수 있을지, 그 사이에 법이 바뀌는 거나 아닌지 하는 불안 위에, 이곳에 머무를 수 있게만 해준다면 금지된 일은 하나도 안할 사람들임을 알아달라는 겸손한 표정을 덧바르고.

난 작은 도마뱀보다도 무력하고 무해한 인간이랍니다. 그저 당신네 땅에서 잠시 숨쉬는 것뿐이에요. 깨끗한 종이 같은 표정으로 두근거리는 가슴을 감추던 정오의 하얀 볕. 공회당에 매달린, 빨간 고추 모양으로 만든 커다란 목각품이 그의 시선을 당겼지만, 그는 그쪽으로 돌아가려는 눈길을 가누고 있었다. 누군가가 그의 손에 슬쩍 무언가를 쥐여주고, 그걸 두드린다면…… 그러면 그는 성한 몸으로는, 어쩌면 살아서는 그 자리를 빠져나가지 못할 수도 있었다. 가슴 떨리는 두려움을 겸손한 표정으로 감추고 서 있던 '지상의 낙원' 섬의 그 골목이 떠올라, 그는 고개를 털었다. 최소한 오늘 이 자리에서만큼은 그는 떳떳해도 좋았다. 그는 합법적인 연수생이었고, 상대적으로 적은 임금과 고된 일을 감수하면서도 근무지에서 벗어나지 않았으므로. 아밀 형은, 뭐랄까, 사람이 너무 좋아서 탈이에요. 형처럼 일한다면 어디에 가든 더 많은 돈을 벌 수 있다는 거, 알고 있지요? 이 땅에 합법적으로 머물 수 있는 연수생 신분을 박차고 떠나가던 날, 그 말을 하며 그의 어깨를 툭툭 치던 샤프의 어깨가 자꾸만 처지는 게 그의 눈에 밟혔다. 문득, 샤프가 외로울까봐 나선 오늘의 동행이 실상 샤프를 더 외롭게 만들고 있는 건 아닌가 싶었다.

이날, 꼭, 떠날 거지요?

운동모자를 쓴 채 서류를 채워넣던 사내가, 그의 앞에 선 중년남자를 바라보며 말했다. 사내는 다른 사람보다 손이 빨랐다. 샤프는 빨리 끝내고 싶어서 손놀림이 빠른 사내 앞의 줄에 섰을 것이다. 중국이나 몽골 쪽에서 왔을 것 같은 중년남자의 얼굴에 애매한 그림자가 지나갔다. 이날, 꼭, 떠나요? 사내가 다시 물었다. 관리처럼 보이지는 않았는데 운동모자를 쓴 사내의 말투는 고압적이었다. 그 말투에 눌린 남자는 자신없는 표정으로 고개를 끄덕였다.

그는 샤프를 슬그머니 잡아끌었다. 왜 그래, 형? 샤프가 눈치없이 큰 목소리로 물었다. 그는 차일 끄트머리에 앉아 조금 비끼는 햇빛을 고스란히 받고 있는 여자를 손기락으로 가리켰다. 샤프가 알아듣고 줄에서 나와 여자 앞에 늘어선 줄에 붙어섰다.

여자는 꼼꼼한 편이었다. 사진에 자를 대고 서류의 사진칸에 맞춰 가장자리를 오려냈다. 사진 뒷면에 풀칠을 한 다음, 여자가 사진 위에 흰 종이를 덧대고 그 위를 문대는 걸 본 그는 샤프를 그 줄에 세우기를 잘했다고 생각했다. 모자를 쓴 사내가 서류에 붙인 사진을 무작스럽게 손바닥으로 쾅쾅 두드릴 때면, 보는 사람의 뺨이 공연히 얼얼해졌다. 사진을 오래 누르고 있는 여자의 손이, 사진더러 잘 붙어 있으라고 말하는 것처럼 보였다. 꼭 붙어 있어야 돼, 떨어지면 안돼, 떨려

나면 안돼,라고. 서류를 받거나 건네줄 때 여자가 덤처럼 띄우는 미소를 보고 샤프를 이끌었던 그의 기대를 여자는 저버리지 않았다. 여자의 굼뜬 손길이 미더웠다.

여자는 더딜 뿐만 아니라 서툴렀다. 여권만료 날짜와 입출국 날짜를 확인하며 샤프의 서류에 기재하던 여자가 갑자기 얼굴을 붉히더니, 써넣은 칸에 줄을 긋고 다시 써넣었다. 미안합니다. 다 되었어요. 이젠 저쪽으로 가세요. 미안하다고 다시 한번 말하는 여자의 미소에선 진심이 느껴졌지만, 그 미소로도 샤프의 서류에 낸 흠집을 지울 수는 없었다. 그래봤자 이 땅에서 숨쉬는 게 허락될 뿐인 서류라고, 그는 애써 마음을 눅였다. 일자리를 얻을 수 없다는 단서가 붙은 체류허가는, 목마른 이 앞에 물그릇을 두고 마시지 말라는 거나 다름없었다. 그 물은 다른 사람을 위한 것일 터였다.

여자가 일본에서 날아온 남편과 화해하고 떠나간 뒤에도 라흐맛은 집으로 돌아오지 못했다. 이 먼 나라까지 와서 비싼 등록금을 낸 여자가 그렇게 쉽게 떠나갈 줄은 몰랐을 것이다. 그만한 거리를 날아오는 데엔, 라흐맛이 관리인으로 일하면서 받는 월급 이년분을 고스란히 바쳐도 모자랐다. 그 큰돈이 그 여자의 나라에서는 청소부 월급의 절반밖에 안된다는 건 미처 생각지 못했을 것이다. 그러니 그들에게는 그만큼 모든 게 쉽다는 것도. 훌쩍 떠나왔다가 쉽게 돌아간 여자는 그러나, 어떻게도 풀어낼 수 없는 바람기를 라흐맛에게 심어놓았다.

외국인이 많이 몰려드는 관광도시로 나간 라흐맛을, 그는 외국인 관광객이 몰려드는 거리의 쇼핑쎈터 입구에서 우연히 보았다. 낡은 셔츠를 말쑥하게 다려 입긴 했지만, 라흐맛은 초조하고 초췌해 보였다. 라흐맛, 반갑게 부르려다 그는 주춤했다. 라흐맛은 쇼핑쎈터로 들어서는, 저보다 덩치가 한배 반쯤 되는 서양여자에게 다가가고 있었다. 소매 없는 티셔츠를 입은 여자의 허연 팔뚝은 라흐맛의 허벅지보다 굵어 보였다. 여자는 말을 붙이려는 라흐맛을 손을 휘휘 저으며 떨쳐내고 있었다. 여자의 허연 팔이 잔등에 들러붙은 파리를 떨치는 소꼬리처럼 허공을 갈랐다.

영어와, 그 여자에게서 배운 서툰 일본어 몇마디로 오가는 외국인에게 말을 붙여가며, 어쩌다가 일일가이드 노릇을 하면서 쇼핑쎈터가 있는 그 거리에서 살다시피 하던 라흐맛은 어느날, 외국인들에게 '지상의 낙원'으로 알려진 다른 섬으로 건너갔다.

샤프는 어두운 계단 뒤, 그런 데서 사람이 나오리라고는 상상하기 어려운 곳에서 문을 열고 나타났다. 디마나 까페로 내려가는 계단 모퉁이였다. 지하에 있는 그 식당에 몇번 드나들었으면서도, 어둠이 꺼멓게 고인 그곳에 문이며 사람이 숨쉴 곳이 있으리라고는 생각지 못했다. 샤프가 막 빠져나온 뒤쪽은 꺼멨다. 한번 그 안에 발을 디디면 지하로, 너 깊은 땅속으로 내려갈 뿐, 다시는 빛과 신선한 공기를 보지 못할 미궁의 입구 같았다. 샤프가 문을 닫자 미궁은 감쪽같이 없어졌다.

그러잖아도 형이 올 때가 된 것 같아서 나오는 길이야.

납작하게 눌린 옆머리에 손가락을 넣어 추켜세우는 샤프의 목덜미가 땀으로 번질거렸다. 막 잠에서 깨어난 듯 부숭부숭한 얼굴로 밭은 기침을 하는 샤프에게선 축축하고 탁한 기운이 끼쳐왔다.

그 안에 방이 있어?

응, 방이라기보다는…… 아무튼 다음주면 떠날 거니까.

양팔을 몸 뒤로 몇번 추썩여 몸을 푸는 샤프의 오그라들었던 뼈마디에서 우두둑 소리가 났다. 손톱 중간이 뭉뚱 들어간 가운뎃손가락. 샤프가 플라스틱공장에 간 지 일주일 만에 얻은 상처였다. 그나마 손가락이 잘리지 않은 것만도 다행이었다. 플라스틱공장, 통조림공장, 건축 노가다를 거치면서, 빨리 돈을 모으겠다는 꿈으로부터 점점 멀어지던 샤프는 다음주에 남쪽 지방으로 내려갈 참이었다.

여기서 세 시간쯤 걸린다던데? 가선 꼼짝 않을 생각인데 잘 모르겠어. 어떤 덴지…… 나도 이젠 정착해야지.

정착해야지,라고 말하는 샤프는 한꺼번에 몇살 더 먹은 것처럼 스산해 보였다. 체류허가를 받고 나오던 때도 그랬다. 그때, 형이 말릴 때 있을걸 그랬나봐. 지하철 입구 공원에서, 그들이 막 빠져나온 두려움과 무관한 활기로 인라인스케이트를 지치는 아이들을 보며, 곁에 선 그마저 밀어내는 냉연한 고요에 잠긴 채 혼잣말처럼 말하던 샤프는 문득 겉늙어 보였다. 그때처럼 까칠한 샤프를 보는 게 헛헛해져서, 그는 고개를 돌렸다. 유리진열장에는 그의 나라에서 건너온 물건 몇 가지가 진열되어 있었다. 인스턴트식품, 정향이 든 담배, 화장품들. 로션의 분홍빛 포장이, 은성한 잔칫집 어귀에서 두드러지게 초라한 옷차림을 한 식구들을 볼 때처럼 맺혀왔다.

문이 열리고 여자 둘이 들어섰다. 안녕, 데위. 왜 그렇게 안 보였어? 샤프가 언제 가라앉았느냐는 듯이 목소리를 띄웠다. 긴 머리 여자가 얼굴에 희미하게 미소를 띠었고, 안녕, 짧은 머리 여자가 더위에 지친 목소리로 인사를 받았다.

이리 와 인사해. 이쪽은 아밀 형이야. 전에 나와 같이 일했던. 형, 데위와 아구스예요. 데위가 올 줄 알았으면 이 꼴로 그냥 나오진 않았을 텐데, 미안.

너스레를 떨며 의자를 잡아끄는 샤프를 묵살하고, 안녕하세요, 인사를 한 뒤 그들은 테이블 하나를 사이에 둔 저쪽에 가서 앉았다. 샤프는 그것 봐요, 내가 도도하다고 했죠? 하는 표정으로 그를 보며 어깨를 으쓱했다.

뭐 먹을래?

소또, 소또가 먹고 싶어.

긴 머리 여자는 손수건으로 이마의 땀을 찍어내면서도 옹송그린 어깨를 펴지 않았다. 샤프의 어깨 너머 엇비스듬히 보이는 긴 머리 여자의 얼굴이 어째 한기 든 얼굴로 보였다. 원래 저러니? 어디 아픈 사람처럼 보여. 그가 속삭이자 샤프는 아예 의자를 틀어 긴 머리 여자를 보며 말했다. 데위, 너 어디 아파? 그러게 나 있을 때 자주 와서 맛있는 거 먹고 그러라니까. 여기서 아프면 골병 들어요. 나중에 애엄마 되는 데도 지장 있을걸? 국물을 떠넣다 말고 샤프를 바라보는 데위의 검은 눈에서 파란 광채가 돌았다. 보는 이를 태워버릴 것 같은 매서운 빛이었다.

앵커의 목소리가 문득 고조되면서 텔레비전 화면이 바뀌었을 때, 그는 샤프를 보았다. 샤프를 보았다고 생각했다. 화면의 굵은 글자에 가려진, 그와 비슷한 피부 빛깔 가운데 샤프와 비슷한 머리를 본 것이다. 아밀, 오늘 야근, 아홉시까지, 일이 밀렸다…… 점심을 먹고 담배를 피우는 그에게 지시하던 공장장에게서 샤프 소식을 들을 줄은 몰랐다. 아밀, 들었어? 샤프, 잡혔다. 싸웠다. 싸웠다,라고 말하며 공장장은 주먹쥔 양손을 부딪쳐 보였다. 탁, 뼈들이 부딪으며 소리를 냈다. 화면 속에서 일부는 격앙된 표정으로 그들을 잡는 사람에게 반항적인 표정을 지었고, 몇몇 사람은 고개를 푹 수그리고 있었다. 뜨덤뜨덤 알아듣는 한국어 가운데 그들의 섬과 지상의 낙원 섬을 일컫는 말만은 선명하게 귀에 박혔다. 샤프가 그 수그린 고개들 틈에 있을지도 모른다는 게 가슴아팠다.

난 작은 도마뱀만큼이나 무해한 사람이에요. 게다가 곧 이 섬도, 내가 태어나 자란 섬도 떠날 예정이지요.

그의 몸이 속삭였다. 그 섬은 공기조차 달랐다. 공기는 동글동글한 기포가 느껴질 만큼 맑았고, 주황빛 사원건물들 사이로 몸집이 거대한 서양인들이며 외국 관광객이 자주 눈에 띄었다. 꽃을 공양하고 나오던 여인은 거리재판으로 사람이 죽은 곳을 묻자 단박에 눈매가 꼿꼿해졌다.

누구냐? 그건 왜 묻는가?

죽은 이의 형 되는 사람입니다.

하지만 그건 지난 일이지 않은가?

지난 일이라면, 내 마음속에서도 지워졌겠지요. 그는 속으로만 말했다. 여인은 고개를 돌리고, 그가 못 알아듣는 입안엣말로 웅얼거렸다. 그들의 고유어일 것이다. 여인이 허리춤에 낀 바구니에는 파랗게 물들인 쌀과 빨갛고 하얀 꽃이 모다기져 있었다. 그의 신과 다른, 지상의 낙원 섬사람들을 돌보는 신에게 공양할 예물이었다.

저는 다음주에 이 나라를 떠나요. 떠나기 전에 꼭 한번 와보고 싶었어요.

어디로 가는데?

먼 곳이에요. 한국이에요.

돈벌러 가는가?

예.

여기도 그쪽으로 돈벌러 갔던 사람들이 있다. 얼마나 있을 건가?

이년 계획이지만, 잘 모르겠어요.

하긴…… 여인이 고개를 끄덕였다. 누가 알겠는가? 신만이 알 뿐이다. 단단하던 여인의 얼굴이 조금 풀려 있었다. 꽃을 담은 바구니도 조금 느슨하게 처져 있었다.

따라와요. 단 소란을 피워서는 안돼요. 당신 동생이 도둑…… 죄를 짓다가 잡힌 것만은 분명하니까요. 소란을 피우면 당신의 안전도 장담하지 못해요. 나도 들어서 알 뿐이에요.

여인의 끝말을 듣는 순간, 그는 이 여인도 그때 그 자리에 있었을지 모른다는 걸 퍼뜩 깨달았다. 어쩌면 여인의 남편이나 아버지가 라흐맛을 향해 몽둥이질이나 발길질을 했을지도 몰랐다. 그가 살고 있는 섬에서라면, 누군가가 부당한 대접을 받으면 친족들이 들고일어났다. 그들은 가해자에게 떼지어 몰려가 다친 명예를 되살리고 가해한 자를 찾아내서 응징했을 것이다. 하지만 라흐맛은 그들의 영역 밖에서 죽었고 그 또한 더 먼 곳으로 떠날 참이었다.

그곳은 동네 어귀, 공회당으로 쓰이는 건물 앞이었다. 큰길에서 조금 들어온 곳이었다. 라흐맛은 저 큰길로 달아나려 했을 것이다. 기둥만 세운 채 벽이 없는 건물에 매달린 커다란 고추 모양의 목각이 그의 가슴을 턱 막았다. 동네에 무슨 일이 생기거나 도둑이 들었을 때, 두드려서 사람들을 깨우는 통나무. 라흐맛이 도둑질하다 들킨 그 순간에도 누군가가 속을 비운 통나무를 세게 두드렸을 것이다. 하얗게 부서지는 햇살 아래, 텅텅, 울리는 통나무 소리가 들렸다. 그 소리를 들으며 세게 고동쳤을 라흐맛의 심장. 그의 숨이 가빠왔다. 달아나고 싶다…… 그는 발끝에 힘을 주었다. 라흐맛이 도둑질을 하다 주린 배를 끌어안고 맞아죽었다는 걸 그는 받아들일 수 없었다. 무언가, 라흐맛의 마음을 홀리는 무언가가 우연히 눈에 띄어 그냥 다가가고, 그냥 집어들었을 것이다. 죽은 사람은 있지만 죽인 사람은 없는 게 거리재판이었다. 라흐맛을 에워싸고 있던 사람들 가운데 어떤 발길이, 어떤 손의 몽둥이가 결정적이었는지 아는 사람은 없었다.

골목에서 걸어나오던 노인이 여인에게 뭐라고 물었다. 여인은 나직한 목소리로 대답했다. 뿌린 대로 거두는 법이지. 노인이 낮게, 그러나 그가 알아들을 수 있게끔 읊조렸다. 오래전, 다른 신을 믿는다는 이유로 그의 선조들에게 쫓겨온 사람들이 가꾼 섬이었다. 그의 아버지 세대에도 그가 속한 종족은 이 섬사람들의 피로 지상의 낙원을 물들였다. 노인은 그 피를 잊지 않았을 것이다. 그가 라흐맛을 잊지 않듯이.

소쩍, 소쩍, 소쩍…… 모래가 산을 이룬 공장 마당에 울음소리가 번졌다. 하릴없이 밖에 나와 서성이며 그는 그 울음소리를 헤아렸다. 세 번, 네 번, 다섯 번, 여섯 번……

그는 운이 좋았다. 연장계약한 이번 해만 넘기면, 떠나오기 전보다 부자가 되어 돌아갈 것이다. 라흐맛이 비싼 오토바이와 유명메이커 옷, 고급 레스또랑을 꿈꿀 때, 그는 비싸게 팔리는 과일인 두리안나무를 심고, 물고기를 길러 팔 수 있는 조그만 연못을 파고, 언젠가 태어날 그의 아이들이 밟고 뛰놀 자기 땅을 바랐다.

그는 한쪽에 쌓인 커다란 흄관더미 앞에서 걸음을 멈추었다. 가난

하고 척박한 땅에 물을 이끌어다줄 수도 있는 관이었다. 그는 홈관 안
으로 들어가 몸을 오그리고 누웠다. 지하에서 지내던 샤프의 몸에서
나던 흙냄새 비슷한 콘크리트 냄새가 그의 몸에서 물기를 앗으려 들
었다. 마음씨 좋은 사장과 회사에서 내준 편안한 집을 자랑하던 데위
가 갑자기 회사를 그만두자 데위와 함께 귀국할 수 있게 될지도 모른
다는 희망을 품었던 샤프. 샤프는 씨디플레이어와 빚을 안고 혼자 귀
국하게 될 것이다. 눈앞에서 엎질러진 물그릇. 더 심해진 조갈증이 샤
프의 몸에 그나마 남은 물기를 쥐어짜리라. 라흐맛의 마지막 말을 듣
고 싶어하던 그에게 여인은 짧게 대답했다. 물, 물을 달라고 했다지
요, 아마. 소쩍, 소쩍, 소쩍…… 목줄띠 타는 갈증을 제 침샘에서 짜
낸 침으로 달래며, 그는 다시 그 울음소리를 헤아리고 있었다.

그림자

"안녕하세요? 문의드릴 일이 있어서 전화드렸어요. 저는 회원번호 42791……"

다시 그 여자다. 근심으로 짓눌리고 불안으로 초조해진 목소리를 듣는 순간 반사적으로 이름이 떠오른다. 여자는 최소한 깍듯하긴 하다. 어릴 적엔 바른생활 어린이였을 것이다. 나는 짐짓 경쾌하게 목소리를 띄운다.

"네, 이난주씨죠? 안녕하세요?"

타닥, 여자의 목소리가 탁구공처럼 일 미터쯤 튀어오른다.

"어머, 어떻게 저를 알아보세요? 제 목소리가 그렇게 독특한가요?"

여자는 막 버려진, 자기가 버려졌다는 걸 아직 받아들이지 못한 강아지 같다. 혼자 있는 걸 못 견뎌서, 그게 누구든 자기에게 손만 내밀면 핥는 강아지. 이런 여자는 상처받기 십상이다. 사람들은 낯선 강아지의 귀여움에 잠깐 홀린 것뿐이다. 데리고 가서 털을 씻기고 밥을 챙겨 먹이고 똥을 치울 사람은 흔치 않다. 지나치던 사람에게 귀염받는 것도 털빛이 살아 있을 때까지만이다. 거리의 먼지로 털빛이 꼬질꼬질해지고 눈빛마저 허기진 앙칼짐을 띨 때면 돌팔매질까지도 감수해야 할 것이다.

가죽제품을 만드는 제법 큰 규모의 중소기업에서 일하는 여자가 증상을 호소하기 시작한 건 석 달 전, 인건비가 싼 동남아에 세운 공장 기숙사 사감으로 파견된 지 삼주 만이었다. 머릿속에 심한 습진이 생겼고 귓속에서도 진물이 난다. 온종일 머리를 긁느라 아무것도 못하겠다…… 의사는 샴푸를 의약용 제품으로 바꾸고 머리를 감은 뒤 헤어드라이어로 반드시 두피까지 바싹 말리라는 처방을 내렸지만, 증상은 완화되지 않았다.

"일하다보면 손가락이 머릿속으로 들어가 있는 거 있지요, 글쎄. 샴푸를 바꾼 뒤로 며칠은 잠잠하더니 또 그러는 거예요, 글쎄."

여자의 손가락은 초조하게 머리밑을 헤집어가며 진물이 굳은 딱지를 떼어내고, 호박색으로 굳은 진물을 유심히 들여다보고 있을 것이다. 말끝마다 글쎄,를 붙이는 게 여자의 말버릇이다. 이젠 머리 감는 게 겁이 날 지경이라니까요, 글쎄. 병원에 갔더니 약을 한움큼이나 주네요, 글쎄. 글쎄,로 마감되는 그 여자의 말을 듣다보면 그 글쎄,에 맞추어 내 두피에도 헌데가 하나씩 생기는 기분이다. 근질거리는 머리밑을 헤집고 싶어서 꼼지락거리던 손가락이 마침내, 자폭을 위해 지상으로 내리꽂히는 전투기처럼 머릿속을 파고든다. 살갗을 뚫고 나온 머리카락이 손끝에 만져진다. 숲속, 큰키나무 그늘 아래 우북한 양치류 같은 머리. 귀밑에서부터 머리끝까지 올라가며 더듬거려도 상처는 만져지지 않는다. 하다못해 진득한 비듬덩어리라도 있으면 좋으련만. 뜯어낼 것을 찾지 못한 손톱으로 벅벅, 머리밑을 헛되이 긁다 문득 고개를 돌린다. 아니나다를까, 김진숙이 말끄러미 바라보고 있다.

"잠깐만 기다리세요. 제가 선생님께 연결해드릴게요."

여자의 습진은 알게모르게 그 여자의 사감 노릇에 영향을 끼칠 것이다. 습진이 조금 숙지근해지면 여자는 기숙사의 청결상태나 열애중인 기숙사생의 늦은 귀가에 조금 너그러워질 수 있을 것이다. 아토피성 피부를 가진 그 여자에게, 열대의 후텁지근하고 습한 기후가 맞지 않는 건 사실이다.

"또 그 아토피지? 어디에 있다구?"

김진숙이 다가오며 묻는다. 끈덕지게 괴롭히는 아토피만큼이나 끈질기게 전화하는 그녀를 김진숙도 알고 있다.

"필리핀이에요."

"처방대로 하고는 있나 몰라. 차 한잔 할 테야?"

김진숙의 동공엔 잔물결이 일고 위쪽 눈 아래 근육도 불안하게 떨린다. 그런 김진숙을 볼 때면 눋기 쉬운 옷감을 다릴 때처럼 아슬해진다. 불기가 너무 약하면 구김살이 펴지지 않는다. 온도를 조금 높이면 아차 하는 순간에 눌어붙는다.

출근 첫날, 잘 부탁한다며 고개를 숙이는 내게 김진숙은 손을 내밀었다. 훤칠한 키와 살집 없는 몸매, 직장여성을 위한 잡지 화보에서 찍어낸 것처럼 세련된 정장. 내 오른손 바닥이 김진숙의 손바닥과 만나는 순간, 그녀의 왼손이 복병처럼 나타나 내 손등을 덥석 덮었다. 차갑고 축축한 손이었다. 동굴 속에서 사는 커다란 파충류의 살갗을 만진 기분이었다. 잘해봅시다. 세련된 정장이며 단정한 머리, '업무 중'이라는 팻말이 달랑거리는 야무진 이마와 그에 어울리지 않게 양 손을 덮는 살가움, 그리고 심이 들어간 딱딱한 말투가 서로 겉돌았다.

"영란씬 말이야, 어떤 때 보면 되게 섬세한 사람 같은데 또 어떤 때 보면 신경이 바위처럼 무딘 것 같고…… 어떤 사람인지 모르겠어."

상기하자, 아일랜드. 나는 재빨리 아일랜드를 떠올린다. 다수인 신교도가 정치권력은 물론 경제권까지 장악하는 바람에 차별을 당해온 북아일랜드 사람들. 그들은 다른 사람의 고향이나 출신학교, 심지어 좋아하는 빛깔 같은 것도 묻지 않는다. 그저 하루에 열두 번 이상, 날씨만을 화제로 삼는다. 김진숙이 정색하고 나를 부르면 나는 아일랜드인이 된다.

"뭐 제가 마음 상하게 해드린 일 있어요?"

"사람들 이야기 지치지도 않고 조곤조곤 받아주는 거 보면 둔한 사람이 아닌데…… 친절한 건 좋은데 사생활 이야기까지 일일이 들어줄 필요 없잖아? 그리고 환자한테는 그렇게 자분자분한 사람이 동료한텐 왜 그리 냉정해?"

나는 냉정하지 않다. 다만 같은 직장에 있다는 이유만으로 사생활의 경계를 넘으려 하는 게 싫을 뿐이다. 자기 집을 구경시켜준 뒤, 내가 사는 곳을 구경하고 싶다는 김진숙을, 나는 뚜렷한 이유도 없이 초대하지 않은 채 버티고 있다.

"오늘아침, 자기랑 나랑 같은 전철 타고 온 거 알아?"

김진숙과 나의 집은 방향이 같다. 출근 전철 속에서 몇번 만난 적이 있다.

"그랬어요? 몰랐네요."

"그거 알아? 아침에 우리 같은 칸에 자주 탄다는 거. 난 처음에 영란씨가 날 보고도 일부러 모르는 척하나 싶어서 서운했어. 그런데 어느날 보니까 영란씨가 눈앞에 있는 사람을 정말로 못 알아보더라. 그러니까 더 부아가 나더라."

부아가 나? 김진숙이 쓰는 단어는 때로 이상하게 예스럽다. 군살 없이 죽 벋은 그녀의 등허리를 보며 이따금 산골 한적한 집 툇마루에서 고추를 말리는 할머니의 굽은 등을 떠올리는 것은 그 단어들 때문이다. 그녀의 부아가 내 책임인가, 잠깐 생각했지만 그런 것 같지는 않다. 직장 선배인 그녀가 눈에 띄었다면 나는, 첩첩인 사람들을 헤치고 다가가지는 못하겠지만, 최소한 눈인사라도 건넸을 것이다.

"도대체 무슨 생각에 그렇게 골똘해서, 바로 눈앞에 있는 사람도 알아보지 못하나 싶어서 마구 부아가 솟구치는 거 있지."

눈앞의 동료도 못 알아보는 나를 보며 김진숙이 저 여자가 무슨 생각을 저리 골똘히 할까 속끓일 때, 내가 그리 심오한 생각을 한 것이 아니라는 것만은 분명하다. 이십분만 일찍 일어났어도 빈속으로 나오는 일은 없었을 텐데, 하고 후회하면서 꼬르륵 물 흐르는 소리를 내는 배의 근육에 힘을 주고 있거나, 아침부터 무지근한 어깨의 통증을 견디며 오늘은 정말 헬스클럽에라도 등록해야지 하고, 퇴근할 무렵이면 잊거나 미루기 십상일 궁리를 하고 있었을 것이다. 회사 근처의 시설 좋다는 헬스클럽을 지나갈 때마다 운동해야지, 해야지, 하면서도 나는 등록을 미루고 있다. 동료들이 여럿 다니는 곳이라서. 김진숙이 나더러 베돈다고 해도 할말은 없다. 김진숙은 동료들간의 화합과 단합을 강조하며, 수시로 이런저런 명분을 붙여 차를 마시거나 회식하는 자리를 마련하는 데 열심이다. 그런 김진숙에게서 나는, "우리가 남이가?" 하고 은근하게 말하는 사람을 볼 때 같은 아슬함을 느낀다.

　김진숙이 나를 이끌 때마다, 엉덩이에 무게중심을 주고 네 발로 버팅기는 고집센 염소처럼 구는 내가 정작 휴가지에서 다른 사람 아닌 김진숙을 떠올린 건 무슨 조홧속이었을까. 월차와 쓰지 않은 여름휴가를 다 몰아 떠난 네팔, 2박3일의 짧은 여정으로 떠난 안나푸르나 트레킹이었다. 안내인을 겸한 포터와 단둘이 걷는 산길은 적막했다. 비수기라서 숙소인 산장에 묵은 손님은 말수 적은 포터와 나뿐이었다. 일층은 포터들의 숙소였고, 내가 묵는 곳은 마당의 목조 계단을 올라간 이층이었다. 벽이라고 해야 널빤지를 잇대어 만든 허술한 것이어서 바람이 솔솔 새어들어왔다. 저녁식사를 마치자 숙소 주인은 생일케이크에 꽂는 것보다 조금 큰 양초 두 자루를 주었다. 전기가 들어오지 않는 곳이었다. 어림짐작에 한 시간이면 다 녹아버릴 것 같은 그 양초를 건네며 안전하니 걱정하지 않아도 된다고 했다. 오줌이 마려워 깨어난 새벽, 나는 그 장담의 근거와 맞닥뜨렸다. 화장실이 있는 복도 끄트머리로 가려는데 계단 어귀에 뭔가가 턱하니 가로막고 있었다. 썰매 끄는 개처럼 커다란 검정 개였다. 개는 계단 쪽으로 시선을 두고 앞발을 뻗친 채 고개를 빳빳이 들고 있었다. 널빤지 바닥을 딛는 발소리를 들었으련만 개는 미동도 하지 않고 앞만 보고 있었다. 이층에 아무도 발을 들이지 못하게 하라는 사명을 충실하게 완수하려는 듯했다. 네가 나를 지켜주고 있었구나. 잠깐 감격스러웠지만, 한편으로 그 맹목의 충직성이 겁났다. 조심조심, 개에게 아부하는 심정으로 그 옆을 지나 화장실에 다녀올 때, 개는 경계를 풀고 슬그머니 누웠다. 그러고 보니, 돌아보지 않았을 뿐 녀석은 나를 한껏 의식하고 있었음에 틀림없었다. 그럼 조금 전, 아무것도 못 들었다는 듯 꼿꼿하던 자세는 뭐였지, 하고 갸웃하는 순간 난데없이 김진숙이 떠올랐다.

김진숙의 주시를 느낄 때면, 식사 때면 굳이 나를 챙겨서 같이 가려고 하는 김진숙의 호의를 받을 때면, 김진숙에게 미안한 말이지만, 나는 그 충직하고 무시무시하던 개를 떠올린다. 우리에게는 얼마든지 너그럽지만 그 테두리를 넘어선 대상에겐 언제든 날카로운 송곳니를 드러내고 살점이 떨어질 때까지 물어뜯을 수 있는 충직함. 직장 동료이긴 하되 '우리'이고 싶지는 않은 내 욕심에서 나는 냄새가 김진숙에게는 영 낯선 모양이다.

카드가 꽂힌 진열대를 다시 한번 천천히 돌린다. 세 바퀴째다. 피카소가 그린 꽃다발은 화사하고 산만하다. 하지만 나이와 성별, 축하의 성격에 상관없이 두루뭉술 무난하다. 한 장 뽑아든다. 평화의 비둘기가 나는 그림도 한 장. 늘 마음을 잡아끄는 건 키스 하링과 마티스다. 키스 하링의 단순한 선에서 느껴지는 환희, 마티스가 그린 춤추는 사람들의 약동. 그 그림들은 꽃다발에 비하면 선택의 폭이 좁다. 관절염을 앓는 중년이나, 불어난 몸무게를 늘 의식하는 사람에겐 마음껏 뛸 수도 없는 자기 신세를 상기시킬 것이다. 두 장씩 집어들었던 키스 하링과 마티스를 한 장씩 도로 꽂는다. 역시 꽃다발이 무난하다. 피카소를 두 장 더 뽑아든다.

나무들이 차례로 잎을 떨굽니다.
지녔던 모든 것 내려놓는 고요 속에서
저 헐벗은 나무들은 내년 봄에 틔울 새잎을 꿈꾸고 있겠지요.
이 맑고 소슬한 철에 세상에 오신

강환수님의 생일을 축하합니다.
늘 건강하시고,
댁내 평화가 깃드시기를……

마지막 문장이 마음에 걸린다. 어쩐지 지금 평화롭지 못하다는 게 전제가 된 것 같다. 평화…… 대형서점 귀퉁이의 북적이는 스낵코너에 앉아, 쏟아져내릴 것만 같은 전구들의 무자비한 빛살 아래 서정적인 문구를 고안하기는 쉽지 않다.

강환수. 남. 63년생. 자영업. 자영업이지만 어떤 업종인지 알 수 없다. 그는 아직 미혼일 수도 있고, 자주 싸우지만 그 덕분에 큰 싸움 없이 알콩달콩 살아가는 가정의 가장일 수도 있다. 그가 가정을 가졌을 경우, 그 가정의 단란함이 깨어질 변수는 매우 많다. 교통사고로 누군가가 병상에 오래 누워 있을 수도 있고, 채팅에 빠진 아내의 기색을 살피며 불안해하고 있는지도 모른다. 심지어 이 카드를 받는 날 이혼 법정에 다녀왔을 수도 있다. '댁내 평화가 깃드시기를……'이라는 문구를 지워버리고 '행복한 순간들 누리세요'로 바꾼다. 수첩에 적은 문구를 카드에 옮겨 쓴다. 이제 세 명 남았다. 이달에 생일을 맞는 사람은 네 명이다. 사십대의 남자 자영업자와 이십대의 여자 회사원, 35년생인 남자, 그리고 삼십대 주부.

"누워서만 지내는 아가씨가 있어요. 팔년 동안이나요."

신부는 찻잔을 빙글 돌리며 흘리듯 말을 꺼냈다. 성당의 좁다란 사무실은 미사를 보는 동안 아이들의 놀이터도 되는 모양이었다. 작은 플라스틱 미끄럼틀이며 상자에 담긴 레고 블록, 장난감 자동차 등으로 어수선했다. 죽은 이를 위한 기도를 부탁하는 내게 망자와의 관계

등을 묻던 신부는 내가 성당 근처에서 산다는 것을 알고 말머리를 돌렸다.

"스무살 때, 친구들하고 차 타고 놀러 가다가 교통사고를 당했대요. 그때부터 죽 누워 지내지요."

그날 날씨는 맑았을까. 어느 하루 나들이의 한순간에 스러진 빛. 그리고 팔년, 지금은 스물여덟살.

"집안이 어려워요. 아직까지는 부모님이 돌보아주시는데, 어머니도 연세가 있으시니까 이젠 머리 감기는 일도 힘드신 모양이에요."

무심한 듯 말했지만, 작은 교회인데다 벌인 일이 많아서 손이 달린다는 신부의 의도는 확연했다.

"그럼, 물리치료는 계속 받고 있나요?"

"그게…… 보험에도 안 든 차라서 아무 혜택도 받지 못했대요. 초기에 제대로 치료를 받았으면 괜찮았을 텐데 지금은 겨우 목만 가눌 수 있는 상태예요. 몸도 몸이지만…… 대화할 상대가 없다는 게 더 큰 괴로움이지요."

골목 안, 세월에 쓸려 기우듬하게 틀어진 조립식 슬레이트 담장 안쪽 어둑한 방, 혹은 다세대주택의 좁은 방이거나 방이 두 개인 일자형 아파트의 북향 방. 여자는 좁은 침대에 누워 지나가는 기척을 헤아리고 있다. 바스락, 옷장 뒤편에서 바퀴벌레가 움직이는 소리, 골목 안을 지나가는 행상차의 소리, 그리고 큰길을 달리는 트레일러의 은은한 진동. 크지 않은 창으로 비쳐든 날빛은 환기를 자주 시키지 않는 방안에 떠도는 먼지를 비추겠지…… 어디에 사나요? 나오려는 물음을 꼭 삼켰다. 그 바람에 목울대에 무언가 걸렸다. 뜨끔거리는 목이, 가시가 걸린 듯해 거울 앞에서 달랑거리는 목젖이 환히 드러나도록

목을 한껏 벌리고 들여다보던 기억이 뎅뎅, 철도 건널목의 경고음을 울렸다. 일단정지. 끼여들지 말 것.

"한번…… 만나보실래요? 일주일에 한번 정도, 머리만 감겨주셔도, 말벗만 되어주셔도 큰 도움이 될 텐데요."

아직 젊은 피부라 덜하겠지만, 그래도 팔년이면 욕창이 생겼을 가능성이 높다. 목욕용 타월과 김장용 비닐이 필요하다. 오래전, 텔레비전 채널을 돌리다 우연히 호스피스 교육프로그램을 시청하게 된 나는 딱히 간병할 사람이 없는데도 메모까지 하면서 열심히 보았다. 타월을 둥글게 말아 비닐 속에 집어넣어 말굽처럼 목을 받치고 비닐의 끝을 침대 아래 양동이에 늘어뜨린다. 기적소리를 울리며 마구 달려나가는 열차처럼 머릿속에서 앞질러 벋어가는 생각의 뒷덜미에 나는 재빨리 갈고리를 던졌다. 막혔던 목이 비로소 트였다. "죄송해요. 하지만 사람을 만나는 일은…… 좀 그러네요."

"그럼 사람 만나지 않고 할 수 있는 일 도와주시겠어요? 할일은 많은데 일손이 늘 달리거든요." 거절당한 무안함을 무색하지 않게 수습하는 신부에게서 장애인을 돕는 후원회원들의 주소와 생년월일 등이 기재된 명단을 받아온 뒤, 이런저런 일로 신부와 통화하면서도 나는 그녀의 안부를 한번도 묻지 않았다. 그런데도 카드를 사러 와서 키스하링을 보면 늘 그녀가 떠오른다.

"늦었네. 왜 이렇게 늦었니?"

수화기를 들자마자 대니얼의 목소리가 튀어나온다. 화장실에서 손을 씻다 전화벨 소리에 뛰쳐나오는 바람에 손가락 사이에 미끈거리는 비눗기가 남았다. 송수화기를 한손에 든 채, 티셔츠의 소맷자락으로 손가락 사이를 마저 닦는다.

"서점에 들렀는데 시간이 이렇게 간 줄 몰랐어. 늦어서 미안해."

"서점에? 책 사러?"

"아니, 그림엽서를 사려고. 생일카드 보낼 데가 있거든."

"그랬구나. 누구? 친구?"

"아니, 잘 아는 사람은 아니고…… 그래서 뭐라고 써야 할지 몰라 생각하다가 늦었어."

"잘 아는 사이가 아닌데 생일카드를 보낸다구?"

"응, 그럴 일이 좀 있어. 그런데 대니얼, 너라면 일흔살이 되는 생일엔 어떤 말로 축하받고 싶어질 것 같니?"

"일흔살이라구? 영란, 난 네 취향이 그렇게 나이 많은 사람인 걸 몰랐어. 그래서 너 나한테 그렇게 냉정했구나?"

대니얼의 목소리에 장난기가 대롱거린다.

"그래, 이제야 알았어? 그런데 정말 무슨 말이 듣고 싶어질 거 같니?"

"일흔살 생일? 그건 너무 멀다. 상상이 안돼. 넌 뭐라고 쓰려 했는데?"

대니얼은, 자기가 말하기보다는 내게 말을 시켜야 한다는 사실을 상기한 모양이다. 슬그머니 엉덩이를 뒤로 뺀다.

"별거 아니야. 짧은 계절인사. 이 좋은 철에 맞은 생일을 축하합니다, 행복하세요, 등등."

"괜찮은데?"

"그래도 뭔가 너무 상투적인 것 같아. 그가 세상에 있어서, 오늘도 살아 있어서, 그 때문에 누군가가 기뻐한다는 걸 알려주고 싶은

데……"

"그 정도만 해도 충분해. 나라면, 그런 카드 받으면 아주 기쁠 거
야."

동동 떠 있던 대니얼의 목소리에서 기포가 꺼진다. 올해, 대니얼은
연인에게서 생일축하를 받지 못했다. 숲 많은 캐나다 출신인 대니얼을
빌딩숲인 서울의 원룸으로 이끈 여자는 그의 생일을 챙길 수 없었다.

대니얼의 꿈은 산밑의 단출하고 정갈한 호텔을 운영하는 거였다.
돈이 그리 많지 않은 여행자들이 내 집처럼 편안히 머물 수 있는 곳.
호사스럽지 않으나 정성이 느껴지는 아침식사로 여행자의 마음을 따
스하게 해주는 곳. 그 꿈을 이루려고 간 스위스의 호텔학교에서 대니
얼은 자기가 꿈꾼 호텔에 손님으로 묵은 것만큼이나 그를 편안하게
해주는 여자, 수영을 만났다. 인턴 실습기간 동안 기숙사를 나와서 아
침에 같은 침대에서 눈을 뜨는 나날을 보냈으면서도, 그녀를 따라 한
국에 올 때까지 그는 그녀의 집안이 그토록 부유하다는 것을 몰랐다.
푸드 써비스 실습 때 실습생 중 최고점을 받은 그녀가, 남을 접대하기
보다 접대받는 데 익숙한 계층임을 알아차리기는 쉽지 않았을 것이
다. 상류층인 그녀의 집안에서는 평범한 외국인과의 결혼을 허락하지
않았다. 그녀가 집안에서 정해준 남자와 약혼한 뒤에도 대니얼은 그
녀가 살고 있는 땅을 떠나지 못한다. 조촐한 호텔의 꿈을 접어둔 채,
대니얼은 외국인의 서툰 영어발음을 교정해주면서 그녀와 같은 하늘
아래에 머물고 있다.

대니얼이 자기 생일에 수영이 입고 나타났던 개나릿빛 원피스를 그
려 보이면, 나는 남방셔츠의 단추를 맨 위쪽 것까지 꼭꼭 채우던 수영
의 버릇을 떠올렸다. 술에 취하면 이따금 그녀의 집앞까지 갔다온다

고 대니얼이 말할 땐 꿈속의 밤길이 떠올랐다.

밤이다. 밤은 밤인데 사위는 사물을 식별할 수 있을 만큼 환하다. 나는 상점들이 있는 거리를 혼자 걷는다. 진열장엔 더러 불이 켜져 있지만, 들여다보면 그 안쪽은 텅 비어 있다. 이상하다, 하다가 깨닫는다. 지금은 밤이다. 다들 집으로 돌아간 시각이다. 내가 왜 밤에 여기에 왔을까. 길에 선 채로 사위를 둘레둘레 돌아보는 순간 희끗, 골목 안으로 숨는 자취가 보인다. 누굴까, 안타까움에 가위눌리다 깨어나는 새벽이면 뻣뻣하게 굳은 내 팔이 죽은 자의 그것처럼 느껴졌다.

너의 수영, 예뻤나봐? 비빔밥, 하면 수영이 좋아하던 음식이라는 걸, 맑은 날, 하면 수영과 피크닉 갔던 호숫가의 날씨를 떠올려 버릇하는 대니얼은 궁근 목소리로 대답했다. 예쁘기도 했지만…… 마음이 더 예뻤어. 내가 뚱뚱하다는 거 이야기했지? 나 어릴 때 별명이 뚱땡이였어. 다이어트를 해보긴 했지만 효과가 없더라구. 그렇게 아름다운 여자 곁에 있으면 내가 더 혐오스럽게 보일까봐서 처음엔 그녀 옆에 다가가지도 못했어. 그런데 막상 그녀와 사귀게 되니까 내가 뚱뚱하다는 걸 잊게 되는 거야. 그녀는 내가 리어나도 디캐프리오라도 되는 것처럼 바라보았거든. 추억 속으로 절반쯤 침몰해 혼잣말처럼 중얼거리는 대니얼에게 나는 속으로 맞장구친다. 수영이라는 이름이 그런가봐. 내가 아는 수영도 그랬어. 비루먹은 개 같은 남자도 수영 앞에선 얼마든지 당당할 수 있었지.

"수영인 천사예요. 그 순수에 기대고 싶어서 오는 거예요."

남자는 혀가 말린 소리로 웅얼거렸다.

"그래요, 순수하지요. 그 순수한 수영이, 당신이 찾아오는 게 싫대요. 오죽하면 이 밤중에 저에게 전화했겠어요? 그러니 가세요."

"당신같이 때묻은 사람은 몰라요. 수영이와 나를 몰라요……"

수영이와 나,라고 할 때 남자의 말투가 어찌나 애절하던지, 나 자신이 줄리엣과의 결합을 반대하는 몬터규가(家) 사람으로 여겨질 지경이었다. 주춤 물러나려던 나는 퍼뜩 정신을 차렸다. 새벽 두시에 불쑥 찾아와, 문을 열어주지 않은 수영이 우유투입구로 건네준 무선전화기로 한번도 만난 적 없는 내게 천연덕스럽게 말하는 남자, 강적이었다.

초등학교를 졸업하며 헤어진 수영을 나는 스물아홉살에 다시 만났다. 몇마디 안부가 오간 뒤에 찾아든 침묵의 순간에 나는 물었다. 너 아직도 성당에 그렇게 열심히 다니니? 어릴 적, 일요일마다 예쁜 옷을 차려입고 성당으로 향하던 수영의 새치름한 모습이 그때까지도 선연했다. 지은 죄가 너무 많아 성당에 못 가. 기도문도 다 잊어버렸는걸. 성당 문턱을 높인 수영의 죄 가운데 그 남자도 끼여 있었다. 수영과 친구에서 연인으로 변할 즈음에, 너 같은 앤 나와 어울리지 않아, 하고 다른 여자와 결혼한 남자였다. 남자가 수영을 다시 찾아온 건 결혼한 지 일년이 지난 뒤였다. 자기 아내가 너무 고상해서 어렵게 느껴진다는 남자는 술에 취한 밤이면 수영을 찾아왔다. 그 남자가 돌아가면 수영은 줄줄 울면서 전화했다. 열어줄 마음은 없는데 한밤중에 동네가 다 알게 소란을 떠는 통에 문을 열 수밖에 없다고, 수영은 전화기 건너에서 코를 팽팽 풀면서 하소연했다. 너 정말 그 남자 오는 거 싫어? 혹시 그 사람은 싫지만 쎅스 파트너가 필요해서 받아들이는 거 아냐? 수영의 대답은 신랄했다. 아니, 그 남자하고 쎅스하고 나면 내가 창녀가 된 기분이야. 아마 제 고상한 마누라하고 못하는 걸 하려고 오나봐. 정말로 기분이 더러워. 그래도 한밤중에 와서 벨 누르고 문

두드리는데 어떡해. 내가 믿지 않는 기색이자 수영의 말이 길어졌다. 그 남자가 날 얼마나 우습게 보는지 아니? 회사 옮겼는데, 제 직장 전화번호도 휴대폰 번호도 나한테 안 알려준다. 그러면서 저 필요할 땐 제집처럼 드나들고. 수영의 그 말이 아니었더라면, 네가 정말로 그 남자 싫다면 그 남자가 오면 아무때고 나한테 전화해, 하고 말하지는 않았을 것이다.

막 든 잠결에 수영의 전화를 받은 나는 내 잠을 깨운 사내에게 또박또박 말했다. 분명히 말씀드리는데, 통화 마치는 대로 저 그리로 가요. 제가 갈 때까지 거기서 안 떠나면, 댁의 부인도 그리로 오셔야 할 거예요.

택시로 삼십분을 달려서 수영의 아파트 문앞에 도착했을 때, 남자는 보이지 않았다. 양미간에 세로로 길게 주름이 두 개 나 있고, 하관이 뾰족하고 짧은데다 안경을 쓴 남자는 수영의 집 좁은 거실 한복판에 제집 안방인 양 앉아 있었다. 문간에서 심호흡을 세 번쯤 하긴 했지만, 내 전의는 사그라들지 않았다. 내가 남의 말꼬리를 그렇게 잘 잡는다는 걸 처음 알았다.

당신이 말했듯이 수영이는 천사 같아서, 그래서 당신에게 거절의 의사를 단호하게 말하지 못했을 수도 있다. 하지만 이 시각, 수영이가 나를 부른 건 수영의 의지다. 이걸로 수영이의 본심이 정확히 전해지지 않았느냐. 그러니 가라. 이제 오지 마라. 남자는 내 말에 대꾸하는 대신 수영을 바라보며 웅얼거렸다.

"수영아, 너 나를 왜 이렇게 비참하게 만드니?"

"당신은 끝내 자기만 생각하는군요. 이 시각에 친구를 불러야 하는 수영이 마음은 어떻겠어요?"

"이봐요, 남녀간의 문제는 남들이 모르는 게 있어요. 당신이 수영이와 나 사이를 얼마나 안다고 나서요?"

그게 살의 문제라면, 나는 천천히 말했다, 물론 내가 모르는 부분이 있겠지요. 그렇지만 그보다 중요한 건, 당신이 이렇게 찾아오는 걸 수영이 원하지 않는다는 거지요. 남자는 내 말을 묵살한 채 수영을 바라보며 엉뚱한 주문을 했다. 수영아, 너 그 노래 한번 불러봐라…… 그렇게 뻔뻔스럽던 남자가 꼬리를 사리기 시작한 건 내가 전화기로 다가가면서였다. 가세요. 안 그러면 파출소에 연락해서 댁으로 연락해야 하는데, 나도 그건 원치 않으니까 이대로 가요. 남자는 주춤했다. 내가 파출소에 전화를 걸고도 남을 사람이라는 걸 그제야 알아본 모양이었다. 남자의 응수가 걸작이었다. 전철 다닐 때까지만 있으면 안 될까요. 차비가 없어서요.

수영이 준 차비를 받아들고도 남자는 뭉그적거렸다. 하필 안경의 콧등 부분이 떨어져나갔는데, 그걸 찾아야겠다면서. 침대 위를 더듬거리면서, 남자는 슬몃 수영을 바라보았다. 그 침대에서의 추억을 환기시키려는 야비한 의도가 담긴 눈길이었다. 남자는 저를 향해 곧 날아올 구둣발을 한껏 의식하며 바닥에 떨어진 음식을 주워먹는, 비루먹은 개 같았다. 먹는 것은 절실하지만 구둣발의 타격을 감내할 배포는 없는. 그래서 구둣발이 저를 노리고 있다는 걸 애써 무시하려 하는 그런 개. 언제든 발길질할 태세를 내가 조금도 늦추지 않았으므로, 남자는 엉덩이 사이에 꼬리를 말아넣은 개처럼 수영의 집에서 빠져나가야 했다.

"개가, 개가 없어졌어요."

한국 사람을 만나려면 차로 다섯 시간을 달려나가야 하는 오지에서 신새벽에 복통을 일으켰을 때도, 혼자 차를 불러타고 병원으로 가 맹장염 수술을 받고 난 뒤에도 의연했던 남자의 목소리가 허탈하다. 한 달 전 새벽, 전화를 걸어온 그는 맹장이 오른쪽에 있는지 왼쪽에 있는지부터 확인했다. 당황한 기색이 느껴지지 않아서, 장난을 치려는 줄 알았다. 그런 남자가, 수술한 자리는 깨끗이 아무는지, 퇴원 후에 별다른 증세는 없는지 확인하기 위해 건 전화에서, 저는 괜찮아요, 하더니 대뜸 말을 이었다. 그런데, 개가 없어졌어요.

"개라니요?"

"제가 키우던 개가 있거든요. 바양이라고…… 그림자라는 뜻인데요, 검정 개였거든요. 병원에서 퇴원하니까 이름 그대로 사라졌어요. 병원에 있을 때 옆집 친구가 문병와서, 밥 좀 잘 챙겨주라고 부탁했는데, 그때까지도 있었다는데……"

개가 사라진 걸 실감하지 못해 어리벙벙한 그의 목소리 한편엔 침착한 슬픔이 고여 있다. 떠났다는 것, 다시 볼 수 없다는 것을 인정하고 마음을 접으려 애쓰는 자의 슬픔.

"혹시, 주현씨가 안 보이니까 어디로 찾아나선 거 아닐까요? 그러다 돌아오는 거 아닐까요?"

"돌아올 거였으면 벌써 돌아왔을 거예요. 퇴원한 지 보름도 넘었는걸요. 개가 없어졌다니까 친구들이 놀려요. 어쩐지 옆집 사람들이 개에게 친절했다는 둥, 내가 입원하고 난 뒤 옆집 식구들 얼굴에 윤기가 흘렀다는 둥, 마당 주위를 파보라는 둥 그러고 놀려요. 그런데 이렇게 오래 얘기해도 되나요?"

이게 국제전화라는 것을 의식한 그가 문득 말을 끊는다.

"괜찮아요."

그는 여전히 환자다. 육체의 병이 아니라 마음의 병일 뿐. 그의 마음을 잠식하려 드는 바이러스는 두려움이다.

"옆집 식구들하고 친하게 지냈다면서요. 설마…… 그런데 그곳 사람들도 개고기를 먹어요?"

"예, 여기 사람들은 개고기를 먹거든요. 그래도 제 개를 잡아먹진 않았을 거라고 생각하는데, 워낙 흔적도 없으니까 별별 생각이 다 드네요."

침묵. 그가 했던 별별 생각은 무엇일까. 어쩌면 잃은 개보다, 놀리는 주변 사람들이 더 아프게 느껴질지도 모른다. 그가 가늘어진 목소리로 말한다.

"여기 와 있으면서 가장 힘든 게 뭔지 아세요?"

"글쎄요……"

군복무 대신 열대의 오지에서 농작물 재배방법을 가르치는 그가 겪을 고충을 나는 상상할 수 없다. 한국말을 못하는 거? 혀에 감기지 않고 겉도는 양념들을 사용한 음식? 외로움?

"가장 힘든 거는요, 다른 사람을 끊임없이 의심해야 하는 거예요."

"그건…… 의심이라고 생각하지 말고 조심성이라고 생각하면 안될까요? 세상엔 별의별 인간이 다 있으니까요."

"조심성? 그럴 수도 있겠네요."

"몸은 정말 괜찮으신 거예요? 아직은 상처 부위에 물 안 닿게 조심하셔야 해요."

"그럼요. 덧날까봐서 아직도 샤워를 못하고 수건으로 닦는데요. 조만간 피부 빛깔이 우리 바양이나 다름없어질 거예요. 전화 고마워요."

사내가 사라지자, 책상의 칸막이 뒤편에 진 그림자들까지 고요하다. 야간 당직을 서는 밤의 호젓함. 오늘밤은 참 고요하구나…… 생각하다가 찔끔한다. 그런 말 마. 응급실에서 그런 말은 금기야. 오늘은 환자가 없네,라든가 고요하네, 하고 누군가 말하면 그때부터 환자가 밀려드는데, 어디서 그 말이 나오기를 기다리고 있다가 한꺼번에 쏟아져들어오는 것 같아. 응급실에서 오래 근무했다는 김진숙의 목소리가 들려온다. 불문학을 하고 싶었지만 일찍 자립해야 해서 간호학을 전공했다는 김진숙은 아직도 불어 원서를 읽는다. 대학시절 전공한 불문학은 사보 편집을 거쳐 환자와 의사를 연결해주는 네트워크 담당으로 들어온 내겐 별 의미가 없다. 이따금 불어권에 가 있는 환자를 현지 의사에게 연결해줄 때나 토막토막 쓰일 뿐.

공연히 자리에서 일어나 서성여본다. 김진숙의 책상은 막 세수하고 난 얼굴 같다. 회청색 칸막이에 붙여놓은 포스트잇조차 가로와 세로가 반듯하고 탁상용 달력에 적어넣은 메모글씨에도 흔들림이 없다. 간호장교가 더 어울렸을 여자가 끊임없이 사람들과 감정을 나누고 싶어한다는 게 뜻밖이다. 내가 몸을 빼면 뺄수록 그녀는 내게 연연해한다. 혼자 야간 당직을 하는 밤, 멀리 불켜진 사무실을 보고 누군가가 잠들지 않고 있다는 게 반가운 나머지 그리로 찾아가 밤의 적막을 같이 몰아내자고 하는 사람은 없다. 불켜진 창이 있다는 데 어느정도 위안을 받는 건 사실이지만 그뿐, 각자 자기 사무실에서 밤의 적막을 견디는 것이다.

수첩을 꺼내 단어들을 이리저리 조합해본다. 맑은 계절, 낙엽, 소슬함, 새봄을 기다리며…… 어느 것도 마음에 차지 않는다. 이필남. 이달에 생일을 맞은 삼십대 주부의 이름이다. 줄줄이 딸인 집안에서 태어나 "또 딸이야?" 하고, 태어나자마자 싸늘한 눈길부터 받았을 것 같은 이름이다. 그녀는 남동생을 보았을까. 그리하여 터를 잘 팔았다며 어른들의 사랑을 받았을까. 어쩌면 여동생을 보아 구박이 더 자심해졌을지도 모른다. 남동생을 보든 여동생을 보든 어린 그녀의 의지가 작동할 구석은 없다. 그런데도 동생의 성별에 따라 대접이 달라졌을 것이다. 태어나면서부터 환영받지 못했다면, 어쩐지 아주 작은 친절에도 지나치게 고마워하는 주부가 되어 있을 것 같다. 그녀를 위한 카드엔 좀더 특별한 문구를 써넣고 싶은데. 이필남, 그녀에게도 꿈이 있었을까. 어떤 꿈이었을까.

"영란? 나야 대니얼, 지금 통화할 수 있니?"

대니얼의 목소리에서 술기운이 느껴진다. 자정 넘긴 시각, 게다가 목요일이다. 대니얼의 회화수업은 월요일과 수요일, 그리고 금요일이다.

"응, 웬일이니, 대니얼?"

"늦게 전화해서 미안해. 나 내일부터 휴가거든. 잠깐 휴가를 냈어. 내일은 통화 못할 것 같아. 나중에 보충해줄게."

휴가,라는 단어를 듣자 머릿속에 문득 노랫가락이 번진다. 뛰뛰뛰 뛰뛰뛰 뛰뛰뛰 뛰뛰뛰 뛰…… 비지스의 홀리데이. 경찰과 대치한 상태로 그 노래를 들려달라던 납치범이 있었다. 탈주범의 인질이었던 그 집 딸은 탈주범을 죽이지 말아달라고, 거의 몸으로 막다시피 했다. 스톡홀름 증후군, 인질들이 자기를 위협하던 인질범에게 애정을 느끼게 되는.

이젠 나도 뭐든 할 수 있을 거야. 다시 취직도 할 수 있을 거고. 직장을 그만둔 지 이태, 이따금 찾아오는 그 남자를 받아들이는 것말고는 자폐에 가까운 생활을 하던 수영의 입에서 뜻밖의 말이 나왔다. 그토록 애원해도 제 뜻대로만 하던 남자를 개 몰듯 몰아낸 새벽, 혹시라도 그 남자가 되돌아올지 몰라 수영을 태우고 집으로 돌아오는 택시 안에서, 수영은 부유스름하게 밝아오는 밖을 보며 결연하게 말했다. 그런 수영이 그 남자를 다시 받아들이고 있다는 걸 안 것은 그로부터 몇달 지나지 않아서였다. 간호사들은 수영을 짐짝처럼 떠메다 회복실에 부려놓았다. 그녀들의 무성의한 몸짓에서 드러나는 것은 경멸이었다. 그놈이 날 속였어요…… 혼자 온 여자는 링거가 꽂힌 손을 허우적거리며 울었고, 나이든 여자의 시중을 받던 여자는 회복실에 있는 여자들이 다 들을 수 있을 만큼 목소리를 높였다. 왜 이런 사람들하고 섞어놓는지 몰라…… 떳떳한 이유로 산부인과에 왔음을 만방에 과시하려는 노골적인 경멸 때문에 자기가 천박해지는 것도 모르는 채. 하필 그때 마취에서 깨어나던 수영의 눈초리에 진득한 눈물이 한방울 괴었다. 휴지로 그 눈물을 찍어내며, 나는 안경 부속을 찾느라 치켜들었던 그 남자의 볼품없던 엉덩이를 떠올렸다. 그때 걷어차지 못한 게 새삼 한스러웠다.

"그래, 괜찮아. 그런데 휴가라니, 무슨 일 있니?"

"경주에 가려구."

내게 추억이 있는 곳이야. 그녀와 한국에 와서 처음 여행한 곳이 경주였거든. 처음이자 마지막이었지만. 가끔 혼자서 경주에 가…… 대니얼은 혼자 경주에 가서, 그녀와 같이 묵었던 호텔의 그 방에서 잠들고, 그녀와 같이 밥을 먹었던 식당에서 같은 메뉴로 밥을 먹고, 그리고 돌아온다고 했다. 대니얼이 그 이야기를 할 때, 오스스 한기가 돌며 언젠가 경주박물관에서 본 돌이 떠올랐다. "임신년 6월 16일에 두 사람이 함께 맹세해 기록한다. 하늘 앞에 맹세한다. 지금으로부터 3년 이후에 충도를 집지하고 허물이 없기를 맹세한다. 만일 이 서약을 어기면 하늘에 큰 죄를 짓는 것이라 맹세한다"며 돌에 새긴 두 사람. 천년 뒤에까지 남은 그들의 맹세는 지켜졌을까. 옛 기억에 들려서 떠돌다 돌아올 대니얼.

"영란, 듣고 있니?"

"응…… 그럼 언제 떠나니?"

"내일. 새벽에 떠나려고…… 모레가 수영 생일이야. 영란, 지금 통화 좀 오래 해도 되니?"

"그래, 그런데 너 성실한 선생이다. 보충수업부터 해주고 떠나려고?"

나는 짐짓 농담조로 말한다. 언젠가, 내가 출장 때문에 수업을 며칠 빠져야 했던 날이 있었다. 수업에 빠지겠다고 미리 연락했더니 대니얼이 대답했다. 알았어. 그런데…… 난 어떡하라구? 그때 대니얼의 말투에 섞인 응석기가 뎅뎅거리며 내게 경고음을 울렸다. 그때의 경고음이 다시 울린다. 금 넘어오지 마, 대니얼. 이건 규칙 위반이야. 내 웅얼거림을 듣지 못하는 대니얼은 고지식하게 대답한다.

"아니, 이건 수업이 아니야. 그냥, 이야기 들어줄 사람이 필요한데, 너밖에 없어. 수영을 아는 사람도 너뿐이고."

주춤 물러서려는 마음을 다잡는다. 대니얼은 곧 떠날 것이다. 그녀가 결혼하는 걸 보면 바로 돌아갈 거야. 원래는 약혼하면 바로 떠나려 했는데…… 그녀가 행복하기를 바라지만, 모르는 일이잖아? 살다보면 우리의 의지와 무관한 일들이 얼마든지 벌어지니까. 대니얼이 그렇게 말할 때 나는 속으로 혀를 찼다. 정신차려, 대니얼. 하지만 대니얼이 조만간 떠날 사람이라는 게 마음을 가볍게 한 건 사실이다. 모국어를 쓰는 사람들에게 못한 말들을 대니얼에겐 할 수 있었으니까.

"사실은…… 그녀가 떠난 건…… 내 잘못이야."

무슨 소리지? 나는 가만히 듣는다.

"약혼하기 전날 밤, 수영이 내 방에 찾아왔었어."

대니얼의 목소리가 툭툭 끊어진다. 숨이 턱에 차오른 것 같다. 대니얼은 뚱뚱하다는데, 그러니 성인병의 조짐이 있을 것이다.

"그날, 나는 다른 여자와, 같이 있었어."

"그랬구나……"

"그날, 나는 힘들었어. 슬퍼서 죽을 것 같았어. 누구라도 곁에 있어주길 바랐어."

"그랬구나……"

"그날 바에서 처음 만난 여자였어."

믿어줘. 대니얼은 내게 그렇게 말하고 있다. 믿어. 나는 속으로 말한다. 문득, 웅얼거리던 마취상태에서 흰순간에 깨어난 깃처럼 대니얼의 목소리가 명료해진다.

"수영은 나하고 같이 떠나려 했대. 그런데 나는, 다른 여자와 있었어. 그것도 침대 위에."

"그랬구나……"

"그녀 표정을 잊을 수 없어……"

같이 떠나자고 말하러 왔던 그녀의 얼굴은 불타는 결의로 환했을 것이다. 그 불꽃이 사그라지는 걸 무참히 지켜본 대니얼의 마음속, 켜놓은 촛불을 눌러 끄듯 무언가가 죽어갔을 것이다. 이대로 떠나면 내내 그녀를 마음에 품고 있게 될 것 같아서, 그녀를 잊을 수 있게 되면 이곳을 떠나겠다는 대니얼. 그녀가 결혼하고 나면 떠나겠다고 벼르고 있지만, 아마도 결혼식 날짜가 지나면, 다른 남자의 아기를 잉태해 배가 부른 그녀를 보고야 떠나겠다고 결심을 바꿀지도 모른다. 바보 같은 대니얼. 대니얼이 잊어야 할 건 그녀가 아니다. 그날 밤의 기억, 그날 밤 그녀의 표정이다.

"그때, 그 하루만 없었더라도, 아니 그녀가 조금만 일찍, 조금만 늦게 왔더라도……"

비틀어짜는 걸레처럼 대니얼의 목소리가 쥐어짜이며 높아진다. 정신차려, 대니얼. 덩달아 높아진 목소리를 내지만, 내 귀엔 엉뚱한 소리가 들려온다.

"대니얼? 대니얼, 그건…… 네 잘못이 아냐."

그녀가 떠난 건 네 잘못이 아냐. 그날 그렇게 맞부닥뜨린 것도, 네 잘못이 아냐. 그건, 그냥, 그럴 수밖에 없는 무엇이 작동한 거야. 우리 의지를 넘어서는 무엇…… 말은 마음속에서 단속적으로 떠올라 잔거품을 끊임없이 피워올린다. 그래, 네 잘못이 아냐.

수영과 그 남자는 남쪽 바닷가 방파제, 타버린 차 안에서 발견되었다. 수영이 영어공부를 할 겸 외국의 장애인시설에서 자원봉사하러 떠나기 나흘 전이었다. 마취에서 깨어나는 수영의 발을 문지르면서, 아무래도 수영의 의지로는 그 남자에게서 벗어나지 못하리라 생각한 내가 찾아낸 프로그램이었다. 구덩이에 빠진 것 같은 나날에서 몸을 빼면 그동안 못 보았던 것들이 보이고, 커다랗게 보이던 것들이 얼마나 하찮은 것이었는지, 하찮다고 여겼던 것들이 얼마나 소중한 것인지 깨닫는 순간들이 있다. 수영이 그렇게 멀찌감치 떨어져서 자신을 바라보고, 자신을 소중하게 여겼으면 하는 바람이었다. 나 같은 애가 될 리 없어, 하면서 지원서를 내었던 수영은 답신이 오자 바람 안은 돛처럼 부풀었다. 멋진 까페에서, 그 남자가 입 열 틈도 주지 않고, 그동안 쌓아두었던 말들을 퍼붓고 탁, 자리를 차고 일어설 거야. 멋진 결별을 위해 그 남자를 기다렸던 수영은 이별여행을 한다고, 휴게실에서 그 남자가 화장실에 간 사이에 전화하는 거라고 공연히 목소리까지 낮추며 전화했다. 이별여행이라는 단어의 유치함이 뻔뻔스럽게 수영에게 노래를 시키려 들던 남자의 치졸함과 일맥상통한다는 느낌이 들었던가. 그런 남자가 바닷가 방파제에서 차에 불을 지를 수도 있다는 걸 나는 몰랐다. 정사한 것이라고 믿을 수 있다면 그나마 행복했을 것이다. 공금을 빼내어 사둔 주식이 깡통이 되어 막다른 곳에 몰린 남자는, 고상한 아내 대신 만만한 수영을 마지막 동반자로 택했다. 그는 왜 차를 물속으로 밀어넣지 않고 물 바로 앞에서 불지르는 걸 택했을까. 자신의 비루한 나날에 마지막 폭죽을 터뜨려보고 싶었던 걸까. 수영은 남자가 자기를 떠나보내지 않으려 목숨을 걸었다고 믿었을지도 모른다.

수영이 떠나고 난 뒤, 나는 밤길을 헤매는 꿈을 꾸곤 했다. 아침이면 손을 꼭 쥔 채 잠에서 깨어나는 나를 발견하곤 했다. 엄지손가락을 꼭 말아쥐고 나머지 손가락으로 엄지를 감싼 채. 어찌나 힘이 들어갔는지 뻣뻣한 팔로, 출발선상에 선 단거리주자처럼 아침을 맞았다. 목엔 무언가가 걸린 것처럼 뜨끔거렸다. 이비인후과와 내과와 한의원을 오가며 두 계절을 보내고 난 뒤, 나는 사람들과 주로 네트워크로만 연결되는 업무를 찾아 직장을 옮겼다.

환한 밤이다. 밤은 밤인데 사위는 사물을 식별할 수 있을 만큼 환하다. 상가들이 있는 거리, 낡은 집들이 있는 거리를 나는 혼자 걷는다. 지금 나는 꿈속에 있다,라고 나는 깨닫는다. 갑자기 요란한 경보음이 울린다. 경보음은 텅 빈 거리를 울리고, 나는 할딱이는 가슴으로 숨을 곳을 찾아 뛴다. 뛰다가 엎어지는 순간, 송수화기를 잡으며 잠에서 깬다.

여보세요? 싸아한 정적 옆에 숨죽인 기척이 느껴진다. 누굴까. 얼핏 떠오르는 건 김진숙이다. 밤늦게 전화해서 나더러 마음을 열라고, 부탁인지 강요인지 하던 김진숙. 넘어오지 말라고, 나는 속으로 송곳니를 드러내며 으르렁거렸다. 왜 김진숙의 전화라고 생각했을까. 새벽 다섯시, 한 시간쯤 더 잘 수 있다. 다시 풋잠에 들려는데, 전화벨이 울린다.

"미안해, 영란. 자고 있었지? 출근하기 전에 전화하려고."

대니얼이다. 대니얼에게 내 휴대폰 번호도, 사무실 전화번호도 알려준 적이 없다는 걸 그제야 깨닫는다.

"나 어젯밤 실수하지 않았니? 좀 취했나봐."

실수라니, 대니얼. 얼마나 고마운데.

"뭐 좀 물어보려고. 너, 혹시, 주말에 경주에 올 생각 없어?"

대니얼! 이마에 서성이던 잠기가 확 걷힌다.

"영란, 듣고 있니? 나 여기 마지막으로 온 거야."

그게 네 추억에 내가 동참할 이유는 못 돼. 대니얼, 이건 반칙이야.

"나 곧 여기 떠날 거야. 어젯밤 내내 생각했어. 돌아갈 거야."

옐로우카드를 찾아 흔들려던 내 마음이 주춤한다. 곧 떠난다고? 물론 나도 대니얼이 어떻게 생겼는지 궁금했다. 내가 알고 있는 것은 대

니얼이 뚱뚱하다는 것뿐이다. 대니얼의 눈빛이 갈색인지 회색인지 아
니면 파란색인지, 웃을 때면 잔주름이 눈가에서 자글거리는지 아닌지
모른다. 길에서 우연히 부딪친다 해도 서로 무심히 스치고 말 것이다.
대니얼은 이번에도 수영의 자취를 고스란히 밟고 다닐까. 궁금증이
떠오르는 순간, 난데없이 머리밑이 가려워진다. 생각할 것도 없이 손
을 올려 벅벅 긁는다. 낯선 방문객을 맞이한 의심 많은 아이가 방구석
에서 맹렬히 머리를 긁듯.

섬

나 왔어. 전화기를 통해 들려오는 언니의 목소리는 예상했던 것보다 생생하다.

"살아 돌아왔네. 괜찮았어?"

"말도 마라, 지금도 생각만 하면 울렁거린다."

생각만 해도 진저리가 쳐진다는 듯 언니의 목소리가 흔들린다. 분류를 위해 늘어놓은 비행기표며 여권, 짐 태그 등이 식탁 위에 가득하다. 통화는 길어질 것이다. 긴 통화를 하다보면 어느새 한쪽 손으로 아무데나 낙서를 하고 있는 나를 발견하기 일쑤였다. 그때그때 눈에 띄는 종이가 희생양이 된다. 도서관에서 빌려온 책에 낙서를 끼적거려 새로 사서 반납한 적도 있고, 읽어보고 돌려줘야 할 서류 뒷면에 무심코 온갖 단어들을 풀어놓는 바람에 서류를 다시 복사한 적도 있다. 종이가 없는 곳으로 몸을 피하는 게 상책이다. 내가 왜 따라간다

고 했나 몰라. 그러겠다고 말한 순간이 원수 같더라니까…… 언니의
뒤늦은 후회를 들으며 커피 끓일 물을 올린다.

친목계에서 해외여행을 위해 경비를 따로 모으기로 한 지난해부터
언니는 갈등에 빠졌다. 남들처럼 어엿이 떠나고 싶은 유혹과 절대 그
러지 못할 거라는 체념이 언니를 수시로 들까불렀다. 비행기는 뜨고
내릴 때가 위험하지, 설사 벼락을 맞아도 그 안에 든 사람은 안 다쳐.
알고 보면 비오는 날 나무 아래 걷는 것보다 안전하다니까. 언니 보기
엔 비행의 전문가로 보이는 내 말도 별무소용이었다. 그 옛날에 신혼
여행도 잘 다녀온 사람이 어딜 못 가겠어? 하면 비로소 반응이 왔다.
그렇지? 알고 보면 내가 제주도에도 멀쩡하게 다녀온 사람인데……
새신부의 긴장 때문인지 멀미도 하지 않고 다녀온 제주도를 떠올리며
물고기 부레처럼 부풀었던 언니는 그래도 싱가포르 생각하면, 하면서
금세 시르죽었다.

몇 해 전, 언니는 시집식구들과 함께 싱가포르에서 사는 시누이네
집에 다녀왔다. 열대지방에 간다고 한껏 날렵하게 차려입고 트랩을
오른 언니는 일곱 시간의 비행 끝에 승무원이 미는 휠체어를 타고 땅
에 내렸다. 차라리 비행기가 그 자리에서 떨어졌으면 싶더라니까. 그
러면 그 고통은 어쨌든 끝났을 거 아냐. 아이들을 동반한 엄마로서 할
소리는 아니었지만, 그 비행기에 탔던 다른 승객들이 알았더라면 나
는 비행기에서 밖으로 내던져진대도 할말 없을 소리였지만, 언니를
아는 나로선 고개를 끄덕일 수밖에 없었다.

차를 타고 어딘가에 가게 되었을 때, 언니가 거리를 재는 척도는 여
느 사람들과 달랐다. 미터법은 물론 아니었고, 예스럽게 십리 이십리
로 재는 것도 아니었고 주행시간도 아니었다. 도보가 아닌 한, 이동거

리를 재는 언니만의 단위는 '봉지'였다. 출발지에서 목적지까지 가는 동안 토해낼 토사물의 예상 봉짓수. 택시나 버스는 물론이고 그나마 나은 편인 열차도 예외는 아니었다. 열차를 탈 땐 봉짓수가 좀 준달 뿐이었다. 고향에서 서울까지는 열차로 네 시간쯤 걸렸는데, 그건 언니의 계산법으로는 한 봉지 반에 해당하는 거리였다. 여행 하루 전부터 긴장해서 제대로 먹지도 못하는데 게워낼 게 뭐 그리 많은지 몰랐다. 어쩐 일로 운전을 배우더니, 밀폐된 고속버스 안이 아니면 토하는 일은 드물어졌지만 비행기는 예외였다.

여행지가 태국에서 대만으로 바뀐 것도, 세 시간 이상은 비행기를 탈 수 없으니 차라리 여행에서 빠지겠다는 언니 때문이었다. 세 시간은, 멀미 없던 한 시간의 비행과 죽는 게 낫다 싶던 일곱 시간의 비행 사이에서 언니가 찾아낸 타협점이었다.

"그래도 이번엔 휠체어는 안 타고 내 발로 내렸어. 형부 팔에 질질 매달리긴 했지만."

생각만 해도 자신이 대견스럽다는 듯 의기양양하게 말하다 말고 언니가 문득 말문을 돌린다.

"참, 나 대만에서 깡아 봤다. 그 이야기 해준다고 전화하고선……"

깡아라니, 무슨 열대과일이거나 희귀한 열대동물을 말하는가 싶었다.

"우리 현지 가이드가 깡아였어. 세상 참 좁지? 대만 공항에서 내렸을 때 정신이 없어서 몰랐는데, 호텔로 가서 정신차리고 보니 어쩐지 본 얼굴 같은 거야."

"깡아가 누군데?"

"애 좀 봐. 제 짝사랑 이름도 잊어버렸네. 철가방! 인성루 철가방

이름이 깡아잖아. 잠깐만, 휴대폰 왔다."

철가방! 찰그락, 은빛으로 빛나는 알루미늄 철가방 소리가 들린다. 햇살 받아 찰랑, 소리를 낼 듯하던 단발머리도. 주희야, 철가방 간다! 언니의 목소리를 들으면 나는 읽던 책을 집어던지고 창가에 붙어섰다. 여름볕에 달궈져 하얗게 빛나는 길, 은색으로 빛나는 철가방을 든 그가 탄 자전거는 막 모퉁이를 도는 중이었다. 기운 머리에서 찰랑 소리가 나는 것 같았다. 엷은 눈꺼풀이 깊이 들어가서 조금 날카로워 보이는 눈매, 콧마루에서 약간 매부리처럼 휘어졌던 코, 그리고 그 무엇보다 윤기나던 단발머리. 도시에서 화교학교에 다니다 돌아왔다는 인성루 아들이 내 마음속에 들어앉은 뒤로 언니는 엄마에게 자주 말했다. 엄마, 오늘 인성루 잡탕밥 먹어요. 메뉴는 그때그때 달랐지만, 하고많은 중국집 가운데 인성루라고 꼭 집어 말하는 건 잊지 않았다. 내가 철가방을 좀더 가까이에서 볼 수 있게 하려는 언니의 배려였다. 병약하기만 한 언니가 무언가를 먹으려 한다는 게 기특해서 엄마는 쌀을 씻다 말고도 중국집으로 전화를 걸었다.

응, 응, 알았어. 휴대폰 통화를 마친 언니가 다시 전화기로 온다.

"내가 무슨 얘기 하다 말았더라? 정신이 다 없네."

"철가방 봤다는 얘기. 철가방도 많이 늙었겠네?"

"머리는 희끗희끗한데, 그래도 얼굴은 그다지 안 늙었더라. 우리집 얘기 했더니 날 알아보더라구. 근데 주희야, 조금 전 전화, 성수가 한 거야."

까마득히 잊고 있던 한때의 짝사랑을 떠올리는 동안 녹녹해졌던 마음이 사촌동생의 이름을 듣자 단박에 뻐세진다. 날서는 마음 때문에 눈을 질끈 감았다 뜨면서, 나는 무심한 척한다. 그래?

"작은아버지가 입원했대. 췌장암이라고…… 거의 초상집 분위긴 가봐."

후드득, 왜 가슴에서 비 듣는 소리가 나는 걸까. 그래? 나는 짧게 말하며 머릿속으로 그의 나이를 어림해본다. 육십대 후반쯤 되었을까. 그의 나이가 생각보다 많지 않다는 데 잠깐 놀란다. 그의 밀젖기만 한 모습을 마지막으로 본 게 언제던가 기억도 나지 않는다. 고향에 가도 부모님 산소에만 들를 뿐, 그야말로 과문불입한 게 오래전이다. 췌장암은 발견에서 사망에 이르기까지 가장 진행이 빠른 암이라고 알고 있다. 어느새 나는 식은 커피잔에서 조금 쏟아낸 커피를 손가락에 묻혀 방바닥을 낙서로 어지럽힌다. 섬, 가이드, 우리집, 암……

살짝 바랜 카키색 여행가방은 지난번에 돌아와서 빨랫감만 끄집어낸 채 그대로이다. 여행용 화장품병에 스킨과 로션이 남아 있는지 확인하고 옷가지 몇개를 챙겨넣는 걸로 여행준비를 마친다. 가스 밸브도 잠갔고 오디오 전원도 껐다. 가방을 문밖에 내놓고 현관의 신발을 가지런히 정돈한다. 한달에 네댓 번, 특별한 경우를 빼고는 길어야 4박5일, 대개는 2박3일밖에 비우지 않는데도, 집을 떠날 때 신발코를 현관문 쪽으로 돌려놓게 된다. 가뜩이나 심약한 언니가 내 습관을 알면, 내가 떠났다 돌아올 때까지 소마소마한 나머지 멀미를 일으킬 것이다.

문을 잠그고 열쇠를 가방에 집어넣다 아차, 싶어 다시 문을 연다. 신발을 신은 채 무릎걸음으로 냉장고까지 가 생수병을 꺼낸다. 전날 사다놓은 0.5리터들이 작은 병이다.

비닐봉지 없이 차를 탄다는 건 상상도 못하던 한때의 언니처럼, 나는 물 없이는 먼 길을 떠날 엄두를 내지 못한다. 한나절 외출할 땐 0.5리터들이 작은 병으로 족하다. 누군가를 만나다보면 음료든 커피든 늘 마시게 되니까. 어쩌다 물병 없이 장거리 버스를 타게 되면, 물을 살 수 있는 휴게소에 다다를 때까지 내 속은 지레 바싹바싹 탄다. 숨을 쉴 때면, 바싹 말라붙은 내장에 공기 속의 습기가 닿아 바지직거리는 게 느껴질 정도다. 물을 영영 찾을 수 없는 상황을 상상하면, 차라리 비행기가 떨어져버렸으면 좋겠더라는 언니를 십분 이해할 수 있다. 길 떠나는 언니가 비닐봉지 챙기듯, 나는 물부터 챙긴다.

리무진 버스에 오른 지 이십여분이 지나도록 잠이 오지 않는다. 잠은 언제나 운모조각처럼 얇았고, 작은 소음이나 커튼 틈으로 스며든 빛살에도 쉬 바스러졌다. 큰 독에 장아찌 담그듯 차곡차곡 집어넣고 넓적한 돌로 단단히 눌러놓은 기억은, 조금만 틈을 보여도 부글부글 끓어넘쳤다. 돌의 무게를 견뎌내고 솟구치려는 기운은 밤이면 더 기승했다. 하루에 네댓 편의 꿈을 꿨다. 꿈속에서, 발효해버렸으면 싶은 기억은 양념이 다 삭아 어우러진 신김치 속에서도 제 맛을 주장하는 생강조각처럼 도드라졌다. 그러다가, 차에든 비행기에든 배에든 올라 엉덩이를 의자에 대기만 하면 잠의 늪에 빠져 허우적거렸다. 골프 여행팀과 후꾸오까에 갈 때 입아귀로 흘러내리기 직전인 내 침의 기운에 놀라서 흐읍, 침을 빨아들이며 깨어나기도 했다. 뇌주름 갈피마다 작은 꼬마전구가 이십사 시간 켜진 듯해 밤에도 노루잠을 자는 내가 탈것에만 오르면 넓적하고 묵직한 몽둥이로 머리를 한대 얻어맞아 나가떨어진 듯 잠속으로 빠져드는 건 불가사의다. 탈것의 의자와 비슷한 모양새의 의자를 집에 들여놓고 그 위에 다리를 오그리고 앉은 채 잠을 청해보기도 했다. 발이 저리고 발등만 소복이 부었을 뿐, 의식은 끝없이 씀벅거렸다.

자세를 이리저리 바꾸어가며 잠을 부르려 하지만, 뇌 속의 전구들은 오히려 내 안간힘에서 새롭게 충전이라도 되는 듯 불빛 형형하다. 그 밝은 불빛끼리 부딪쳐 만드는 그늘에 음험하게 웅크린 무엇이 윤곽을 드러낸다. 이 나쁜 놈아!

고향집이다. 나는 맑은 물에 행군 빨래를 담은 자배기를 들고 옥상에 오른다. 아무도 없어야 할 옥상에 그가 와 있다. 그는 물이 뚝뚝 떨어지는 검은 옷을 내게 주면서 널라고 한다. 나는 싫다고 한다. 그 검은 옷을 너는 순간 무언가 수습할 수 없는 불길하고 불온한 일이 벌어질 것이고, 그가 그걸 알면서 불순한 의도로 나에게 그 일을 시킨다는 것을, 나는 알고 있다. 싫다고? 그는 검은 빨랫더미를 든 채 위협하듯 나에게 다가들고, 나는 고개를 저으며 뒷걸음질치다 그를 밀어제치며 외친다. 이 나쁜 놈아!

나쁜 놈아, 라는 내 목소리를 들으며 잠에서 깨어났을 땐 어둑새벽이었다. 누군가와 싸우느라 잠꼬대로 욕하며 깨어나는 나를 보는 일은 그때마다 참담했다.

아직도 그 꿈을 꾸다니, 집요한 무의식을 비틀어버리듯 물병 뚜껑을 비튼다. 난 몰라. 난 그 사람 이름도 모르는걸. 「파리에서의 마지막 탱고」에서 여자의 대사가 생각났다. 그에 대해 알고 싶어하는 여자의 마음을 남자는 밀쳐냈다. 남자는 끝내 여자에게 이름을 말해주지 않았다. 난 몰라. 지금 이 순간에도 수많은 사람이 세상을 뜨는걸. 그가 죽어간다고 해서 내가 왜? 아직 서늘한 기가 남아 있는 물이 목젖을 지나 꾸물꾸물, 내 몸 안으로 흘러들어간다. 이 맑은 물이 실핏줄을 타고 흘러들어가, 내 세포를 씻어내주길. 오래된 먼지처럼 끈끈하게 들러붙은 기억, 그 아래 살속에 파묻혀 있다가 까끄라기처럼 만져지는 가시들을 뽑아내주었으면.

벚꽃잎이 우수수 흩어진다. 하나, 둘, 셋, 넷…… 열다섯, 열여섯, 열일곱…… 모이기로 한 시각에서 십분이 지났는데 두 명이 모자라다. 저기 오는 사람 아냐? 누군가가 말한다. 키만 조금 작았으면 세로보다 가로가 더 길어 보일 것처럼 뚱뚱한 중년남자가 이쪽을 향해 휘적휘적 걸어오고 있다. 둘이 아니라 한명이니 한사람이 모자라다. 하지만 명단을 대조할 필요는 없다. 아직 나타나지 않은 사람이 누구인지 알겠다.

"이거, 늦었습니다. 워낙 운동을 안하다보니 걷는 게 힘이 들어서요."

정말 힘이 들었는지, 이마에 배어나오는 땀을 쓱 닦으며 그가 인사를 차린다.

"김사장님은요?"

"어, 이 친구, 아까 나더러 걸음 늦다고 구박하다가 앞질러 갔는데?"

그는 공연히 주위를 휘둘러본다. 예의바르게 무덤덤한 표정을 짓고 있지만, 봄볕 아래 기다리고 서 있던 사람들의 얼굴에 땀띠 같은 짜증의 기미가 떠오르기 시작한다. 이름값 한다 싶었다.

어쩌죠, 각별히 신경써야 할 손님이 한명 있네요. 떠나오기 전날, 여행자 명단과 비행기표, 새로 만든 여권 등을 건네주던 S여행사 윤대리가 피식, 웃으며 뚱겨주었다. 블랙리스트에 오른 사람이 있다는 뜻이다. 유난히 말도 많고 탈도 많은 사람이 있다. 예약 단계에서는 이랬다저랬다 예약을 변경하기 일쑤고, 여행지에서의 식사중에는 어디 여행사는 가이드가 단무지를 더 챙겨주었는데 왜 그러지 않느냐 따져묻고. 그런 사람일수록 다녀와서 가이드가 불친절하네, 숙소가 마음에 안 들었네 하고 인터넷 싸이트에 올린다. 블랙리스트에 오른 사람의 말은 여행사에서도 감안하지만, 그래도 입질에 오르내린다는 건 싫은 일이 아닐 수 없다. 누구래요? 윤대리는 승객 명단 가운데 한 사람을 손으로 가리켰다.

혹시 관광지에서 자유시간 갖고 나서 모이는 장소를 못 찾겠거든 이 번호로 전화주시면 제가 찾아가 모셔올게요. 자, 메모하세요. 제 전화번호는 공구공에 오공이오에 육칠팔이구요, 혹시 휴대폰 로밍하신 분들은 일본 국가번호가 팔일이니까 이것도 기억하시구요. 공중전화를 찾긴 했는데 동전이 없다, 이런 분들은 지나가는 학생들 붙잡아서 이 번호 적힌 종이 내밀면서 전화해달라고 하시면 웬만하면 들어줄 거예요. 예? 덴와,인데요, 그냥 텔레폰 플리즈, 하셔도 일본 애들 다 알아듣습니다. 주의사항을 말하는데 한 남자가 적을 생각도 안하고 가소롭다는 듯이 피식, 웃었다. 여기 해외여행 처음인 사람이 어디 있나? 다들 어련히 알아서 찾아올 텐데…… 나만 해도 일본이 세번째인데…… 그가 하고 싶은 말은 맨 마지막 말일 것이다. 윤대리가 뚱겨준 그 사람, 김사장이 나타나지 않는 것이다. 초가삼간 다 타도 빈대 죽는 시원함이 없지 않다. 이따 차에 오르면, 아무래도 사람들의 눈총을 한번은 받을 것이다. 다음 일정이 빡빡한 것도 아니다. 상가지역을 구경하고 저녁을 먹은 다음 호텔로 가면 오늘 일과는 끝난다.

"곧 오시겠죠. 구경하느라 피곤하셨죠? 다들 버스에 올라가서 좀 쉬고 계세요."

그 말이 떨어지기를 기다렸다는 듯 우르르 버스 있는 쪽으로 몰려가는 사람들 뒤편에 교복 입은 여고생이 한무리 걸어온다. 까르르르, 떼지어 웃는 소리가 꽃잎보다 더 환하다. 바람의 너울이 나뭇가지를 흔들었는지, 보이지 않는 손으로 훑어내기라도 한 듯 꽃잎이 난분분하다. 잊고 있다가도, 바람의 결이 느껴질 땐 이곳이 사방이 시퍼런 물로 에워싸인 섬이라는 것을 떠올리게 된다. 시퍼런 물결이 밀어올리는 바람, 그 물결 아래 깊숙한 곳에서 은밀히 움직이는 지각. 망설이듯, 경고하듯, 위협하듯, 지진으로 흔들리며 조금씩 기울고 가라앉는 섬.

이 열도의 침몰을 그린 소설을 읽은 적이 있다. 지진과 화산 폭발이 간헐적으로 이어지며 섬은 조금씩 가라앉고, 선택받은 사람들은 남의 나라에 정착하기 위해 섬을 떠나간다. 고가의 미술품을 모아들여 나라 사람들이 다른 나라에서 살 수 있는 기반을 마련해온 노인은 섬과 함께 가라앉기를 선택한다. 전조라도 있었으니 준비할 수 있었을 것이다, 그들은.

단풍놀이 떠난 부모님이 탄 버스가 벼랑 아래로 굴러떨어진 것은 내가 외지의 고등학교에서 대학입시를 준비하던 고삼 때였다. 단풍놀이 간 한마을 계원들 탄 버스 전복, 사상자 스물여섯 명. 이지러진 버스 사진이 신문의 굵은 제목 아래 실려 있었다. 부모님은 이송된 서울의 종합병원 중환자실에서 이십여일 만에 앞서거니 뒤서거니 세상을 떠났다. 읍에서 가장 크고 번창한 포목점 주인 노릇으로만도 바빠서, 아버지는 죽음에 대한 아무런 대비도 해놓지 못했다. 그때 아버지는 쉰살도 채 안되었으니, 죽음을 생각하기엔 너무 이른 나이였다. 겹치는 불행에 휘둘리다 정신을 차리고 보니 작은아버지가 포목점의 주인이 되어 있었다. 형제포목점, 동생과 단둘이 손 꽉 잡고 월남한 아버지의 열망을 담은 간판이 밀겋기만 한 작은아버지가 주인이 된 것에 정당성을 부여했다. 물잠뱅이처럼 물러서…… 하고 아버지의 걱정을 사던, 사업을 벌이는 족족 말아먹어 아버지가 그 뒤를 대주기에 바빴던, 아버지가 마지막으로 차려주고 간판을 걸어준 형제지물포에 웅크리고 앉아 있던 작은아버지. 포목점 장부를 정리하다 아버지의 인감이 찍힌 유언장을 찾아냈다며 보여주던 작은아버지. 그에게도 암은 전조 없이 급습한 재앙이었을 것이다. 마음약한 언니는 병원에 가야 하나 말아야 하나 갈등하고 있을 것이다. 난 몰라. 난 그 사람 이름도 모르는걸. 읊조리는 내 신발창 밑에서 애꿎은 벚꽃잎만 짓이겨진다.

"여깄구만. 아, 약속장소를 그렇게 찾기 어려운 데로 정하면 어떻게 해요. 나 원, 코딱지만 한 곳에서 빙빙……"

김사장은 목소리부터 높인다. 자동차 접촉사고라도 나면 김사장이 어떻게 나올지 안 봐도 비디오다. 누가 잘못했는지 여부는 목소리의 크기에 밀려버린다. 무턱대고 크고 요란하게만 만들어 주변의 다른 것들을 압도하는 간판처럼. 그 조악하고 요란한 간판을 내건 사람처럼. 말대꾸해봤자다 싶어 그의 말을 간결하게 무지른다. 어쨌든 오셨으니 됐네요. 다른 분들 다 와서 기다리다 차로 올라가셨거든요. 저기 버스 보이시죠?

"언니, 나 정선이, 잘 있었어? 내가 언니 어디 있는지 알아맞혀볼까? 지금 H호텔에 와 있지? 나 천리안이지, 그치? 깔깔깔."

정선은 누가 뒤에서 떠미는 것처럼 숨가쁘게 말을 잇는다. 랜드사에 소속된 프리랜서인 나와 달리, 정선은 여행사 소속이다. 단체여행객이 도는 관광지라는 게 빤하니, 소속은 달라도 우연의 형태를 띤 필연으로 자주 만나게 된다. 공항에서, 관광지에서, 그리고 호텔에서. 정선네 팀도 H호텔에 있는 모양이었다. 하루일과를 마치고 파근한 다리를 주무르던 참인데 다시 신발을 신어야 할 것 같다.

"혹시나 하고 물었더니 리쎕션에서 언니가 와 있다는 거야. 어찌나 반갑던지. 난 오늘 도착했어. 오랜만인데 그냥 넘어갈 수 없잖아? 한 잔 하자."

호텔 옆의 이자까야에 가니 정선은 그새를 못 참고 맥주를 마시고 있었다. 지난겨울 벳푸의 지옥온천에서 보고 처음이니, 석달 만이다. 매직스트레이트로 곱게 펴 찰랑거리던 긴 머리를 짧게 쳐서 웨이브를 넣었다. 맑고 긴 목덜미에서 상큼한 봄기운이 뻗친다.

"머리 잘 어울린다. 혹시 좋은 일 있어?"

"정말? 좋은 일은…… 그새 만남에서 이별까지 풀코스로 뛰었어. 나 참 속전속결이지? 머리 예쁘다니 기분 짱이다. 언니, 오늘 내가 살 게. 먹고 싶은 걸로 시켜."

"알았어. 정선씨 그 말 한 거 일분 안에 후회하게 해줄게."

정선이 밀어준 메뉴판을 보지만, 저녁 먹은 지 얼마 되지 않아 그다지 당기는 게 없었다. 정선도 저녁을 먹었을 테니, 그냥 야채볶음을 시킨다.

"지난번에 본 게 언젠데 그새 만남에서 이별까지야. 능력도 좋다."

"능력 좋은 년이 친구에게 남자 뺏기겠어? 우리 술이나 먹자, 건빠이! 언닌 여전히 솔로지? 혼자 견디는 거 보면 언닌, 참 대단해."

내겐 정선이 대단해 보인다. 너무 튀는 게 부담스러운 직업인데도 정선은 수시로 머리 모양이며 빛깔을 바꾼다. 정선과 알게 된 지 사 년, 그동안 사귀다 헤어진 사람은 내가 알기만도 네 명이다. 평균 일년에 한명꼴. 헤어질 때의 고통을 잊게 하는 특별한 호르몬이 정선에게만 흐르는 것 같다. 잘 웃고 잘 떠들고 잘 마시고. 사랑스러운 여자다, 너무 치댄다는 점만 빼면.

"아까 무슨 일이 있었냐면…… 이번 팀에 젊은 애기엄마가 끼였어. 아이는 유치원에 다니나본데, 아이도 엄마도 머리끝에서 발끝까지 유명 브랜드로 휘감고. 근데 애엄마가 오더니, 자기 앤 아직 어려서 말귀도 못 알아듣는데 가이드비를 내야 하느냐고 묻는 거야. 어이가 없어서, '걷는 애들은 다 내야 해요' 했더니 그 아줌마, 뭐랬게?"

"글쎄?"

"자기 애를 짝 째려보며 말하는 거야. 애, 기어!"

깔깔깔. 정선의 웃음소리에 히스테리의 기미가 얇게 깔린다. 나도 헛웃음을 친다.

일본은 해외여행을 처음 하는 사람이 선택하기엔 조금 부담스러운 곳이다. 물가도 그렇고 이국적인 풍정도 덜하다. 그래서 처음 해외여행에 나서는 사람들은, 적은 돈을 들이고도 이국의 풍경에 흠씬 취할 수 있는 동남아를 선호한다. 동남아를 다닐 땐 어글리 코리언 소리를 듣던 여행객들도 일본에 오면 비교적 점잖고 조용해진다. 무엇보다도, 일본 자체가 시끌벅적하지 않기 때문에 그 분위기에 저절로 맞춰지는 것이다. 그래도 남의 눈치 안 보고 꿋꿋하게 자기 할말 다 하는 사람은 어디에서나 돌출한다. 블랙리스트에 올랐던 김사장도 비교적 탈이 없다. 이 불상은 아픈 곳을 낫게 해주는 효험이 있다고 합니다. 머리가 아픈 사람은 불상의 머리를 문지르고, 배가 아프면 배를 문지르면 효과가 있다고 합니다. 동대사 대불전 빈주루존자 앞에서 설명을 마쳤을 때, 내 곁을 지나가면서 슬몃, 그러나 내 귀에 들리리라는 걸 감안한 크기로 홀리듯 말하긴 했지만. 그럼 치질인 사람은 소용없겠네. 불상 밑으로 기어들어가 만질 수도 없고. 그거야, 누구네 집 개가 짖냐는 식으로 못 들은 척하면 그만이다.

모시는 동안은, 손님이 아주 무례한 경우만 아니라면 최선을 다한다. 그 최선은, 그 순간에 바쳐진 최선이다. 3박4일 내내 그런 상태를 유지해야 한다면 애초에 시도도 하지 않았을. 시간을 잘게 분절할 것. 삶을 잘게잘게, 다진 파슬리 잎처럼 잘게 분절해서 살아낼 것. 그 순간이 다시는 오지 않으니. 그걸 자기 개인에 대한 친절로 착각한 손님들은 돌아가서 어느날 전화한다. 아, 주희씨? 나 김영태요. 잘 지냈소? 그 친근함에 나도 잠깐 속는다. 알고 지내는 사람 명단이 머릿속에서 주르륵 흐른다. 없다. 네, 누구시라구요? 아, 지난달에 일본 같이 갔던 김영태요. 지난달, 나는 킨끼와 아오모리 등 네 탕 뛰었다. 내가 이끌고 다닌 사람만 해도 얼추 잡아 칠십여명이다. 인천공항에 도착해서 입국장의 스크린도어를 나섬과 동시에 지워진 사람이다. 상대방은 내가 자기를 기억하지 못한다는 건 상상도 못하는 눈치다. 나는 적당히 맞장구친다. 아, 네, 안녕하세요? 남자 몸체 사진에 하얀 공백인 얼굴을 향해 던지는 밍밍한 인사. 사진 정리하다보니 여행 때 일도 생각나고, 친절하던 우리 주희씨 생각도 나서…… 여전히 일 잘하고 있나 궁금도 하고…… 그런 말을 들으면 친절한 주희씨,의 목젖이 간질거린다. 너나 잘하세요. 그 말을 누른 채 나는, 그의 머릿속에 있는 친절한 주희씨를 배반한다. 저기, 제가 지금 일하는 중이라서요, 어쨌든, 전화주셔서 고맙습니다.

정선의 말소리가 더 빨라지고 별거 아닌 일에도 자주 깔깔거린다. 그냥, 그러면 술기운이 빨리 돌 거 같아서 그래. 그래야 빨리 취하지.

이론상으로는 어긋난 말이었다. 말을 많이 하고 자주 웃으면 술이 덜 취한다는 것은 상식이었다. 그러나 묵묵히 술 마시기엔 취하고 싶은 정선의 열망이 조급하다.

낯선 곳에서 잠을 못 자는 정선에게 가이드라는 직업은 형벌이나 다름없다. 집에선 혼자 잘 자요. 그런데 집에서 나오면 못 자겠어. 이사했을 땐 한달 넘게 비몽사몽이었어요. 다시는 이사하지 말자고 했더니, 엄마가 전생이 고양이였나 보라고…… 정선은 십년도 더 된 봉제 너구리를 여행용 가방에 넣고 다닌다. 너구리의 익숙한 감촉도 정선이 여행지에서 전신으로 감지하는 낯선 기운을 몰아내지는 못한다. 그래서 정선은 밤마다 술을 마신다.

"그래도 난 괜찮은 편이야, 언니. 우리 회사에, 대만 쪽 뛰는 애 있거든. 걘 자기 집 변기 아니면 절대로 똥을 못 눈대. 뭐 지 항문이 변기형상기억항문이라나 어쨌다나. 2박 3일일 땐 그래도 괜찮은데, 거기서 길어지면 끝장이야. 원래 피부가 백옥 같은 애거든. 4박 5일 마치고 돌아오는 날 공항에서 봤는데, 똥독이 그렇게 무섭다는 거 처음 알았어. 그 희던 얼굴이 누르스름한 게. 그런 애도 있는데, 뭘. 뱃속에 똥 그득히 담고 돌아다닌다 생각해봐. 깔깔깔."

깔깔거리는 끝자락을 문 채 술을 마시던 정선은 사레가 들려 캑캑거린다. 겁이 많다고 씌어진 도도록한 눈에 눈물이 글썽거린다. 사레 때문에 맺힌 눈물 같지는 않다. 끝나버린 연애 때문 아닐까. 대만. 철가방이 있는 곳이다. 그 시절엔 나름대로 절실했지만, 실상 철가방은 내 무수한 짝사랑 가운데 한사람일 뿐이었다. 초등학교에 들어가기 전, 옆집 아이를 짝사랑해서 걔하고 결혼하겠다고 우긴 이래, 나는 수많은 여자들과 수많은 남자들에게 빠져들었다. 그 홀림을 상대방이 알아차리게 드러낸 적은 거의 없었지만. 그냥 내 안에 사람을 품고, 그 사람이 내는 빛을 쬐는 것만으로 행복했다. 철가방도 그저 장난기 섞인 짝사랑의 대상일 뿐이었다.

"몸에서 내보내야 할 게 안 나오면 그렇게 무서운가봐."

정선은 검지로 눈초리에 고인 눈물을 쓸어내며 웅얼거린다. 그럼, 나는 고개를 끄덕인다. 변비 환자가 변기에 앉아 똥을 내보내려 끙끙 거리듯, 나도 끙끙거렸지만 기억은 내 의지보다 한결 집요했다. 떠나온 집이 꿈속에 나타난 새벽이면 입술을 으지직 깨물었다. 내가 그것밖에 안되는가 싶어서. 여태 못 떠나보낸 내가 한심스러워서.

"언니 혼자 잠들고 깨어나는 거 정말 무섭지 않아?"

드디어 정선이 묻는다. 술에 취해서 어쩔 수 없다는 듯이, 정선은 내 방으로 와서 잠들고 싶어한다. 전에 두 번쯤 그런 적이 있다. 하지만 이제 더는 그러고 싶지 않다. 이상하게도 일본에 오면, 내 머릿속의 꼬마전구들이 스르르 꺼진다. 이 땅 깊숙한 곳에서 꿈틀거리는, 언제든지 이곳을 뒤엎어버릴 수 있는 용암 때문일까. 진동하는 버스 안에서처럼 꿈 없는 잠을 잔다. 그 기회를 놓칠 수는 없다. 혼자임을 자각할 때의 두려움을 한번도 겪어본 적이 없다는 듯, 나는 천연하게 말한다. 혼자인 건 안 무서워. 사람이 무섭지.

방학이 끝나갈 즈음이면 내 가슴은 두근거린다. 고삼 때 부모를 둘다 여의었지만, 나는 대학에 합격했다. 내가 원했던 대학보다 등급이 낮아졌을 뿐이다. 얼마 전까지 나의 부모 것이었던 모든 것이 그에게로 넘어갔으니, 부모가 살아 계셨으면 했을 일들을 그가 하는 게 당연하다던 생각은 대학 입학금을 탈 때부터 어그러졌다. 내게 마지못한

듯 입학금을 내주고 나서, 그는 언니를 가게로 불러내었다. 간호전문
대학 필기시험에 붙고도 체력 때문에 면접에서 떨어져 집에서 쉬고
있던 언니였다. 다 큰 애가 집안에만 있으면 답답하지 않겠냐. 나와서
사람도 겪고 세상 돌아가는 것도 배워야지. 말은 근사했다. 병약하던
언니는 새 천에서 나는 염료냄새 때문인지 아니면 화학솜 때문인지,
파리한 얼굴로 기침을 쿨럭였다. 천이 감긴 무거운 널빤지를 들어내
리고, 손님에게 한쪽 끝을 맡기고 무쇠가위로 끊어내면서 언니는 이
십대를 보냈다. 천장에서 아래로 죽죽 드리워진 화려한 빛깔의 천들
틈에서 누레지던 언니의 얼굴. 그는 자주 가게를 비웠고, 언니는 오줌
을 참아가며 포목점을 지켰지만 월급 같은 걸 제대로 받아본 적은 없
었다. 결혼자금으로 든 빈약한 액수의 적금, 그리고 대학에 다니는 내
학비와 생활비를 주는 걸로 그만이었다.

  저 내일모레 서울로 가요. 그러냐. 그는 가타부타 말이 없다. 방학
중에 가져간 등록금 고지서는 까맣게 잊은 듯하다. 마침내 떠나는 날
이 되어도 그는 모르쇠다. 나는 언니에게 역에 가서 차표를 좀 사달라
고 말하고, 언니가 가게에 없는 틈을 타서 형제포목점으로 갔다. 내가
들어오는 걸 본 그는, 너 잘 왔다. 안 그래도 나가야 하는데 선희가 없
어서…… 그러면서 내가 말을 붙일 겨를도 없이 자리에서 일어나 밖
으로 나간다. 나는 그 자리에서 기다린다. 화려한 옷감은 내 눈을 어
지럽힌다. 견본 한복도, 내 부모의 손때가 묻어 닳은 나무자도, 그 자
리 그대로다. 사람만 가고 없을 뿐이다. 그렇게 사람을 모르는 아버지
가 이만한 살림을 일궜다는 게 믿어지지 않는다. 당신 동생을 그렇게
도 몰랐을까.

  그는 그렇게 모진 사람이 아니었다. 니 작은아버지가 물잠뱅이 같

긴 해도 제사 모실 애들은 그 집에서 나왔으니 고마워해야지. 쌀집을 할 때도 남들처럼 되를 속일 줄 몰라서 망했다고, 아버지는 그렇게 말했다. 그가 벌인 일들이 실패를 거듭할 때마다, 아버지는 그 뒤를 막아주었다. 그때 아버지가 그의 무엇을 건드려서 생채기를 내고, 그게 더껑이진 것일까. 물잠뱅이 같던 삼촌이, 크기로는 고래 맞먹고 지악스럽기로는 굶주린 상어보다 더한 탐욕을 키우고 있었던 것을 아버지는 몰랐을까. 위장병 약을 먹는 언니가 병원에 갈 돈을 탈 때면 "위장병에는 굶는 게 약인데 자꾸 군것질하니 더 상하지"라며 말못을 치고, 휴가도 없이 일하는 언니에게 바람을 쏘일 겸 어쩌다 서울에 같이 갔다 오겠다고 하면, 끝내 모르는 척 집 떠날 때까지 불편하게 하다가 기어이, "철도청에 돈 갖다주느라 고생한다"는 말로 문 나서는 언니의 등짝을 후려치던 그였다. 그가 말로 날린 가시는 한번 박히면 뽑아낼 수 없는 것이어서, 곪으면서 오히려 더 깊이 살속에 파묻혔다.

네 작은엄마가 둘째한테 시집와서 제사 모시게 될 줄 누가 알았겠냐. 이보다 더 기가 막힌 일은 없다는 듯이 말하는 그의 곁에서 숙모는 내 기막힌 속을 누가 알리요, 시위하는 것처럼 한숨을 푹푹 내쉬면서 나물을 무치다 언니에게 외쳤다. 애, 동태전을 부치면서 그렇게 자주 뒤집으면 어떡하니? 살이 다 풀어지잖아. 그는 제사상 앞에 선 채, 자기 아들들을 병풍처럼 둘러세웠다. 그 가장자리엔 그의 아내가 있었다. 언니와 나는 사촌동생들 뒤편에 서서, 아버지의 사진을 바라보았다. 니들은 곧 남의 집에 가서 그 집 제사 모실 건데, 뭘. 생전의 아버지가 그들 앞에서도 그렇게 말하지 않았더라면 뭔가를 주장할 수 있었을까.

더 있다가는 열차를 놓칠 판이다. 그렇다고 그냥 갈 수는 없다. 오기로 탱탱해진 나는 자리에서 일어나 그가 갈 만한 곳을 찾아나선다. 어, 네가 웬일이냐? 친구가 하는 사진관의 소파에 앉아 있던 그는 무르춤하게 말한다. 드릴 말씀이 있어서요. 그래, 여기 앉아라. 그는 삼인용 소파의 빈자리를 손으로 가리킨다. 나는 앉지 않고 선 채 망설인다. 내 난처한 기색을 본 사진관 주인이 슬며시 자리를 비켜준다. 등록금요, 마감날이 닷새 남았거든요. 그에게 구걸하고 싶지는 않다. 아버지의 불분명한 유언장이 약속이라면, 그는 그 약속을 지키지 않고 있는 것이다. 나는 빚 받으러 온 사람처럼 굴고 싶어 온몸의 독기를 끌어모으지만, 그러나 이미 치욕으로 누글누글해진 마음속에선 울먹임이 인다. 아참, 내가 깜박했구나. 요즘 장사가 통 안되서…… 날짜 맞춰 부쳐주마. 나는 고개를 꾸벅하고 나온다. 그는 끝내 나를 피할 순 없었지만, 그래도 그리 손해본 것은 아니다. 그로선, 자기 자식들만으로도 벅찬데 조카들을 거두느라 희생하는 사람의 역할을 제삼자 앞에서 보여준 것이니까. 조카들한테 갈걸 다…… 뒷전에서 수군거리던 사람들이 더불어 살아가야 할 사람은 어차피 죽은 아버지나 우리 자매가 아니라 작은아버지였다.

언니는 대합실 밖에 나와서 내가 올 길 쪽으로 몸을 틀고 있다. 언니가 그 불편한 현장을 피하게 하려 일부러 먼저 가서 좌석표를 끊어달라고 말했지만, 별무소용임을 나는 알고 있다. 언니는 내가 그와 맞서는 장면을 상상하면서 불안에 겨워 울렁울렁 멀미를 일으켰을 것이다. 모퉁이에서 언니를 발견한 나는 잠깐 숨을 고른 다음, 별거 아니라는 듯 위악적인 미소를 지으며 언니에게 다가간다. 언니의 커다란 눈망울이, 그런 나를 불안하게 훑고 지난다. 어떻게 됐니?

어떻게 되긴. 등록마감 기한 똑똑히 알려줬지. 부쳐준대. 대수롭지

않다는 표정으로, 나는 언니에게서 차표를 받아든다. 그 순간, 개찰한
다는 안내방송이 나온다. 사지에 언니를 혼자 남겨두는 듯 애틋함이
훅 끼쳐오지만, 한편으로는 언니와 함께 있는 시간이 짧은 게 다행스
럽다. 언니에게 인사하고 개찰구를 나올 때까지도 내 걸음은 씩씩하
다. 나는 개찰구에서 멀리 떨어진, 열차의 머리부분이나 꼬리부분으
로 걸어간다. 언니에게 등을 돌린 순간부터 눈 안에 그렁그렁 차오른
눈물은 보이지 않고 입가에 띄운 미소만 보이는 지점까지. 나는 뒤돌
아서서 개찰구에 붙어서 있는 언니에게 미소지으며 손을 흔들어준다.
기적소리가 울리고 열차의 진동음이 레일을 타고 다가온다. 팔을 번
쩍 들어 다시 손을 흔들고 나는 몸을 돌린다. 확, 선로로 뛰어들고 싶
은 난폭함을 가누자, 그때까지 힘껏 가두어두었던 눈물이 볼로 미끄
러져내린다. 코앞에서 문이 탁 닫히는 기분, 깡통을 들고 찬밥을 동냥
하러 온 사람이 된 듯한 비참함.

　혹시라도 아는 사람을 만나게 될까봐 고개를 외로 꼬고 울다보면
치욕과 분노는 눈물에 녹아들고, 마음속엔 물 썬 개펄 같은 막막함이
차올랐다. 무엇이 그를 그렇게 표변하게 만들었을까. 어떻게 그렇게
사람을 모멸할 수 있는 걸까. 그를 경멸할 권리가 내겐 있는 걸까. 사
람은 고작 이것밖에 안되는 존재일까.

　속이 울렁거리는 느낌에 잠에서 깨어난다. 그리 많이 마신 것도 아
닌데, 하다 보니 다시 울렁거린다. 진동은 내 뱃속에서가 아니라 바닥
에서 온다. 미미한 지진이다. 잠을 깊이 자는 사람들은 느끼지 못했을
진동이다. 나는 몸을 돌려 엎드린다. 그렇게 하면 좀더 진동을 잘 느
낄 수 있을 것이다. 땅이, 땅속 깊이, 바닷속 깊이 무언가가 꿈틀한다

는 것. 견고해 보이던 것들이 그렇게 쉽게 무너질 수 있다는 것을 내 몸에 새기려는 듯이. 사람들의 일상생활에 지장을 주지 않는 정도의 미진이라고 해도, 미진이 계속되면 석불에도 금이 간다.

누나, 하는 사촌동생의 목소리를 들었을 때, 나는 반사적으로 전화기를 내려놓을 뻔했다. 언니에게 전화가 갔다는 건 들었지만, 나에게까지 전화할 줄 몰랐다. 몇년 만의 통화인지 몰랐다. 선희누나한테 얘기 들었지? 아버지가…… 나는 말을 잘랐다. 들었어. 지금 중앙병원에 계셔. 그것도. 한번 안 올 거야? 대답이 기대와 달랐던지, 사촌동생이 묻는다. 누나들은 왜 큰아버지 제사에도 안 오고 그래? 누나는 절에 다닌다며, 난 종교에 대해선 잘 모르지만, 종교가 말하는 건 사랑과 용서 아냐? 대학을 마치고 취직했다가 힘들다고 한달 만에 때려치우고 내려와 제 아버지 그늘에서 살아온 애다운 순진한 질문이었다. 요셉과 그 형제들? 요셉의 관용? 그를 버린 형제들이 끝내 창성했더라면? 깨닫고 보니, 여행객에게 나눠줄 일정표 뒷면에 끼적거리고 있었다.

형제포목점은 문을 닫고 자주 업종을 바꾸었지만, 그래도 가게 터가 워낙 널찍해서 사촌들은 귀퉁이에 새로 낸 가게들을 하나씩 받아서 장사를 했다. 포목점을 하면서도 예단조차 중질로 해간 언니가 결혼하던 날, 혼주석에 앉은 그의 아내가 정말 감격스럽다는 듯이 손수건 끝으로 눈물을 찍어낼 때, 언니가 첫 아기를 낳았을 때 시장 좌판에서 파는 싸구려 내복을 사보낸 그들이 언니의 친구네가 하는 유아용품점에서 언니네 아기에게 보내겠다고 최고급 유아복을 사갔다는 걸 나중에 들었을 때, 가까스로 대학을 마치고 결혼하지 않은 채 떠도는 내게 한밑천 떼어준 것으로 알고 있는 고향 사람들을 만났을 때,

그럴 때마다 진실이라고 믿고 있던 것들이 흔들렸다. 사촌동생들에겐 아무런 감정이 없었다. 그애들은 자기의 신발을 신고 걸을 뿐이니까. 언니의 신발을 신고 걸어본 적 없는 내가 언니의 멀미를 이해하지 못하듯, 그애들의 부모가 쌓아올린 거짓 앞에서 내가 일으키는 멀미를, 그걸 감당하기 위한 조면을 그애들이 이해하지 못하는 건 당연했다. 끝내 한번 들르겠다는 대답을 하지 않고 통화를 마쳤지만, 나는 일본에 와서도 전과 달리 잠들지 못한 채 내내 물만 들이켜고 있었다.

따르릉, 전화벨이 울린다. 퍼뜩, 놀라는 마음을 다잡는다. 무슨 일일까. 다행히 그동안 나는 일하면서 큰 사고를 겪지는 않았다. 가이드로선 행운이었다. 일행이 길 건너편에서 빤히 지켜보는데 길을 건너다 치여 죽은 사람도 있었다. 길을 건널 땐 한국과 반대인 차선 방향에 주의해야 한다고 가이드들이 누누이 이르지만, 습관 때문에 차가 오는 반대 방향을 바라보며 길을 건너기 쉽다. 온천에 든 일행 중 한명이 안 나와서 들어가보니 물 위에 둥둥 떠 있던 적도 있었다. 두번째는 정선이 들려준 이야기다.

"여보세요?"

아무 말이 없다. 두시 십오분, 예사로 전화할 시간은 아니다. 끊임없이 전화벨이 울리더라는 정선의 이야기가 얼핏 떠오른다.

낯선 곳이 무섭다 무섭다 하니까 정선에겐 무서워할 일이 따라다닌다. 아오모리의 전통여관에서 잘 땐 방안에 냉기가 흐르고 무언가 형체 없는 것이 스윽, 스치며 온몸에 소름이 돋았고, 삿뽀로의 눈축제에 갔을 때 잠결에 끊임없이 전화벨이 울리는 소리를 들었다고 했다. 언니, 분명히 전화벨이 울려서 받았는데 아무 소리도 안 들리고, 다시 잠들 만하면 누가 지켜보기라도 한 것처럼 전화벨이 울리는데……

머리카락이 빳빳이 곤두선다는 거, 그게 과장이 아니더라니까. 여보
세요? 내 목소리가 조금 날카로워진다.

"……언니……"

정선이다. 그러면 그렇지, 긴장이 풀린다. 혀끝이 많이 말렸다. 언
니, 우리 방에서 같이 잘래? 하는 말이 나오기 직전에 일어섰더니. 나
와 헤어지고도 술을 더 마신 모양이다.

"정선씨? 무슨 일이야?"

"미안해, 언니. 나…… 언니 방에 가면 안돼? 여긴 괜찮았는데 오
늘은……"

무섭네, 하는 말을 삼키는 정선. 무섭다는 말을 하면 더 무섭게 느
껴질 것이다.

언제던가. 언니가 크게 앓은 적이 있었다. 그의 포목점에 나가 일한
지 한 계절이 지났을 때였다. 아프다는 이야기를 듣고 내려와보니, 언
니는 속 파먹힌 거미처럼 기진해 있었다. 긴 생머리가 땀에 절어 베개
에 물풀처럼 흩어져 있었다. 눅진해지는 마음을 가리려 실실 웃으며
말했다. 언니, 긴 머리 그렇게 하고 있으니 소복만 입으면 딱이겠다.
정말? 내가 내려와서 한결 기운이 돈다는 언니가 자리에서 일어나
기대앉았다. 나 거울 좀 줘볼래? 화장대로 쓰는 작은 탁자 위의 손거
울을 집어 언니에게 건넸다. 언니는 손거울에 비친 제 모습을 보더니
엄마야! 하며 거울을 내던졌다. 앓아서 한결 커진 눈에 그새 눈물이
그렁그렁했다. 자기 모습을 보고 놀라서 울다니. 언니, 나랑 서울로 가
자, 말하려던 걸 삼켰다. 언니를 두고 고향을 떠나올 때마다 유기하고
돌아서는 것 같아 마음에 걸렸지만, 저렇게 심약한 언니를 자취방에
데려온단들, 언니가 바뀐 삶의 멀미를 견딜 수 있을 것 같지 않았다.

"자꾸 그 사람 생각도 나고……"

그 사람? 목욕탕에서 동동 떠 있던 사람 말인가, 하다가 나는 깨닫는다. 만남에서 이별까지의 그 사람일 것이다.

나는 소리가 들리지 않도록 자근자근 씹어서 한숨을 내쉰다. 어차피 그의 소식을 들은 뒤로 머릿속의 꼬마전구들은 조도를 있는 대로 높이고 있다.

"그래, 와. 나도 안 자고 있었거든."

"정말? 언니 그럼, 내가 편의점에 가서 먹을 것 좀 사갖고 갈게. 술다 떨어졌거든."

정선의 목소리가 단박에 통통 튄다. 같이 갈까, 물을 겨를도 없이 전화가 끊긴다. 혼자 맞는 밤의 무서움에서 잠깐 벗어날 수 있다는 게 그리도 반가운 모양이다. 통화를 마치는 순간부터 이미 정선과 함께할 시간이 부담스럽게 느껴지기 시작했다는 걸 정선은 상상하지 못할 것이다.

그를 이해하기 위해 머리가 아프도록 많은 밤을 지새운 뒤, 나는 그의 가족들을 떠올렸다. 그의 소생들을 잘살게 하는 데 언니와 내가 걸림돌이 되었던 것일까. 아니면 그가 가로챘다고 사람들이 수군거리는 아버지의 재산 때문일까. 그가 왜 그랬는지, 무엇이 그를 그렇게 만들었는지, 무슨 두려움이 그렇게 사람을 벌레처럼 밀쳐내게 했는지 그걸 알아내야 다시 누군가를 사랑할 수 있을 것 같았다.

대만에 가야지, 어둠속에서 가로등만 적막한 밤거리, 잰걸음으로 편의점의 환한 불빛을 향하는 정선을 떠올리며, 그 밤거리에 섬처럼 드문드문 불 밝힌 창들을 보면서 나는 뜻없이 중얼거린다. 사촌동생이 말한 병원보다 대만이 내겐 가깝다. 그곳에 간다고 철가방을 만날 확률은 없겠지만, 철가방은 그저 무수히 마음에 담았다 풀어보낸 내 짝사랑 중의 한사람에 지나지 않지만, 그러나 내 마지막 사랑이기도 했다. 고향역에 서서 눈물을 훔치던 그 시절 이후로, 나는 누구도 마음에 품지 않았다. 삶이 일으키는 멀미에 마냥 흔들렸을 뿐이다. 그러고 보니 대만도 섬이었고, 그곳 또한 지진이 이는 곳이다. 그곳에 가면 깊은 잠을 잘 수 있을지도 몰랐다. 이 밤, 잠 못 드는 또 한 영혼이 문밖에서 숨죽인 목소리로 부른다. 나야.

문밖에서

무엇에든지 이름 붙이기를 좋아하는 사람이 이 장면을 본다면 뭐라고 할까. L을 찾는 사람들, L찾사? L을 생각하는 사람들의 모임, L생모? 한때 L의 직장동료였던 S, L의 고교동창인 P, P의 대학후배인 U, L의 대학후배인 K…… 누군가는 멀쩡한 위장에 염증을 선물해 직장에서 빠져나왔고, 누군가는 아이를 맡아준 시간보다 생색내는 시간이 더 긴 앞집 여자에게 아이를 부탁해야 했고, 누군가는 시장조사 나간다는 말을 입에 올렸다. 이들을 모이게 한 건 이 자리에 없는 L이다.

공기청정기를 가동하고 아로마향을 내뿜는 널찍한 까페 실내엔 뉴에이지풍의 음악이 청량하다. 애써 그 음악에 마음을 팔려 해보지만, 자리에 앉은 뒤부터 무지근해진 S의 어깨는 풀리지 않는다. 언젠가 꼭 한번 이런 자리에 있었던 적이 있는 것 같다. 시곗바늘이 숫자판 위에서 한없이 굼뜨게 움직이는 것만 같던 때가. 언제더라…… 기억은 떠오를 듯 떠오를 듯 머릿속을 간질이며 감질나게 한다.

취향이 전혀 다른 남자를 소개받아 처음 만났던 때? 남자는 한다면 하는 성품이었다. 새벽등산을 하기로 마음먹은 날 등산화를 처음 산 남자는 다음날부터 하루도 빠지지 않고 새벽 다섯시에 산에 올랐다가 출근한다고 했다. 남자의 철저함이야 본받을 만한 일이었다. 자기처럼 철저하지 못한 다른 사람들을 남자가 용납하지 못한다는 게 문제였다. 남자는 S가 별다른 취미도 없이 직장과 집을 오가며 시간을 보낸다는 걸 믿을 수 없어했다. 인생은 그렇게 사는 게 아닙니다. 길이 없으면 스스로 길을 열어가야지요. 지금 S씨에게 가장 필요한 건 직업상의 일말고 열정을 느낄 수 있는 다른 일을 갖는 것입니다. 퇴근한 뒤에 학원 같은 곳에 다녀보는 건 어떨까요? 야근이 잦다구요? 야근도 하나의 습관이지요. 늦게까지 일할 거니까, 하고 있으면 낮 근무시간에 아무래도 해이해지지 않던가요? 남자의 말은 그른 데가 하나도 없었다. 그래서 더 듣고 있기가 버거웠다. S를 위한 프로그램을 짜서 내밀고, S가 제대로 실행하고 있는지 확인하기 위해서, 단지 그 목적만으로라도 다음 만남을 기약할 수 있을 것 같은 남자였다. 들썩거리는 엉덩이를 눌러앉히느라 어깨가 딱딱하게 뭉쳤던 그때? 아니면, 대단한 무언가가 있는 것처럼 찬란한 광고문구에 홀려 친구와 보러 갔다가 영화관을 나와 다디단 코코아로 속은 듯한 심정을 위로했던 영화를 다시 보아야 했던 때? 그 무렵 사귀던 남자가 '꼭 같이 보고 싶은 영화'라는 바람에 차마 보았다는 말을 못하고 영화관에 갔다. 어둠 속에서 갈급한 듯 손을 잡긴 했지만, 맞잡은 손으로 나누는 온기조차도 지루함을 걷어내진 못했다. 영화가 끝난 뒤 남자의 얼굴에서 감동받은 기색을 보자 이 남자와 오래갈 수 없겠다는 생각이 들 정도였다.

곁에 앉은 남자가 눈치채지 못하게 몸을 비틀며 영화를 보던 때? 아슴푸레한 기억을 더듬는 동안에도 굳은 떡처럼 딱딱한 공기 속에서 온몸의 근육이 굳어가는 듯하다. '우리, 그만 일어날까?' 쑥 빠져나오려는 말을 자금거리다 혀끝을 깨무는 순간, 가물거리던 기억이 선명해진다.

꽉 감은 눈이 저절로 뜨이려 했다. 눈시울에 힘을 주자 감은 눈 안쪽에 빛의 막 같은 게 어른거렸다. 몸이 자꾸만 앞으로 쏠리는 듯해서 꼬리뼈 쪽에 힘이 들어갔다. 책상에 올라가 무릎 꿇고 팔을 들어올리는 벌을 받기 시작한 지 얼마나 지났는지 모르겠다. 저릿거리던 팔엔 아예 감각이 없고 신경은 끊어질 것처럼 팽팽했다. 몸이 앞으로 쏠리면서 책상 아래로 우당탕 고꾸라질 것만 같다. 누군가의 잇새에서 한숨 같은 신음소리가 비어져나왔다. 누구얏, 소리내는 사람! 담임의 고함소리가 긴장을 찢었다. 자기 의지와 상관없이 팔이 처지고 몸이 나동그라지는 게 아닌가 싶은 고비를 넘기자 누군지 모를 범인에 대한 원망도 어느결에 가뭇없어지고, 내가 나도 모르는 새에 급우의 등록금에 손을 댄 게 아닐까 하는 의혹이 하얗게 비어버린 머릿속을 채웠다.

언제 끝날지 모르는 체벌을 견디던 그때의 막막함. 돈을 훔친 사람이 나타나기 전까지는 끝내지 않겠다는 담임의 의지가 바윗덩이처럼 짓누르던 교실 안. 그때의 묵중한 공기가 까페를 채우고 있다. 하긴 분실사건이라면 분실사건이었다. 없어진 게 돈이나 물건이 아니라 사람이라는 것만 다를 뿐.

"L에게 무슨 일 있어? 메씨지 남겨도 연락 없네. 휴대폰도 꺼져 있

88

고."

P의 목소리에는 전화기로도 쉬 감지할 수 있는 염려가 깔려 있었다. S는 찔끔했다. L의 가장 친한 친구인 나는 P만큼도 걱정하지 않았던 것은 아닐까 하는 생각이 스쳐서였다.

"나도 연락했는데 안되더라. 마감할 게 밀렸다니까 일하고 있든가, 아니면 일 마치고 며칠 바람쐬러 갔든가 그랬을 거야."

S가 L과 통화한 건 열흘쯤 전이었다. 휴대폰은 꺼져 있었고 집의 전화는 자동응답기가 작동중이었다. S는 메씨지를 남겼다. L, 나야. 이번주 마감이라더니 너 아직 마감 못했나보구나. 일 끝내면 전화해줘. 안녕.

L의 응답이 없자 어쩌면 앓고 있는지도 모른다는 생각이 들었다. L은 제가 앓을 때면 전화를 받지 않는 버릇이 있었다. 며칠 동안 소식 없다 나타난 L의 얼굴, 입이나 코 언저리의 부르튼 자국이 잠수한 이유를 밝혀주곤 했다.

일을 마치고 잠깐 여행을 떠났을 수도 있었다. 돈 대신 시간을 누릴래, 하며 직장을 그만두고 프리랜서로 일하기 시작한 뒤, L은 혼자 떠난 여행지에서 이따금 전화를 걸어왔다. S니? 지금 통화할 수 있어? 그럼 들어볼래? L의 목소리가 사라지면 잠깐 정적이 이어진 뒤 뎅, 데엥, 범종소리가 밀려들었다. 그 소리는 일에 휘둘리느라 뜨겁게 달아올랐던 S의 머릿속을 비우고, 그 빈 공간으로 소쇄한 기운을 물살처럼 흘려넣었다. 때로는 산새 울음소리거나 계곡에 흐르는 물소리이기도 했다.

"그렇구나. L 걔, 집 떠날 때 너한테도 안 알리고 가는구나. 난 L이너랑은 친한 줄 알았는데……"

S는 벙벙했다. 이따금 훌쩍 여행을 떠나는 L의 버릇을 우정의 밀도와 연관지어본 적이 없었던 것이다.

L을 처음 만난 이십대 초반, 그때 S는 늙수그레한 사장이 편집장을 겸한 작은 출판사의 유일한 편집부 직원이었다. 열차 안을 연상시키는 좁고 긴 편집실 양쪽 벽면, 짙은 밤색 책장을 빽빽하게 채운 책의 묵은 냄새에 절어, S의 젊음은 지린내나는 물에 젖은 책갈피처럼 희치희치했다.

턱없이 두툼한 자전소설 원고가 들어왔을 때 사장이 데려온 아르바이트생이 L이었다. 필자가 사장의 인척이라서 어쩔 수 없이 내는 책이었다. 피해의식에 짓눌려 세상 누구도 믿지 못하는 주인공의 망상과 집요함이 원고를 설렁설렁 넘기며 검토하던 S의 머리를 지끈거리게 했다. 교정을 보는 L에게 어때요? 하고 물은 것도 그 지끈거림의 기억 때문이었다.

"「광인일기」가 생각나는데요."

"루 쉰 말이에요?"

설마. S는 말끝을 올렸다. 편집증 환자일 아마추어가 쓴 소설에 루 쉰이라니.

"원고 총량이 삼천매잖아요. 압축하면서 이천구백매를 쳐내면 그 비슷한 단편 하나 나오지 않을까요?"

정색을 하고 듣던 S는 파슬파슬 웃었다. '이천구백매 쳐낸 광인일기'라니. 별말도 아니었는데, 잠자리에 누워서도 문득 그 생각을 하면 웃음이 비어졌다. 자기가 웃음에 굶주려 있었다는 것을 S는 그때 깨달았다. 경리사원이 있는 사무실을 지나 아무도 없는 편집실에 들어설 때면 막 출발하려는 열차 안에 오르는 기분이었다는 것도. 아홉시부터 여섯시까지 아홉 시간, 창밖에 펼쳐지는 풍경이라고는 불모의 사막뿐인 여행을 이어가며 시드럭부드럭해졌던 S의 감수성은 L과 함께 지내는 나날에 새롭게 물올랐다. 경리 아가씨의 이름을 찾아준 사람도 L이었다. 어느날 L이 뜬금없이 물었다.

"미스 정은 왜 미스 정이에요?"

"그게 무슨 말인데요?"

"다들 나는 L씨라 부르면서 미스 정은 미스 정이라고 하잖아요. 나이도 거의 비슷한데……"

사장이나 영업부장이 부르는 대로 무심코 따라 불렀던 S는 아차, 싶었다. S가 성을 뺀 이름을 부르자, 그동안 호칭에 대해 일언반구도 없던 미스 정, 아니 정은하의 얼굴에 환한 빛살이 여울여울했다.

L은 자전소설과 또다른 책의 교정을 보는 몇달 동안만 사무실에 머무르고 떠나갔지만, 같은 업종에서 일하면서 십여년 세월이 흐르는 동안 S와 L은 누구보다도 가까운 사이가 되었다. 그렇다고 믿어왔다. P가 흘린 말이 그 믿음의 뿌리를 건드리기 전까지는.

"그럼 L이 요즘 무슨 일로 고민하는지도 말 안했겠네?"

"왜, L에게 무슨 일 있어?"

"아니, 무슨 일이라기보다는…… 아무튼 만나자. 만나서 이야기해야 할 것 같다."

회오리바람에 휘말려 허공을 뱅뱅 돌다가 바닥으로 떨어지면 이럴까. 뭔가에 얻어맞아 멍이 들긴 했는데 정작 후려친 것이 무언지 모를 때의 느낌. 의혹의 뭉게구름이 뭉글뭉글 일어 S를 덮었다.

P는 식어버린 커피를 마저 마시려 커피잔을 든다. 잔을 입에 대었

다 떼어내며 잔 안쪽을 들여다보는 P의 가느다란 손에 끼인 반지와 귀고리에서 투명한 보석이 반짝 빛난다. 진품이 아닌 걸 몸에 다니느니 아예 아무것도 안하겠다는 P니까 모조품일 리 없다. 영롱하게 반짝이는 다이아몬드가 얹힌 손을 들어 이맛전을 누른 P가 입을 연다.

"이게 뭐니? 예정대로라면 우린 지금 생일파티를 열고 있을 텐데. U, 너 L에게 날짜 분명히 말했지?"

"물론이지. 우리가 파티를 열 거라는 건 미리 말했고, 날짜는 메씨지로 두 번이나 남겼어."

"그나저나 L선배에게 별일이나 없었으면 좋겠다."

"이러고 앉아 시간만 낭비할 게 아니라, 우선 L 주변인물부터 챙겨봐야 하는 거 아닐까. 혹시 우리가 모르는 사람에게서 소식을 들을 수도 있잖아."

"선배도! L선배 주변인물이면 바로 여기 모인 우리잖아?"

U의 대꾸에 맞아, 그러네, 하면서 웃음이 튀어오른다. 그들은 한줄에 꿰인 구슬처럼 결속되어 있음을 다시금 깨닫는다. P와 만나기로 한 장소에 들어서서 U와 K가 함께 있는 걸 보았을 때, S는 우연히 같은 자리에서 만나게 된 것인 줄 알았다. 잠수해버린 L 때문에 모였다는 말을 듣고 자리에 앉는데, 누군가 목말을 탄 것처럼 어깨가 짓눌리기 시작했다. 웃음이 한차례 자리를 훑고 지나가자, 흩어져 있던 구슬을 꿴 실, P의 존재도 새삼스러워진다.

대개 알음알음으로 만나거나 한사람 거쳐 이름만 듣던 삼십대 여자들이 한자리에 모이기 시작한 건 P의 급작스러운 성공 때문이었다. 평범한 독신 디자이너이던 P가 벤처기업으로 자리를 옮기면서 스톡옵션을 받았고 P가 디자인한 제품이 동남아에서 불티나게 팔린다는 소식을 S도 들었다. 사석에서 몇번 만났던 사람을 여성지에서 보게 될 줄은 몰랐다. 팔짱을 끼고 선 채 활짝 웃는 P는 성공에 따른 자신감으로 한결 아름다워 보였다.

P가 자축하는 뜻으로 준비한 저녁식사에 자기도 초대받았다는 이야기를 들었을 때, S는 조금 어리둥절했다. 그때까지, 중간에 끼인 L이 없다면 몇년이 가도 직접 연락할 일은 없는 사이였던 것이다. 아무래도 자기가 낄 자리가 아닌 것 같아서 L에게 가지 않겠다고 말했다.

"바쁘다는 이야기 들었어요. 그래도 꼭 와줬으면 좋겠어요. 우리나라 사람들은 이상하게 좋은 일을 축하하는 데엔 인색하더라구요."

P가 직접 전화를 걸어 그렇게 말하자, S도 더는 사양할 수 없었다. 평범한 월급쟁이에서 주목받는 사람이 된 기분이 궁금하기도 했다.

격식을 갖추지 않은 여자들만의 모임이려니 하고 들어선 사람들은 눈이 휘둥그레졌다. 그들을 맞은 건 잡지의 요리 화보면을 그대로 옮겨놓은 상차림이었다. 풀먹인 냅킨을 깐 바구니에 담긴 빵, 얼음통에 재운 와인이며 샴페인. 쌜러드 쏘스만도 세 가지였다. 세상에, 이걸 직접 준비했어? 동서양에 육해공을 총망라했네. 누군가의 치하에 P는 겸손하게 대답했다. 무슨, 내가 한 일이라고는 와인을 얼음에 재운 것뿐야. 나머진 출장요리사가 했지.

큰마음 먹고 호사스러운 물건이나 옷 한벌을 장만하면 다음달 카드대금이 나오기도 전에 후회하는 그들과 다를 바 없었다가 출장요리사를 부를 수 있게 된 P의 성공이 그들을 고무했다. 상대적인 결핍을 느끼기도 했지만, 한편으로는 나 또한 다른 삶을 거머쥘 수 있는 건 아닌가 하는 희망도 솟았다. 술잔을 몇번 부딪다보니, 따로따로 만나다 한자리에 모인 어색함이 지워져갔다.

"이렇게 모인 것도 인연인데, 여기 모인 우리 여성동지들이 가끔 이런 식으로 모이면 어떨까?"

후식으로 나온 과일을 권하면서 P가 말했다. '이런 식의 모임'이라는 게 단순히 가끔 모여 얼굴을 보자는 말인지, 아니면 이렇게 데억지게 상을 차려내자는 건지 애매했다. 선뜻 호응하는 사람이 없자 P가 물었다.

"U, 넌 어떻게 생각해? 사실 우리처럼 나이든 여자들이 사회생활 하면서 받는 스트레스가 얼마나 크니? 가끔은 이렇게 풀어줄 필요가 있잖아."

"할 수만 있으면 좋겠지."

"그럼 U는 찬성이고, K 너는?"

P가 한사람씩 지목하며 찬성인지 아닌지를 물었다. 은성한 초대를 받고 나서 그 주최자가 다음 모임을 기약하자는 데 반대한다는 건, 판돈을 딴 노름판에서 자기 앞에 수북이 쌓인 돈을 쓸어담으며 '먼저 일어날 테니 더 놀다 오라'고 말하는 것처럼 무렴한 일로 느껴졌다. P가 다시 와인잔을 들며 말했다.

"그럼, 가부장제 사회에서 고군분투하는 우리 여성동지들의 단합을 위해서, 건배!"

P선배가 우릴 패션쇼에 초대했어요. 다음주 화요일이에요. J가 이사해서 새집에서 모이기로 했어요. H가 장염으로 입원했잖아요. 선배도 벌써 다녀왔어요? 그래도 퇴원했으니까 그동안 못 먹었던 맛있는 음식 사주면서 축하해주자는데요, P선배가요. 이런 식으로 모임은 이어졌다. 선의를 명분으로 한 모임의 힘은 강력했다. 비교적 무심한 편인 S조차, 어쩌다 한번이라도 빠지게 되면 미미한 자책감이 일었던

걸 보면.

"선배, 이러고 있을 게 아니라 우리끼리라도 뭔가 파티 비슷한 거 열어야 하는 거 아냐? 일단 저녁은 먹어야 할 거 아냐."

숲속 난쟁이들의 모임처럼 화락한 기운이 감돌자 U가 그 화기의 끝자락을 거머쥐고 P에게 묻는다. 구슬 하나가 떨어져나갔다고 해서 목걸이를 버릴 수는 없는 노릇이다. 저녁,이라는 말을 듣자, 이제까지 가라앉은 분위기가 허출한 뱃속 때문이었다고, 다들 그렇게 생각하기로 한 눈치다. 따뜻한 음식으로 뱃속을 그득하게 채우고 나면 세상사가 한결 견디기 수월하게 느껴지지 않던가. 배불리 먹고 나면 눈이 좀더 밝아져 없어진 구슬을 찾기도 수월할 것이다. 그들은 머리를 맞대고 메뉴판을 들여다보며 허기로부터 벗어나게 해줄 동아줄을 찾는다.

인생에는 세 가지 길밖에 없대. 달아나든가, 방관하든가, 부딪치는 것. 영화 「씨티 오브 조이」에 나온 대사야. 나는 주로 방관하는 편이었어. 하지만 방관하는 게 더는 허용되지 않을 때가 오지. 그러면 달아나거나 부딪치는 수밖에.

"왜 그런 이야기 있잖아. 숲속의 참나무에서 도토리가 떨어졌는데, 그 소리를 들은 토끼가 뛰고, 토끼가 뛰니까 여우도 뛰고, 그래서 호랑이까지 뛰는 이야기. 우리 지금 그런 거 아닐까. L선배는 웬 남자와 여행가서 지금 파도소리 들으며 룰루랄라하느라 전화도 꺼놓고 있는데, 우리만 여기서 안달복달하고 있는 거 아닐까."

배가 부르니까 마음도 느긋해졌는지, U의 추측은 관대하다. '여성 동지'들은 소파에 깊숙이 몸을 기댄 채 나른한 식곤증에 잠겨 있다. 접시를 절반밖에 비우지 못한 S의 속은 더부룩하다. 스빠게띠 쏘스가 지나치게 느글거렸다.

"L선배가? 설마."

"왜, H도 P선배랑 극장 앞에서 마주치기 전까지는 시치미 뚝 뗐잖아."

여성도, 남성도, 심지어 중성도 아닌 무성으로 여겨지던 H의 연애는 그야말로 사건이었다. 대학시절 내내 미팅은커녕 치마 한번 입어보지 않았다는 H였다.

"그 남자 어떤 사람이니?"

모임에 늦게 나타난 H에게 P가 다짜고짜 물었다.

"무슨 소리야?"

"극장 앞에서 봤어. 뭘 어때. 나이 찬 여자한테 애인이 생겼다는데 나 같으면 내 입으로 자랑하겠다. 안 그래? 그건 그렇고, 누구야? 어서 불어봐."

P가 장난스럽게 다그쳤다. H는 당황한 기색이었다.

"불긴, 그냥 평범한 사람이야. 아직 제대로 시작한 것도 아니고……"

"하긴 넌 연애도 처음이잖아. 그러면 오늘 이 자리는, 왕초보 연애 입문자인 H가 연애라는, 에베레스트만큼이나 험난한 산을 넘을 수 있도록 경험자들이 노하우를 풀어놓는 자리가 되겠습니다. 지피지기면 백전백승이니, 우선 H의 남자에 대해 알아야겠지요?"

남자에 대한 질문이 이어질 때마다 짧은 대답과 난처한 웃음으로 얼버무리는 H에게 조언이 이어졌다. 처음에 너무 잘해주지 마라, 안 그러면 평생 모시고 살든가. 백날 영화 보고 차 마시고 밥 먹어봤자 소용없다, 남자의 성격은 잠자리에서 드러난다, 일단 자봐라. 뭐니뭐니 해도 머니는 중요하다, 요즘 등처가가 꿈인 남자들이 좀 많으냐,

경제력을 잘 따져라…… 저마다 돌려가며 한마디씩 한 그날의 결론은 남자들은 예쁜 여자보다 섹시한 여자를 좋아한다는 것이었고, H에게 씨스루 블라우스를 선물하자는 결의로 이어졌다.

"맞아, 그러고 보니 H나 L선배나 평생 독야청청할 것처럼 보인다는 점이 비슷하긴 하다. 우리 또다시 돈 걸어야 하는 일 생긴 거 아닌가 몰라. 누굴까. S선배, 우리에게 해줄 말 없어요?"

더부룩하던 속이 말썽이다. S가 아니, 하고 대답하려는 순간 끅, 끄윽, 트림이 나온다. 가벼운 웃음이 번진다.

"S선밴 뭔가 알고 있는 것 같아. 선배 그 트림, 피노키오 코 길어지는 거랑 같은 맥락 아니야?"

"누굴까? L선배 연애한다면 이건 정말 사건이다. 내가 아는 어떤 선배는……"

K의 말을 P가 자른다.

"지금 이런 이야기 할 때니? L이 어떻게 되었는지도 모르는데."

"선배, 선배가 L선배 걱정하는 건 알지만, 좀 과민한 것 같아요."

"물론 그럴 수도 있지. 그런데 P선배가 꿈을 꿨다잖아."

U가 K의 볼멘소리를 잠재운다. L이 P의 꿈에 나타나 소리도 내지 않고 하염없이 울지 않았더라면 이 자리에 모일 일도 없었을 것이다.

기억나니? 우리가 H에게 선물한 보랏빛 씨스루 블라우스. 그 옷을 H가 한 번이라도 입었을까. H가 자기의 연애를 알리고 싶어했을까. 영화관에서 P와 부딪치기 전까지 H가 우리에게 한번이라도 그 남자 이야기 한 적 있니? H가 한 남자와 사랑에 빠졌다는 건 신기하고 즐거운 일이었지만, H가 말해줄 때까지 기다릴 순 없었던 걸까.

작은 화랑을 떠올리게 하는 P의 거실에서 가장 눈에 띄는 건 복제 초상화였다. 의관을 정제한 선비의 초상은 수염의 올이 가닥가닥 느껴질 만큼 생생했다.

"우리 오대조 할아버지세요. 이 어른이 부원군을 지냈고……"

P의 설명이었다. 크래커에 햄이며 올리브를 얹은 까나페를 집어먹으며 듣는 족보 이야기는 조선시대 선비의 초상과 그 초상을 감싼 은빛 프레임만큼이나 겉물도는 듯했다.

"선배, 웬 이조시대야!"

누군가가 비명처럼 소리쳤지만 P는 진지했다.

"언젠가 내가 아플 때, 꿈에 한 선비가 나타나서 약을 주기에 먹었는데 다음날 깨어보니 한결 개운했어. 참 이상하다 했는데, 그 뒤 고향의 재실에서 이 초상화를 뵈었어. 어디서 본 적이 있다 하면서 한참 바라보다보니까 바로 꿈에 나타난 그분 아니겠니. 그래서 복사해왔어. 일이 잘 안 풀릴 땐 이 어른을 생각하면서 잠들면 꿈속에서 해결책을 주셔."

"그거, 「세상에 이런 일이」에나 나올 법한 이야기잖아."

누군가가 말해서 다들 와그르르 웃어넘겼지만, P가 디자인한 아이템이 승승장구하고, 그때마다 현몽 이야기가 배경음악처럼 뒤따르자 P의 꿈이 영험하다는 데 대한 이견은 사그라들었다. 앞뒤 꽉 막힌 골짜기에 빠져버린 듯한 누군가는 P에게 전화를 걸어 묻기도 했다. P, 혹시 최근에 나에 관한 꿈 꾼 적 없어? 옆에 있는 누군가가 일깨워주기도 했다. P에게 전화해봐. 혹시 네 꿈 꾸었을지도 모르니까. P가 먼저 전화를 걸기도 했다. 너 혹시 무슨 일 없니? 어제 꿈에 네가…… P가 꿈 전편을 말하는 일은 드물었지만, 세목의 생생한 묘사는 그 꿈에서 놓여날 수 없게 했다. P의 꿈에 출현한 사람은 뭔가 기막힌 상징이거나 암시를 놓친 것은 아닌가 싶어져서, 무심하게 지나친 일상의 솔기를 샅샅이 살피게 되었다.

S도 P의 꿈에 출현한 적이 있었다. 수화기 저편에서 P가 "S씨? 나 P예요" 했을 때 S가 같은 이름을 가진 거래처 사람을 먼저 떠올린 걸 보면 P와 만난 지 얼마 안되어 말도 채 트기 전이었을 것이다.

"어떻게 지내요? 응, 별일은 아니고, 뭐 좀 물어보려고. 최근에 신상에 변동 없었어요?"

전화를 주고받을 만큼 가까운 사이가 아닌데다, '신상의 변동'이 무엇인지, 왜 그걸 묻는지 몰라 S는 쉬 대답하지 못했다. 자기 사생활에 대해 남에게 시시콜콜 이야기하는 건 S의 취향이 아니었다.

"글쎄, 생각나는 게 없는데…… 왜요?"

"찬찬히 잘 생각해봐요. 자리를 옮겼다든가, 무슨 물건을 새로 구입했다든가, 아니면 새로운 사람을 만났다든가 하는 일이 꼭 있을 거예요."

확신으로 단단해진 P의 말투 때문에 S는 지난 며칠을 되짚어보지 않을 수 없었다. 자리를 옮겨? S의 책상은 삼년째 같은 자리에 놓여 있었다. 새로 산 물건? 어느날 퇴근길에 충동적으로 스카프를 산 적이 있었다. 백화점의 조명 아래서는 몰랐는데, 웬만한 용기를 내지 않고서는 매기 어려울 정도로 선정적인 빛깔이라는 걸 집에 와서야 알았다. 붉은색이 좋아지는 걸 보니 정말로 늙어가나보다, 씁쓸하게 웃고 장롱에 넣어두었다. 새로운 사람? 도서관에서 발견한 한국 관련 사료를 번역까지 해서 들고 온 러시아 유학생이 있었다.

"굳이 찾는다면…… 스카프를 샀고 새 번역원고를 받았어요."

"스카프? 무슨 색이에요?"

"빨간색 계통인데요."

"그럼 그건 아닌 것 같고. 번역원고라…… 원문이 어느 나라 거지요?"

"러시아 거예요."

P에게 업무에 관한 것까지 또박또박 대답하는 상황이 조금 우습다는 생각이 얼핏 스쳤지만, P가 워낙 진지하게, 단도직입적으로 물어서 그 질문을 잘라먹을 수는 없었다.

"러시아? 맞구나. 그래서 그랬구나."

"네? 뭐가요?"

"내가 꿈을 꿨는데 말이에요, 눈이 아스라이 덮인 평원을 걷고 있었어요. 하얀 나무들, 지금 생각하니 러시아의 자작나무네요, 사이로 진눈깨비가 죽죽 내리는데 어떤 여자가 그걸 다 맞으면서 걷고 있는 거예요. 그 여자가 어찌나 추위에 떠는지, 그걸 보는 저까지 한기가 들더라구요. 꿈에서 깨어 와인을 마시면서 누굴까 누굴까 하고 짚다 보니 그 짧은 커트머리 뒷모습이 영락없이 S씨더라구요. 그런데 러시아에서 손님이 왔군요."

"그게 뭐 문제가 되나요?"

S는 꿈을 그다지 믿지 않는 편이었다. 잠들기 전에 읽은 책이나 졸면서 본 비디오의 내용이 꿈속에서 변주되는 걸 몇번인가 경험하고 나서는 꿈도 결국 자기 마음이 지어낸 것이라고 생각해왔다. 그런데도 S의 말투는 저도 모르게 조심스러워졌다. P는 단어마다 매듭을 거는 듯이 대답했다.

"그렇게 묻는다면…… 있다고도 없다고도 단정지어 말할 수는 없겠으나, 가까이하지 않는 게 낫다,라고 봐야지요. 그 번역원고가 아무 래도 마음에 걸리네요."

꺼림칙한 마음으로 낸 그 번역서는 그런 유의 책으로는 성공적이라 고 할 만큼 반응이 빨랐다. 그런데도, 한달 만에 찍은 2쇄의 재고가 얼마 남지 않았음을 확인하고 가벼운 마음으로 퇴근하던 날, 계단에 서 헛디뎌 팔에 깁스를 하게 되자 잊고 지냈던 P의 경고가 떠올랐다. 위문전화를 걸어온 P는 위로의 말을 늘어놓다 문득 생각난 듯이 말했 다. 참, 그런데 그 책 결국 펴냈다면서요?

언젠가 대학선배가 들려준 이야기야. 그 선배, 고등학교 시절에 문제아라서 늘 학생과에 가서 매맞느라 교복이 남들보다 빨리 닳을 지경이었대. 재수 끝에 어찌어찌 대학에 들어가고, 졸업하고 나서 펀드매니저로 이름을 날리게 되었 어. 너도 들어봤을 거야, Y라고. 텔레비전에도 나오고 하니까 모교인 고등학교 에서 후배들에게 한말씀 해달라고 연락이 왔더래. 옛 추억이 궁금해서 가보았 대. 그랬더니 선생들이 자기를 학교 다닐 때부터 모범생이었던 다른 친구로 기 억하고 있더래. 심지어 그 선배를 개 패듯 팼던 학생과 선생들까지도.

야산을 오르던 등산객의 눈에 띈, 덤불에 가려진 채 덩그마니 드러 난 두 발. 닫힌 문 안, 살가죽 속에서 얼룩덜룩 썩는 시체. L에게 그들 이 모르는 사생활이 있을 리 없다는 결론이 나자, 공포영화에서 본 엽 기적인 장면들이 머릿속을 스친다. 마침내 한움큼 뼛가루가 된 L이 산자락에 흩날린다.

"L이 최근에 이상하긴 했어. 하긴 혼자서 맨날 이상한 책이나 들여 다보니까 그럴 수밖에 없지. 그 나이에 그런 일을 하다니, 그게 뭐 야."

P의 목소리에선 무언가가 희미하게 묻어난다. 그 흐릿한 가루의 성분엔 L에게 거절당한 노여움도 얼마만큼 섞여 있으리라고 S는 짐작한다.

그즈음 L의 주된 수입원은 번역한 하이틴로맨스의 교정이었다. 교정 본 책이 나오고도 언제 돈을 받을 수 있을지 기약없는 다른 일에 비하면 다달이 일정 분량의 일이 주어지고 일정한 날짜에 교정료가 입금되어 편하다고 하더니, 말처럼 아주 편한 것만은 아니었나보았다. 출퇴근을 그만두면서 대개 면 남방셔츠와 면바지 차림이던 L이 탱크탑 원피스를 입고 나타나서 S의 입이 딱 벌어지게 만든 적이 있다. 둘이 만나 영화를 보기로 한 날이었다. 난데없는 굽 높은 구두 때문에 비칠비칠 위태로운 걸음걸이로 다가온 L은 자리에 앉자마자 구두를 벗고 발바닥을 주물렀다.

"염려 마. 어떻게 된 건 아니고, 일종의 산업재해야. 하이틴로맨스를 한달에 두 권씩 교정 본 후유증. 하이틴로맨스의 공식이 어떠냐면…… 어느날, 잘생기고 강하고 심지어 부자이기까지 한 남자가 짠! 하고 나타나서 터무니없이 순진한 여주인공과 티격태격 감정싸움을 벌여. 그런데 그 남자는 말괄량이 길들이기에 충분할 만큼 두뇌까지 명석한 거야. 그리하여 여자는 모든 것을 완벽하게 갖춘 남자의 넓은 품에서 완벽한 행복을 맛보면서 아침을 맞는다, 끝. 참, 그 아침에는 햇살도 유난히 밝았고 새들도 유독 명랑하게 지저귀었다더라."

L은 변사의 말투를 장난스럽게 흉내내었다.

"그런 소설을 늘 읽다보니, 그런 남자 하나 건지지 못한 내 인생이 상대적으로 불행하기 짝이 없게 느껴지는 거야. 뭔가 그런 방면으로 노력을 해야 할 것 같고. 그런데 지금, 화끈거리는 발바닥이 내게 뭐라고 하냐면, 생긴 대로 살자!"

업계에서 사람을 구한다는 소식을 들으면 S는 L을 먼저 떠올렸다. 친구이기도 했지만 L의 꼼꼼한 일처리 방식이 미덥고 아까워서였다. L의 대답은 대개 비슷했다. 나중엔 어떨지 모르지만 난 지금이 좋아. 물론 경제적인 건 조금 불안하지만, 그 대신 시간 부자 아니니. 결국은 선택의 문제인 것 같아. 이렇게 살아도 되겠지? L의 선택에 토를 달 수는 없었다. P는 달랐다.

"L, 우리 거래처에서 홍보업무를 맡을 사람을 구한다는 말 듣고 네 이야기 해놓았어. 네가 출판만 했다니까 뭐 그리 내켜하는 것 같진 않았지만, 내 말이라면 그쪽에서 무시할 수 없거든. 다음주 중에 면접날짜 잡아서 연락해준댔어."

P의 말에 U가 추임새를 넣었다.

"선배, 그런 자리 있으면 나에게 먼저 연락해주지!"

L은 한밤중 잠에서 끌려나와 밥상머리에 앉혀진 사람처럼 어안이 벙벙한 표정이었다. 두어 번 눈을 슴벅거리고 난 뒤 L이 물었다.

"내가 언제 취직하겠단 이야기 한 적 있니?"

자기가 그런 말을 한 적이 있는지 아물아물한 모양이었다.

"아니, 네가 그 나이에 그러고 있어서 보는 사람 마음이 편치 않으니까 그러는 거지. 우리 나이라면……"

P는 말끝을 흐렸지만, 그 자리에 있던 사람들은 새삼 그들의 나이와 거기에 걸맞은 사회적 지위에 대해서 잠깐이라도 생각이 미치지 않을 수 없었다. 출판사의 편집장이라는 직함을 갖고 있지만, S 또한 연봉 이야기가 나오면 그냥 입을 다물어버리게 되었다. 줄이 끊어져 바닥에 흩어진 목걸이 알갱이처럼 산만한 침묵을 깬 사람은 L이었다.

"미안하다. 미리 말해놓았다니 안됐긴 하지만 공연한 수고 한 것 같다. 다른 사람이 가도 되는 자리지?"

L의 대답에서 묻어나는 은근한 결기는, L을 오랫동안 알아온 S에게도 낯선 것이었다.

산에 나무가 한가지뿐이라면 재미없잖아. 질려서 산에 오를 마음도 없어질 거야. 나무만 있고 풀은 없다면? 나무와 풀만 있고 골짜기를 흐르는 물이 없다면? 아무래도 뭔가 빠진 듯한 느낌이 들 거야. 그런데도 왜 사람은 그게 안되는지 몰라. 다른 빛깔, 다른 말, 다른 문화, 다르다는 것에 겁을 먹거나 불쾌함을 느끼거나……

"여기 맥주 한병 더 주세요. P선배, 나 맥주 한병 더 마셔도 되지?"

U는 주문부터 하고 묻는다. 찻집에서 만났을 때 P가 계산서를 집어드는 건 하나의 관례다. 다른 사람이 민첩하게 집어들고 앞서서 계산대로 가면 P는 농담했다. 너 연봉 나보다 많아? 이번엔 내가 낼게 다음에 맛있는 거 사줘. 물론 다음번에도 다른 사람에게 기회는 오지 않는다.

"누가 L의 집에 한번 가볼래? 요즘 L이 이상했다는 거, 다들 알지? 워낙 말이 들어가면 나올 줄 모르는 애긴 하지만, 거의 말이 없었잖아. 걱정……"

전화받으세요, 전화받으세요…… 혀 짧은 목소리가 외친다. 휴대폰 신호음이다.

"응, 은재엄마. 거의 끝나가. 응? 얼마나? 알았어, 금방 갈게."

허둥허둥 통화를 마친 K는 벌떡 일어서다가 물컵을 치고 만다. 물은 냅킨을 뽑아들 새도 없이 식탁 밑으로 주르륵 흐른다.

"우리 애가 데었다네요. 어째 나올 때부터 마음이 편치 않더라니. 나 먼저 갈게요."

이를 어째, 이게 무슨 일이람, 입안엣말로 중얼거리며 K가 황망하게 자리를 뜬다. 문을 밀고 나서는 K의 등판에 쏠렸던 시선들이, 닫히는 문에 부딪혀 튄다. K가 집에 있었더라면 아이가 데지 않았을 텐데, L이 잠적하지 않았더라면 이렇게 급히 모일 필요는 없었을 텐데, 하는 마음들이 엇갈린다. 실종된 친구를 염려하자는 명분까지 그 미미한 원망의 대상에 포함시킨다면, 몰인정한 사람이 될 것이다. 그러니 그럴 수는 없다.

"결국 우리끼리 생일파티 하는 셈이네. L, 좀 너무한 거 아냐? 어쩜 이렇게 소식이 없을 수 있담."

잠깐 인 소란 때문에 끊긴 말을 잇던 P가 S를 돌아본다.

"S, 네가 한번 들러볼래? 내가 가야 하는데 요즘 좀 바빠서 그러네."

"그러지, 뭐."

"별일은 없을 테지만, 그래도 영 마음에 걸리네. L이 그렇게·살게 될 줄 몰랐는데."

P의 걱정은 절절하다. 그 자리에 모인 사람들은 최근에 L이 모임에 자주 나오지 않았다는 것을 다시금 상기한다.

"별일 아닐 거야."

마음놓으라는 듯, S가 자신있게 대답한다. L은 잘 지내고 있고 잘 지낼 것이다, 제 나름대로. 자신있게 대답할 수 있다. 사람들이 모여 앉아 그토록 염려하는 L의 집에 들렀다 왔으니. 어쩌면, L은 잘 있다, 고 나불대고 싶은 혀를 가두느라 어깨가 더 아팠는지도 모른다. 치워

드려도 될까요? 써빙하는 사람이 후식으로 나온 커피잔을 가리키며 말한다. 네, 치워주세요. 그 말을 신호로 다들 가방을 챙기며 일어선다. 자리에서 일어서면서 S는 어깨를 제 손으로 탕탕 친다.

내가 어릴 때 살던 동네에 쌍둥이 형제가 있었어. 내 친구의 바로 위 오빠니까 나보다 세살쯤 많았을 거야. 학교에서 돌아와 집으로 가려면 꼭 거쳐야 하는 골목이 있었는데, 마을 여자아이들은 골목 어귀에서부터 숨을 죽여야 했어. 그 쌍둥이가 길을 막고 못 가게 했으니까. 지들 마음에 들면 보내고 안 그러면 물을 끼얹기도 하고. 지들이야 장난이었겠지만, 혼자 그 길을 지나야 할 때면 어찌나 겁이 났는지, 마음속이 꺼메지는 것 같았는데…… 언제부턴가, 우리가 모였다 헤어질 때면 어릴 적의 골목이, 그 골목을 지키고 있던 쌍둥이 형제가 생각났어.

L이 사는 아파트 현관 앞은 깨끗했다. 어지러이 쌓인 신문과 흐릿하게 떠도는, 단백질이 부패하며 내는 냄새…… 바닥에 들러붙은 껌에서 얼룩소 잔등을 연상하며 계단을 오르는 동안 머릿속에서 마구 뻗쳐나는 불길한 상상으로 고조되던 불안은 깨끗한 현관을 보는 순간 눅었다.

초인종을 눌렀지만 안에서는 응답이 없었다. 휴대폰에서 흘러나오는 자동응답 메씨지를 들으며 현관문에 귀를 대어보니, 응답기가 작동될 때의 삐이 소리가 희미하게 들렸다. 쐐애, 아파트단지 밖 길에서 내닫는 찻소리가 그 미미한 소리를 뭉갰다. 어느 집에선가 틀어놓은 탱고 곡이 계단을 타고 흘렀다. S는 탱고가 가만가만 흘러내리는 좁다랗고 어둑신한 층계에 걸터앉았다.

무슨 일이 있는 걸까. 그즈음, L의 생기가 시르죽고 낯빛이 어둑해진 걸 깨닫긴 했다. 모임에 나와서도 가만히 앉아 있기만 했다. 원래 여럿이 모인 자리에서는 말수가 적은 편이라서, S는 그저 혼자 일하는 사람들의 직업병이려니 생각했다. 타인과 최소한의 관계만을 맺는 이들에게서 느껴지는 일시적인 어줍음. 가뜩이나 말수가 적던 L이 잠겨든 침묵이 그렇게 단순한 것만은 아니었는지도 모른다. 그건 가운데에 단단한 심이 박히고 빗장이 질러진 침묵이었다…… 뒤늦은 깨달음에 빠져드는 S의 등뒤에서 딸깍 소리가 났다.

"S, 맞구나. 안에선 렌즈로 봐도 누군지 잘 모르겠어서. 들어와."

"L!"

L은 현관문을 열며 미소지었다. 동상에 걸려 발긋해진 손을 떠올리게 하는 미소였다.

"너 어디 안 갔었어? 그럼 아팠구나. 연락 좀 하지 그랬어."

"그냥 그렇게 됐어."

L이 말을 아끼는 바람에 서먹해진 S는 L이 커피를 끓이고 과일을 내는 사이 실내를 두리번거렸다. L의 변화를 읽을 수 있는 단서는 눈에 띄지 않았다. 눈높이보다 높은 가구를 싫어해서 비워진 벽면도 그대로였고 쪽매 화분이 귀여워서 S가 사다준 하트아이비는 화분 위로 싱싱하게 넘쳐나고 있었다.

"전화, 여럿이 했지? 지난번 U의 생일 때처럼 모이자고."

"미안해. 너한테 미리 전화할까 했는데, 내가 집에 있다는 걸 네가 알면, 너에게 거짓말을 시키게 될 것 같아서 그랬어. 난 그런 요란한 축하 받고 싶지 않았거든."

"왜, 좋잖아? 그 김에 얼굴도 보고."

L은 멀찌감치 물러난 눈빛으로 S를 바라보았다. 앞에 선 사람이 손

끝만 움직여도 뒤로 펄쩍 물러나려는 동물의 눈빛이었다. 말은 그렇게 했지만, 요란스러운 인사나 축하가 불편하기는 S 또한 마찬가지였다. 다만 어느새 관례가 되어버린 그 축하를 굳이 거부할 필요는 없지 않겠는가, 하는 생각이었다. 머그를 S 앞에 놓아주고, L은 제 머그에 커피를 따르기 시작했다. 커피 따르는 일을 끝내고 싶지 않은 사람처럼 천천히. 머그와 거기 떨어지는 커피에 시선을 고정하고 있던 L이 커피주전자를 탁자에 내려놓으며 S를 바라보았다. 현관문을 열어줄 때 잠깐 스친 뒤, 처음으로 마주치는 시선이었다.

"그럴까? 너, H가 남자를 만나기 시작했을 때, 우리가 어땠는지 기억나니?"

H에게 전혀 어울릴 것 같지 않던 씨스루 블라우스를 펼칠 때 왁자하게 터져나오던 웃음소리. 그리고 너나없는 충고들. 어쩌면 자기의 경험담을 이야기하며, 무언가를 가르쳐준다는 기쁨을 누렸는지도 모른다.

"우리가 H에게 소중한 것을 뭉갰다는 생각 들지 않니? 그게 축하였을까. H가 그 블라우스를 한번이라도 입어보기나 했을까. 별자리목걸이는 또 어떻고."

조카에게 선물할 책 목록을 골라달라는 P의 부탁을 받고 무난하다고 생각되는 책 제목들을 팩스로 넣어준 적이 있다. 그 며칠 뒤 사무실로 작은 소포가 왔다. 꼬리를 치켜세운 전갈이 대롱대롱 매달린 목걸이였다. 그즈음 모임에서 별자리목걸이를 하지 않은 사람은, 엄마가 물려준 십자가목걸이를 하고 다니는 S와 몸에 무언가를 붙이는 게 싫어서 시계도 안 차고 다닌다는 O뿐이었다. 다음 모임에 나갈 때, 망설이다가 S는 엄마의 목걸이를 풀어놓고 전갈목걸이를 했다. 보내준 사람에 대한 예의였다. 눈 밝은 P가 말했다. 그러고 보니 이제 다 별자리목걸이를 하고 있구나, O만 빼고.

"그런 일들이 여러번이었어. 아닌데 아닌데 하면서도 휩쓸리지 않을 수 없는 그런 일들. 어떤 땐 별자리목걸이였고, 어떤 땐『꿈풀이사전』을 갖추는 거였고, 어떤 땐 누구 한사람의 사생활에 관심을 집중시키는 거였고. 왜 우리는 O의 목이 비어 있는 것을 그냥 바라보려 하지 않았을까. O가 싫어하는 걸 알면서도 왜 굳이 목걸이를 걸어주려 들었을까."

오래 가둬두었던 L의 말은 시냇물처럼 흘러나오다 그랬을까, 하면서 여울을 이루었다. 부서지며 거품을 일으켰던 냇물은 다시 새 물줄기를 찾아 흘렀다.

"내가 우리 동네 살던 쌍둥이 이야기 한 적 있니? 골목 어귀 지키면서 오가는 사람들에게 행패 부리던 쌍둥이 형제. 그땐 그애들이 지키는 길을 가려면 꼭 지옥 가는 기분이었다. 그런데 그 쌍둥이가, 혼자 있을 땐 그 또래 사내애들이 아무렇지도 않게 여기는 송충이 앞에서도 벌벌 떠는 아이들이었다니 우습지? 얼마 전에 만난 내 친구, 쌍둥이의 동생이 그러더라니까. 그런데 둘이 있을 땐 그렇게 표변했다니. 참 케이크도 있다."

"누구, 손님이 왔었니?"

"아니, 내가 내 생일을 축하하려고 산 거야. 너 올 줄 알았나봐. 미리 사놓은 걸 보면."

L은 히죽 웃으며 냉장고에서 케이크를 꺼내왔다. 아주 작은 치즈케이크였다. 접시에 케이크 조각을 덜어놓으며 L이 말을 이었다.

"전에 호주 원주민들에 관한 책을 읽었는데, 그 사람들은 우리처럼 해마다 생일축하를 하지 않는대. 자기 생각에 지난해보다 올해 더 현명하고 훌륭한 사람이 되었다고 판단하면, 그때서야 잔치를 연댄다. 아직 잔치 열기엔 좀 이른 것 같지만, 아무튼."

　언제부턴가, 그 모임에 갔다 올 때면 쌍둥이가 지키는 그 골목이 떠오르곤 했어. 그 무서운 쌍둥이가 지키는 골목을 지난 것인지, 아니면 내가 골목을 지키는 쌍둥이인지도 헷갈리기 시작하더라. 그래서 좀 떨어져 있고 싶었어. 와줘서 고마워.

틈새

고장은 별거 아니었다. 냉동실은 괜찮은데 냉장실이 영 그러네요. 너무 오래 써서 그런가봐요. 그녀의 말에는 목돈을 들여 새로 사야 하는 건 아닌가 하는 우려가 뉘엿거렸다. 그가 영석의 집에 와본 건 처음이었다. 짐작은 했지만, 그다지 여유있는 형편이 아니라는 게 한눈에 드러나는 살림이었다. 새뜻한 가구라고는 찾아볼 수 없었다. 그나마 누추하게 보이지 않는 것은 그녀의 살림솜씨 덕분일 것이다. 냉장고 문의 고무패킹은 오래 산 사람의 이 빛깔로 변했지만, 플라스틱 반찬통이 칸마다 쌓인 냉장실은 광고사진을 찍어도 될 정도였다. 누비덧버선으로 감싼 그녀의 조붓한 발만큼이나 단정했다.

온도감지 쎈서와 M 퓨즈는 정상이었고 냉기를 순환시키는 팬모터에도 이상이 없었다. 배수구멍이 막혀서 생긴 탈이었다. 오래된 냉장고에서 흔한 고장이었다.

"압력솥 쓰시나요? 그럼 거기다 물 좀 끓여주실래요?"

"물을 끓여요?"

"네, 냉동실에서 냉장실로 찬 기운을 보내주는 구멍이 얼음조각으로 막혔어요. 증기로 뚫어주어야 하거든요."

냉장고는 여섯 시간 사십분마다 한번씩 얼음을 녹여주는 구조다, 히터가 가열되면서 물이 빠져야 하는데 공기 속에 있는 먼지 같은 게 들어가서 구멍이 좁아지는 바람에 냉동실에서 냉장실로 연결해주는 연결관에 얼음조각이 조금씩 쌓였다, 그래서 순환이 안되는 것이다, 물을 끓여 그 증기로 얼음조각만 녹이면 해결된다…… 설명을 듣고 난 그녀는 간단한 고장이라는 것에 마음이 놓인 듯했다.

"이상해요. 이 집으로 이사한 뒤 가전제품이 돌아가며 한번씩 고장났어요."

그녀는 새삼스러운 눈으로 집안을 둘러보았다. 18평형, 방을 셋이나 집어넣은 구조에 문마저 짙은 밤색이었다. 어둑하고 답답한 실내를 그녀는 선 눈길로 둘러보았다.

"맨처음엔 믹서기가 안되더라구요. 워낙 오래된 거라 아예 없애고 이참에 도깨비방망이를 샀어요. 그랬더니 다음엔 전자레인지가 고장나는 거예요. 여기로 내려오기 전엔 다 탈없이 썼거든요."

"전자레인지요? 제가 한번 봐드릴까요?"

"그게요, 저절로 고쳐지기도 하나봐요? 어느날 딸애가 팝콘을 튀기더라구요. 그앤 고장난 거 몰랐거든요. 그 뒤론 잘 돌아가요."

"다른 건 괜찮습니까? 어차피 녹이는 데 한 삼십분쯤 걸리니 그동안 봐드릴게요."

"비디오가 고장인데요, 다른 회사 제품이라서요…… 고장난 지 좀 되었는데, 애아빠가 비디오를 켜면 다음날 생각 안하고 새벽까지 빠져들어서, 얄미워서 그냥 두었어요."

영석은 살림을 정갈하게 꾸리는 아내와 산다. 영석은 사는 게 그리 넉넉지 못하다. 영석은 늦게까지 혼자 비디오를 본다…… 회로판 위에 납인두로 콘덴서를 하나하나 부착하듯, 이 집에 들어오면서 본 것과 들은 것들을 그는 차곡차곡 갈무리했다.

중고등학교 동기동창인 영석과 그가 나눈 대화는 학창시절을 통틀어 스무 마디를 채 넘지 못할 것이다. 영석은 선생들조차 은근히 어려워하며 대하는 부동의 전교 일등이었고, 그는 어쩌다 결석을 해 교실 안에 빈자리가 생긴다 해도, 담임조차 그 자리의 주인공이 누구인지 금방 떠올리지 못할 만큼 표 안 나는 학생이었으니까. 애초에 공부 머리가 없었거니와, 설사 대학입시에 합격한다 하더라도 뒷바라지를 바랄 형편은 못 되었다.

제대한 뒤, 매형의 소개로 누이가 살던 도시의 가전제품 대리점 운전기사로 일하던 그가 기술자가 된 것은 그의 밋밋한 삶에 굵은 획으로 표기될 만한 행운이었다. 배달할 게 없을 땐 누가 시키지 않아도 창고 정리를 하거나 가게 안에 진열된 제품의 먼지를 닦아내는 그를 눈여겨본 애프터써비스 담당 정기사가 회사에서 운영하는 기술학교에 들어가라고 권했다. 그때만 해도 기술자가 대접을 받던 시절이었다. 대리점 사장은 그를 위해 파지를 내어가며 지원서 양식에도 없는 추천서를 써주었다. 재학중 성적이 상위 삼십 퍼센트 이내에 들어야 지원할 수 있는 기술학교에 들어가기엔 그의 성적이 모자라서였다.

자넨 인문계 출신에다 성적도 그리 좋은 편이 아니군. 공고에서 공

114

부한 사람들도 힘들다고 중간에 그만두는 게 이 일이야. 자네 생각엔 견딜 수 있겠나? 딱딱한 얼굴로 묻는 면접관에게, 애면글면 추천서를 작성하던 사장과 형님 같은 정기사의 얼굴을 떠올리며 그는 "네, 할 수 있습니다!" 하고 소리쳤다. 그 자리에 있던 누구보다도 자신을 놀라게 한 그 씩씩한 대답은 일년쯤 전에 제대한 군생활의 후유증이었는데, 면접관에겐 그게 자신감이거나 남다른 각오로 비쳐진 모양이었다.

『전자의 기초』부터 『가전제품의 원리』까지, 인문계 고등학교를 나온 그에겐 숫자와 영문뿐인 걸로 비쳐지는 책들을 달달 외우며 기술학교 과정을 마쳤다. 현장으로 실습을 나간 첫날, 선배 기사들은 그를 책상 앞에 앉히고 책상에 회로판을 올려놓았다. 보여? 육개월 동안 책으로 실물로 눈이 아리도록 보아온 회로판이었다. 보이냐니? 의아했지만 그는 대답했다. 네. 그의 대답을 들은 선배들이 쿡쿡, 키들키들 웃었다. 야, 벌써 보인단다. 옳아, 뱃속에서 회로를 쥐고 태어나는 사람이 있다더니 오늘 처음으로 보게 되네. 보이신다? 이봐, 자네, 대답은 그렇게 쉽게 하는 게 아냐. 그를 둘러싼 선배들의 감색 점퍼가 높다란 벽처럼 느껴졌다. 그는 묻는 눈으로 선배들을 올려다보았다. 질문을 던진 선배가 손끝으로 책상을 톡톡 치며 되물었다. 보인단 말이지, 전기가 흐르는 길이?

그때로부터 십몇년이 흐른 지금, 그는 회로판을 보면 회로도를 펼칠 것도 없이 전기가 흐르는 길을 환히 짚어낼 수 있다. 출고된 지 십년쯤 된 영석의 집 비디오기기를 고치기 위해 회로를 점검할 필요는 없었다. 오래 사용한 비디오기기가 으레 그러하듯, 플라스틱 기어가 닳아버려 제대로 맞물리지 못하고 겉도는 게 고장의 원인이었다. 기어의 위치를 조금 조정하는 걸로 간단히 해결되는 문제였다. 하지만 닳은 기어는 오래 버티지 못할 것이다. 곧 폐기처분될 비디오의 덮개를 덮으려다, 회로판에 낀 얇은 먼지를 입으로 훅 불었다. 회로판 위의 납땜이 활주로의 유도등 같았다. 무수한 납땜으로 연결된 회로들. 그중 하나만 잘못되어도 신호는 뒤죽박죽이 되어버린다. 사람에게도 한눈에 들어오는 회로가 있었으면 좋겠다고, 덮개의 볼트를 조이며 그는 생각한다.

"나, 일할까봐."

일요일 오전, 설거짓거리를 씽크대에 쓸어담은 아내가 그의 옆에 와 앉으며 말했다. 그는 먼지가 자옥하게 피어오른 텔레비전 화면에서 고개를 돌렸다.

"무슨 소리야?"

"성우도 다 컸고 하니 나가서 일하겠다구!"

먼지가 피어올랐던 그 자리에 그새 성냥갑처럼 네모반듯한 건물이 서더니, 건물은 바깥쪽에서부터 피그르르, 도미노처럼 제 몸을 기울이며 허물어졌다. 꽃잎이 오그라드는 모양새였다. 피어나는 먼지로 매캐한 화면이 낯익다 했더니 조금 전 본 화면이었다. 같은 장면을 반복해서 방영중이었다. 정력학을 사용한 발파해체공법으로…… 팟, 화면이 꺼졌다. 리모컨을 쥔 아내가 꼿꼿한 눈초리로 그를 바라보고 있었다.

아내의 말을 무시하느라 텔레비전 화면으로 시선을 돌린 것은 아니었다. 그에겐 철렁한 마음을 수습할 시간이 필요했던 것뿐이다.

집안에서 살림만 하는 여자들에게 권태가 얼마나 치명적인가를 그에게 알려준 사람은 동창 현태였다. 몇마디 말로도 여자들을 혹하게 하는 재주 때문에 동창들은 현태를 '선수'라고 불렀지만, 현태가 채팅을 통해 아내 아닌 여자들을 만나고 다닌다는 사실을 아는 사람은 몇명 되지 않았다. 넌 그렇게 만난 여자, 꺼림칙하지도 않냐? 요즘 같은 세상에선 아예 작정하고 나선 꽃뱀이 걸릴지도 모르는데. 그의 우려에 대한 현태의 대답은 명쾌했다. 선수가 왜 선수겠어. 막말로 저나나나 맨날 먹는 밥에 물려서 빵도 먹고 떡도 맛보자고 만나긴 하지만, 피차 못 믿기는 마찬가지지. 분방한 사생활과 평화로운 가정의 공존이 가능하다고 믿는 현태는 여자를 만날 땐 지갑에 딱 그날 쓸 돈만 챙겨간다고 했다. 카드며 신분증 같은 것은 다 빼놓고, 운전면허증은 차에 감춰두고. 채팅으로 만난 지 한 시간 만에, 자기가 차를 몰고 두 시간 거리인 이쪽으로 오겠다고 한 여자도 있었다면서 현태는 웅얼거렸다. 살림만 하는 여자들의 권태라는 거, 그거 무섭더라. 자는 마누라도 다시 봐야 할 판이야.

그날, 그가 아내를 본 것은 우연이었다. 오전 내내 읍 외곽, 농촌지역을 돌고 돌아오다가 늦은 점심을 먹으려던 참이었다. 읍 어귀 손두부집에서 두부전골을 시켜놓고 앉아 있는데, 큰길 건너편 건물에서 나오는 여자가 눈에 띄었다. 낯익은 인디언핑크빛 바바리가 아니라면 못 알아볼 뻔했다. 응달진 손두부집 실내에서 바라보는 아내의 머리와 어깨로 오후 두시의 볕이 쏟아졌다. 무엇이든 삭힐 듯한 볕이었다. 아내는 급할 것 없는 걸음으로 또박또박 걸었다. 집에서 이십분쯤 걸리는 곳이었다. 외출한다는 말도 없었는데 웬일일까. 그는 밖으로 뛰쳐나가 아내를 부르는 대신 아내가 나온 건물을 바라보았다.

일층은 한의원이었고 PC방과 한방화장품 대리점이 각각 한층씩 차지했다. 맨 위층은 아마도 건물주의 살림채일 것이다. 화장품? 한의원? PC방? 도무지 짐작이 가지 않았다. 그날 밤, 아내는 봤어? 비죽 웃더니 대꾸했다. 뭘 그런 걸 물어, 내게도 사생활이 있는데. 아내의 입에서 나온 사생활이라는 단어가 낯설었다. 내내 말을 빙빙 돌리던 아내는 느닷없는 그의 끈질김이 지겨웠는지, 내지르듯 말했다. 노래 방에 가서 노래했다, 왜? 그러고 보니 지하 입구에 노래방 간판 같은 게 있었던 것 같았다. 노래방에 혼자? 그가 되묻자 아내가 받아쳤다. 나 나오는 거 봤다며? 혼자 노래하다 아는 사람 만나면 좀 그래서 거기까지 간 거야. 전에 아는 엄마들끼리 간 적 있거든. 생긴 지 얼마 안 돼서 깨끗해. 아내의 말에 궁금증은 풀렸지만, 그렇다고 해서 개운해진 건 아니었다. 대낮에 혼자 노래방에 가서 목청을 높이다니. 그럴 만한 무엇이 있었던 걸까.

지하 노래방에 혼자 드나드는 것보다는 대형마트의 계산대에서 아는 얼굴과 짧은 안부를 나누거나 정수기 렌털업체의 도우미가 되어 집집마다 방문하는 게 정신건강에 더 나을지도 모른다. 고졸 학력에 전업주부로 십몇년을 살아온 아내가, 시로 승격되네 마네 하는 좁다란 읍내에서 할 만한 일로 그가 떠올릴 수 있는 건 그 정도였다. 중학생인 아들이 잠깐 마음에 걸렸지만, 학교에서 학원을 거쳐 밤늦게 돌아오니 낮에 엄마가 없다는 게 문제가 될 것 같진 않았다. 주말에도 제 방문을 꼭 닫고 컴퓨터에 빠져 지내는 아이의 방문을 열면 갇힌 공기 속에 이따금 비릿한 냄새가 맡아졌다. 혼자 있고 싶은 나이였다.

"정 그러고 싶으면 한번 해보든가."

"영풍식당 알지? 그 위층에 가게가 났대."

"가게라니? 당신이 장사를?"

아내의 계획은 그의 상상력을 훌쩍 뛰어넘었다.

"왜, 난 못할 거 같아? 그동안 다 알아보았다구."

"이층에서 장사를? 무슨 장사?"

"까페."

"까페? 그거 술장사 아냐? 당신이?"

술장사를 하겠다니, 미쳤어? 하는 기막힘 반, 당신 같은 아줌마가 까페에 어울리기나 해? 하는 비웃음 반.

"까페니까 술도 팔긴 하겠지만 대체로 차를 파는 건데 뭐. 난 물하고 불을 같이 쓰는 일을 해야 한대."

"누가 그래?"

"사주 보는 사람이. 민석이 엄마 올케가 하던 집인데, 올케가 암 수술 받는 바람에 싸게 내놓았대. 지금이 기회야. 언제까지 이렇게 살겠어?"

단호하게 말매듭짓고, 아내는 몸을 일으켜 씽크대로 향했다. 맨발인 아내의 뒤꿈치를 보는 그의 콧줄기가 찡했다. 발뒤꿈치로 세게 걸어차인 것 같았다.

그는 아내를 산에서 만났다. 도시의 써비스쎈터에서 일하던 때였다. 함께 일하는 동료들과 단합대회를 겸해 근교의 산에 오르던 참이었다. 본격적인 산행이 시작되는 작은 폭포 옆 바위에 앉아 쉬던 여자 둘을 만났다. 이십대 후반쯤으로 보이는 여자들은 팔부바지에 캐주얼화, 든 게 없어 보이는 작은 백팩 차림이었다. 그냥 잠깐 바람 쐬러 나온 듯했다. 둘 중 통통하고 작은 쪽이 붙임성있게 물었다. 정상까지는 얼마나 남았어요? 등산로 어귀나 다름없는 지점에서 그렇게 묻는 여자에게 동료 하나가 장난을 걸었다.

"뭐 그리 멀지 않아요. 두 분만 오셨나요? 저희랑 같이 가시면 금방 정상까지 모셔다드립니다."

"정말요? 그럼 우리도 온 김에 정상까지 가봐?"

통통한 쪽이 조금 깝죽거린다 싶은 말투로 다른 여자를 돌아보며 물었다. 눈초리가 길고 한쪽으로 비스듬히 기운 입매가 단호해 보이는 여자가 신발을 내려다보며 말했다.

"준비도 안해왔잖아, 우린."

"준비랄 거 뭐 있습니까. 점심은 저희가 넉넉히 싸왔구요."

"재희야, 우리도 가보자앙. 여자가 칼을 뽑았으면 무라도 베어야지."

종달새처럼 재재거리는 여자가 옆에 있는 여자에게 어리광을 피웠다. 종달새의 재잘거림이 끼여들자 분위기가 가벼워졌다. 종달새는 산을 입으로 탔다. 어머머, 길을 가로막은 바위너설 앞에서 종달새가 기겁했다. 종달새 같은 사람이 많았는지 너설 옆으로 빙 도는 길이 나 있었다. 바위 타는 법을 알려주겠다는 동료의 말에 종달새는 과장되게 펄쩍 뛰며 달아났다. 전 못해요. 묻는 말에 주로 미소나 단답형 대답을 하던 말수 적은 쪽이 그래볼까요, 한 것은 뜻밖이었다.

여자는 좁다란 틈새에 발을 끼우고 너설의 부스러기에 손끝을 모아 힘을 싣는 일을 너끈히 해냈다. 앞서가는 이의 손끝과 발끝을 보고 그대로 따라 했다. 바위 타는 게 처음이라는 말이 믿어지지 않을 정도였다. 정상에 올라 여자에게서 몇발짝 떨어진 자리에서 땀을 씻는데, 갑자기 그의 다리가 벌벌 떨렸다. 난생처음이었다.

그녀들은 산 어귀에서의 뒤풀이에도 합류했다. 그들의 권유에 이번에도 종달새가 나섰다. 우리 딱 한잔씩만 하고 일어서자, 응. 여자가 신발을 벗을 때, 그녀의 발목 뒷부분, 살굿빛 양말에 난 얼룩을 보았다. 발에 맞지 않는 신을 신었을 때 살갗이 까지면서 나는 진물의 흔적이었다. 그때까지, 아프다는 내색 한번 없이 타박타박 걸음을 옮기던 여자. 이번엔 몸 아닌 마음에서 진동이 일었다.

몇잔 마시지 않았는데도 술이 마구 올라 그의 얼굴은 놀빛이었다. 자꾸만 숨이 명치께에 걸려 그는 다른 이들 모르게 숨을 잘게 부서뜨려야 했다. 두 번쯤, 그녀가 소리없이 종달새에게 일어서자는 눈짓을 하는 걸 그는 보았다. 그때마다 종달새는, 잔은 비우고 일어서야지,라든가 오늘 술이 이렇게 단데 꼭 일어나야겠어, 하고 종알거렸다. 마침내 그녀들이 먼저 일어나겠다며 엉거주춤 인사를 건넬 때, 갑자기, 그의 가슴에서 하르르 떨던 문풍지가 뜯기고 거센 바람이 밀려들었다. 언제 다시 볼지 기약이 없었다. 그들은 연락처를 주고받지도 않았다. 그녀가 홀에서 내려서서 신발을 꿰는 순간, 그의 입에서 외침이 터져 나왔다. 재희씨, 가지 마.

동료들은 그때의 외침을 두고두고 놀림감으로 삼았다. 집들이 때, 그녀가 빈 쌜러드 접시를 들고 일어나자 동료가 그의 팔꿈치를 툭 쳤다. 어이 새신랑, 이젠 안 붙잡아? 경리사원도 거들었다. 강기사님, 그때 그 모습, 정말 인상적이었어요. 산에선 티 하나 안 내더니. 한번만 더 해보세요. 술에 취한 그도 새신랑의 호기로 외쳤다. 여보, 빨리 와!

그들이 문을 밀고 들어오는 걸 본 여자가 화닥닥 주방 쪽으로 뛰쳐 들어갔다. 허벅지가 환히 드러나는 스커트와 깊게 파인 등판의 하얀

살이 어둑한 조명 속에 둥실하게 떠올랐다. 메로 둥치를 얻어맞은 늦가을 은행나무처럼 그의 가슴속에서 무언가가 후드득 소리내며 떨어졌다. 낯선 아가씨가 이끈 자리에 앉아 물수건으로 손을 닦고 나자, 여자가 안에서 긴 치맛자락을 살랑거리며 나왔다. 어깨에 두른 얇은 스카프가 등판을 비칠 듯 말 듯 가려주었다. 사람 눈이 닿지 않는 덤불 속으로 들어가 몸을 굴려 둔갑한 여우 같았다. 아내는 여우 같은 미소를 지으며 그에게 가볍게 눈을 흘겼다. 미리 전화해주면 특별안주라도 만들어놓지…… 지분냄새가 묻어나는 말투였다. 미리 전화했더라면 친구들에게 아내의 허벅지를 보여주는 일은 없었을 것이다. 아내의 치마 길이가 이렇게 짧고, 가슴이며 등판의 노출 정도가 이토록 심해진 줄은 몰랐다.

　내 장담하는데, 너 석 달도 못 가 후회할 거다. 까페도 아니고 단란주점이라니. 같은 술을 팔아도 까페하고 단란주점은, 말하자면 같은 국방부 소속이지만 방위와 해병대만큼이나 차이가 나는 거다…… 까페로는 타산이 안 맞아 자칫 투자한 돈도 못 뽑겠다며 아내가 단란주점으로 바꾸겠다고 나섰을 때 입찬소리를 했던 현태 보기가 민망했다. 과일안주 접시를 내려놓느라 아내가 몸을 구부렸을 때, 어깨에 둘렀던 스카프가 흐르면서 깊게 파인 가슴의 골이 드러났다. 그 골에 잠깐 눈길을 꽂았던 인호가 입을 떼었다.

　"야, 이제 의리고 뭐고, 영석인 부르지 말아야겠다. 원, 술자리에 나왔으면 못 마셔도 분위기는 맞춰줘야 하는 거 아니냐? 목에 뻣뻣이 힘주고 앉아 있는 꼴하고는……"

　새시를 팔아 수익을 벌었다는 소문이 도는 인호는 영석에게 맺힌 데가 있는 모양이었다. 귀향한 영석을 환영하기 위해 모인 자리에서도, 어쩌다가 그렇게 되었냐, 난 네가 별 몇개는 너끈히 달 거라고 생각했는데, 나중에 우리 애 군대갈 때쯤에 찾아보려 했다야…… 하고, 염려하는 척하면서 이기죽거리던 인호였다. 고기 기름에 번질거리는 인호의 두툼한 입술을 보며, 그는 사냥한 동물의 뱃구레에 이를 박고 내장을 뽑아내는 맹수를 떠올렸다.

영석이 알지? 왜 그 전체 일등 말이야. 걔가 내려온다더라. 동창생 사이에서 마당발로 통하는 동창회 총무 용재가 전했을 때, 그의 귀엔 펄럭이는 소리가 들렸다. 겨울의 운동장을 거침없이 쓸고 온 바람이 '경 육군사관학교 합격 서영석 축'이라 씌어진 천에 부딪혀 더 나아가지 못하고 몸부림치는 소리. 양 가장자리의 '경'과 '축'은 각각 월계관으로 감싸여 있었다. 진학률 낮은 시골 인문계 고등학교, 대학 근처에도 가보지 못할 그와 같은 평범한 아이들이 졸업을 앞두고 시드럭부드럭 교문을 드나들 때, 바람은 펼침막을 펄럭이며 한번 더 봐달라고 아우성이었다. 읍을 관통하는 좁다란 국도 어귀, 명절 때면 '산업 전사 여러분의 고향방문을 환영합니다'라는 펼침막이 걸리던 그 자리에도 '축 육사 합격 명천고등학교 서영석'이라는 문구가 동문 일동의 이름으로 내걸렸다. 모교로서는 처음 낸 육사 합격생이었다.

그렇게 떠나간 영석은 해마다 가을이면 모교 운동장에서 벌어지는 총동창회 체육대회에도 얼굴을 비치지 않았다. 세월의 물살을 타고 흘러나간 사람들과 태생지 어귀에 남아 있는 사람들은 민물고기와 바닷물고기처럼 달랐다. 물길을 잘못 들어 강으로 헤엄쳐온 바닷물고기. 낯선 진흙냄새에 숨을 죽여가며 아가미만 바삐 놀리는. 귀향한 뒤, 동창들의 모임에 이끌려 나오는 영석은 그렇게 보였다. 나도 남에게서 들은 거라 정확한진 모르지만, 하면서 용재가 전한 바로는, 영석이 남의 보증을 섰다가 큰빛을 떠안게 되었고, 퇴직금으로 그 빚을 끄려고 앞당겨 전역했다는 것이었다.

"걘 술 안 마신다잖아. 너 같은 주태백은 모르겠지만, 술 못 마시는 사람이 술자리에 앉아 있는 거, 그거 고역이다."

"야, 대한민국 군인, 그것도 장교였던 사람이 술을 못 마신다는 게 말이 되냐? 공연히 티내느라 그런 거지. 그러는 넌 술 안 마셔서 그 속을 그렇게 잘 아냐? 백만원 넘게 나온 술값 때문에 마누라한테 카드 뺏긴 게 뉘시더라?"

"그건 액수 때문이 아니라니까. 옛날 우리 어머니가 집에서 기르는 닭은 묵히면 안된다더니, 여편네도 마찬가진지 귀신 다 됐어. 왜 같은 날 같은 집 술값이 둘로 나누어졌느냐, 두번째 찍힌 액수가 이십오만원밖에 안되는 걸 보니 아무래도 이건 술값이 아닌 것 같다, 하면서 차고 캐묻더라구. 술집에서 나오다 아는 사람을 만나 다시 들어간 거라고 둘러대도 코웃음치면서 딱 부츠 한켤레 값이네, 하는 데야 어쩌겠어."

용재는 카드를 뺏겨 답답하다기보다는, 집에서 뻔들거리며 텔레비전 연속극에나 목을 매는 걸로 알았던 아내가 그렇게 정확하게 짚어낸 게 더 신기하다는 투였다.

"그나저나, 영석이 볼 때마다 인생무상이라는 말이 떠오른다. 나 졸업하고 놀 때 우리 아버진 걸핏하면 영석이 들먹였거든. 그 어려운 형편에도 잘되는 애들 봐라, 하면서. 그런데 걘 왼종일 가게에만 있는 모양이지?"

예전에는 나락값도 못 건졌을 자투리땅이 시외버스터미널 이전 바람에 제법 번화해진 곳에 영석의 형은 조립식으로 일자형 건물을 지

124

었다. 택배회사, 감자탕집, 컴퓨터 부품점 등이 들어선 건물 끄트머리의 작은 가게에 영석은 우주슈퍼라는 어울리지 않는 간판을 내걸어서 동창들의 입질에 다시 한번 오르내렸다.

"그래도 명색이 육사 나온 장교면 안면만 팔아도 뭐든 한자리 할수 있었을 텐데…… 나 같으면 화려하게 떠난 고향, 노숙자가 되면 되었지 절대로 그 모양으로 내려오진 않는다. 하긴, 세상에 알 수 없는 일이 한두 가지가 아니지만."

남을 깎아내리는 게 버릇이 된 인호가 끝내 제 성질머리대로 말을 뱉으며, 카운터 안쪽에서 컵을 닦는 그의 아내에게 슬몃 눈길을 던졌다. 그의 얼굴이 확 달아올랐다. 아내를 여읜 아버지가 며느리 신세 지고 싶지 않다며 들인 새 여자를, 인호네 형제들은 전에 술집에서 일했다는 전력을 들어 반대했다. 제기랄, 아무리 아버지 뒷바라지나 해줄 뿐이라고 해도, 막말로 우리 큰형님 친구들하고 뭔 일이 있었는지 모르는 여자를 어떻게 집안에 들이냐. 장성한 아들들의 냉대를 못 견딘 그 여자가 자기 발로 떠나간 뒤에도, 인호는 입에 올리기조차 창피하다는 투였다. 냇내나는 속으로 그는 가만히 불러보았다. 영석아.

플레이어에 얹힌 콤팩트디스크는 팽글팽글 활기차게 도는데, 스피커에서 나오는 소리는 결 거친 쌘드페이퍼로 벅벅 긁는 것처럼 둔탁하게 끊어졌다. 이게 아니야, 하며 몸부림치는 듯했다. 맞는 픽업이 없어서 얼추 비슷한 사양의 중국제 부속을 연결해보았더니 영 제대로 읽어내지 못했다.

작업대 옆 의자에 앉은 현태는 입안에 든 사탕을 굴리며 세상에서 가장 한가한 사람처럼 그의 작업을 바라보았다. 써비스 접수를 맡은 미스 진이 책상 위 조그마한 바구니에 늘 담아두는 누룽지향 사탕의 달큼한 냄새가 거슬렸다. 소음 같은 음악이 아니더라도, 신경이 자꾸만 날을 세웠다. 무언가가 꺼끌거리는데 잡아뜯자니 살점까지 뜯겨나갈까 조심스럽고, 그냥 두자니 자꾸 신경을 잡아당기고…… 사생활의 유지와 평화로운 가정의 공존만으로도 분주한 현태가 일터로 찾아온 것 자체가 흔한 일은 아니었다. 크윽, 덜 삭은 트림에 느끼한 조미료 냄새가 섞여나왔다. 저녁으로 시켜먹은 짬뽕이 얹혔나보았다.

먼저 나갈게요, 하고 미스 진이 퇴근하자, 사탕조각을 아드득 바스러뜨린 현태가 답답함의 거스러미를 잡아챘다. 성우엄말 봤어, D시에서. 다시 나오려던 트림이 명치에 걸려 뭉쳤다. 온몸의 피가 한꺼번에 아래쪽으로 쏠리더니, 이내 그 반동으로 머리끝에 몰렸다. 차갑게 식은 몸과 증기를 피워올리는 머리.

D시는 그들이 사는 곳에서 자동차로 한 시간 거리였다. 거기 어디에서 보았냐고 물을 필요는 없었다. 피가 머리로 몰려 싸아하게 느껴지는 몸뚱이를 채운 것은 어쩌면 안도였는지도 몰랐다. 최소한 이제는 기연가미연가하지는 않아도 된다는 것. 한밤중 잠에서 깨었을 때, 공기중에 안개처럼 미세하게 떠도는 사향 섞인 향수냄새에서 느껴지던 모호한 불안에 더는 시달리지 않아도 된다는 것.

주차장에서 차를 빼내다가 봤어. 현태는 역시 선수다웠다. 아주 간결하면서도 구체적으로 전달했다. 날렵하게 생선회를 치는 요리사 같았다. 베인 걸 채 알아차리지도 못할 만큼 날렵하게 베어버리는 손놀림. 칼이 스치고 지난 자리가 하얗게 질리며 벌어졌다. 그 자리에 점점이 돋는 핏방울. 무슨 일이 벌어졌는지 모르는 채, 날카로운 감각에 놀라 벌름거리는 아가미. 그는 연결했던 픽업을 뜯어냈다.

뻘을 미끄러뜨리며 다가오는 발걸음 소리를 들은 갯벌의 조개처럼 그는 굳게 입을 다물었다. 입만 떼면 벌겋게 단 파편이 쏟아져나올 것 같았다. 왜? 왜? 왜? 벌겋게 단 물음이 함부로 단근질했다. 무엇 때문에? 물음표가 갈고리처럼 그의 목덜미를 잡아챘다. 어느새 시르죽기 시작한 그것 때문에? 방바닥에 누워서 한 첫 수음 때 천장에 얼룩을 남겼던 그의 성기는 언제부턴가 아내의 손과 입의 도움 없이는 일어서려 하지 않았다. 잠든 아내의 어깨를 잡고 벌떡 일으켜세운 다음 다그치고 싶은 걸 참느라 그는 손을 꼭 움켰다.

제 안에서 나는 화독내를 견디지 못한 그가 어찌 수습하겠다는 작정도 없이 입을 열었을 때, 아내는 이미 준비가 되어 있었다. 어쩌면 그날, 아내도 현태를 알아보았는지도 몰랐다. 이혼해요. 나, 이혼할 거예요. 그러잖아도 당신한테 말하려 했어요. 느닷없는 존댓말이었다.

여자는 불손했다. 까탈스러운 성격이 드러나는 가늘고 높은 목소리로 모기떼처럼 앵앵거렸다. 아니, 어떻게 된 게 산 지 몇년 되지 않아 써비스를 세 번이나 불러야 하나. 부품을 바꾸네 어쩌네 하면서 돈 뜯어간 지 얼마나 된다고. 진한 복숭앗빛으로 칠한 벽이며 원색인 가구들이 여자의 불안정한 목소리처럼 심란했다. 보일러실로 쓰는 좁은 다용도실에 세탁기를 들여놓아서 운신하기도 어려웠다. 광고 칠 줄만 알았지 물건 제대로 만들 줄은 모른다니까. 이건 처음부터 불량품을 내보낸 게 틀림없어…… 여자는 그의 등뒤에 팔짱을 끼고 서서 재재거렸다. 그 나불거리는 입 좀 닥치라고, 정신 사나워서 어디 일하겠느냐고, 하마터면 소리칠 뻔했다.

그는 이를 꼭 다물고 여자를 똑바로 보았다. 그런 다음 일부러 고개를 천천히 돌려서 주위를 둘러보았다. 지금 너와 나는 밀폐된 공간에 있다. 나는 너보다 힘이 센 남자이고, 내 가방 속에 든 공구들은 언제든지 흉기로 쓰일 수 있고…… 여자에게 이런 걸 환기시킬 수 있을 만큼 위압적인 눈초리로. 남의 신경을 마구 짓밟던 여자는 아주 무신경하지는 않았다. 문득 깨달은 듯 입을 다물더니, 긴요한 볼일이 있는 것처럼 전화기를 집어들었다. 심심해, 심심해 하면서 다리를 꼬다가, 그 다리로 다른 남자 허리나 감을 주제에…… 그는 세탁기 뒤판을 뜯어내며 입꼬리를 말아올렸다. 여자가 끝내 쟁강거렸다면, 여자를 세탁기 속에 우그러뜨려 넣고 돌릴 수도 있었을 것이다.

운동화 뒤축을 꺾어신고, 이 사이로 침을 찍 뱉고, 손가락 사이에 끼워넣은 면도날로 아무거나 그어대려 드는 사나움. 삐죽삐죽, 버려진 널빤지에 마구 돋은 녹슨 못처럼 함부로 튀어나오는 불손함. 언제까지 이렇게 살라고? 당신이 내게 해준 게 뭐 있어. 아내의 말들이 빙글빙글 맴돌며 휘저어놓은 머릿속, 용암처럼 끓던 분노가 흘러내리며 마음에 딱딱한 덮개를 씌웠다.

어쩌다 들어선 직업이긴 했지만 그는 이 일을 천직으로 여겼다. IMF 때, 거의 절반가량 줄이는 감축에도 살아남았다. 살아남은 사람은 그에 대한 반대급부를 제 몸으로 치렀다. 회사는 '써비스는 판매 재창출의 기본'이라며, 써비스 접수 두 시간 이내에 문제점을 해결하라는 2H 방식을 고집했다. 그 바람에 스케줄은 늘 빽빽했다. 말이 쉬워 두 시간이지, 그를 포함한 세 명의 기사가 군 단위를 맡기엔 역부족이었다. 출장수리를 나가서 해결이 안되는 제품은 가지고 와서 퇴근시간 후에 고쳤다. 여름휴가를 가본 게 언제인지 기억도 나지 않았다. 해마다 덮치는 수재 뒤끝엔 수재현장에 가서 며칠씩 머물러야 했으니까. 그래도 그는 특별한 불만이 없었다. 눈앞에 닥친 일들을 성실하게 해내다보면 언젠가는 자기의 꿈에 이를 것이라고 믿었다.

그의 꿈은 퇴직한 뒤에 가전제품 대리점을 내는 것이었다. 규모는 그리 크지 않지만 애프터써비스 기술이 뛰어나고 친절하다고 입소문이 나 단골손님이 쏠쏠한 작은 대리점. 커다란 대리점을 차리기에는 재력도 배포도 모자라다는 것을 그는 알고 있었다. 너야 경기 탈 것 없고, 정년 때까지 신경쓸 일도 없고, 퇴직한다 해도 기술 있으니 걱정 없고, 그러고 보면 네가 제일 탄탄하잖냐. 그렇게 말하는 친구들은 시간도 돈도 넉넉했다. 부모에게서 물려받은 집에 가게를 내어 운영하거나 게다가 임대료까지 받아 챙기는 그들이 이미 누리고 있는 것, 그게 그의 꿈이었다. 길 쪽으로 난 통유리창을 아침마다 맑게 닦고, 진열된 물품은 먼지 하나 없이 유지하고, 매출이 떨어진다 싶을 땐 작은 경품행사로 손님들을 끌어들일 것이다. 일에 문리가 트일 무렵 움튼 꿈은 그동안 제법 실하게 뿌리내리고 가지를 벋었다.

모든 회사의 온갖 가전제품을 망라하는 대형 가전마트가 생겨나고, 그 체인점이 대도시에서 중소도시로, 읍 단위까지 파고드는 세상은 그의 꿈이 뿌리내린 지점도 파헤쳤다. 설치에 특별한 기술이 필요하지 않은 가전제품이라면 인터넷에서 구매하는 판이었다. 그의 견실한 꿈이 실현된다 해도 수지타산을 맞출 수 있을지 자신없어졌다. 전파사 정도라면 가능할 것이다. 하지만 대형 가전업체에서 출시되는 새 제품의 기술정보를 얻을 수 없고 부품 조달조차 안되는 전파사는 결국 중고품 전시장으로 몰락하기 십상이었다. 언제까지 이렇게 살 수는 없다는 아내의 지적은, 필름 안에 잠겨 있던 영상을, 커다랗게 확대한 인화지를 펼친 격이었다. 어떤 장면이 들어 있는지 짐작도 가고 이따금 궁금해지기도 하지만 정작 인화해서 보고 싶지는 않았던 그것. 넌 아무것도 아냐……

어릴 적, 싸움질이나 하고 다녀서 선생과 부모로부터 '넌 형편없는 아이야'라는 말을 들어온 그는 자신이 싸우던 동네에 빌딩을 몇채나 가진 부자가 되었다. 어느 소설가는 첫 책이 나오기까지 수백번이나 거절을 당했지만 결국 베스트셀러 작가로 이름을 날렸다. 링컨 대통령은 낙선, 실패, 파산, 가까운 이의 죽음을 거듭 겪었지만 미국 대통령이 되어 업적을 남겼다. 그들은 삶의 수렁에 빠졌을 때 한결같이 그 위기를 발판으로 도약했다. 『상처받은 마음을 쓰다듬는 약손』, 어느 날 들른 현태가 잊은 듯이 놓고 간 책. 그걸 읽는 동안에는, 아내가 바람나고 이혼당하는 것쯤은 그저 아스피린 한알로 떼어낼 수 있는 미열처럼 가볍게 느껴지기도 했다. 목에는 가래를 뽑는 구멍을, 옆구리엔 방광이며 대장에 연결한 관들을 주렁주렁 달고 모니터의 높낮이에 순간순간 희비가 엇갈리는 위중한 환자 앞에서 베인 손가락을 잡고 쩔쩔매는 것처럼 파렴치하게 여겨지기도 했다. 책을 읽는 동안만 그랬다. 책을 덮고 나면, '그러니까 너도 견뎌내'라는 전언은 비눗방울에 잠깐 맺히는 작은 무지개나 다름없었다. 넌 아무것도 아냐…… 수초처럼 흔들리는 말이 그의 발목을 잡아당겨 수렁 속으로 끌어내렸다.

프린터의 용지함에서 A4 용지를 꺼낸 그는 플러스펜으로 종이 중앙에 세로금을 길게 그었다. 선분 왼편에 '살아야 할 이유'라고 제목을 써넣었다. 오른편에는 '죽어야 할 이유'라는 제목이 적혔다. 살아야 할 이유. 한참을 들여다보던 그는 1. 성우,라고 적었다. 목울대가 울컥했다. 그가 만든 아이. 시골로 출장나가면, 노인들만 있던 집에 난데없이 식구가 늘어난 걸 자주 볼 수 있었다. 부모가 갈라서며 맡긴 아이들이었다. 그러나, 그는 고개를 흔들었다. 마땅히 해야 할 일을 하는 건 지금까지도 충분했다. 어머니,를 떠올렸지만 그는 이내 지워버렸다. 그의 형이 모시는 어머니는 치매로 당신만의 세상에 머물렀다. 이따금 그가 찾아가면, 그는 어머니에게 내외해야 할 외간남자가 되었다가 갓난아기가 되기도 한다. 알을 감싼 난막처럼, 치매는 어머니를 충격에서 보호할 것이다.

플러스펜 꼭지를 이로 질근질근 씹던 그는 끝내 두번째 항목을 쓰지 못한 채 죽어야 할 이유,라는 난으로 넘어갔다. 첫번째 항목은 역시 단숨에 채워졌다. 1. 다 끝난다. 마음속에서 들끓는 울분도, 그 끝자락을 물들이는 두려움도.

고장의 원인조차 찾아낼 수 없는 기기를 앞에 둔 것처럼 막막하던 그는 혹 바람피운 것 때문이라면 잊고 용서하겠다고 어렵게 말을 꺼냈지만, 그들의 결혼을 폐기하려는 아내의 의지는 확고부동했다. 까진 발뒤꿈치로 산을 오른 여자다웠다. 떠나려는 여자의 뒷덜미를 향해 날린 짧은 외침은 그가 난생처음 낸 제 목소리나 다름없었다. 십몇년 세월이 그렇게 간단히 폐기될 수 있는 거라면, 그 이전의 이십몇년을 지우는 일이 뭐 그리 어려우랴.

다 끝났다…… 벌겋게 달궈진 채, 이따금 부스러기 불꽃을 빛내며 그의 등판을 노리는 낙인. 아내에게 술장사를 시킨 남자, 그 결과 오쟁이진 사내, 이혼당한 남편. 그리고 그의 귀에 탁한 입김을 불어넣으며 그를 도발하는 속삭임. 넌 아무것도 아냐.

그는 펜을 내려놓았다. 더는 쓸 말이 없었다. 살아야 할 이유도 죽어야 할 이유도 구구하지 않았다. 그 간명함이 마음에 들었다. 살고 죽는 게 한끗 차이였구나. 대단한 잠언처럼, 그의 마음속에 떠오른 그 말을 곱씹으며 종이를 차곡차곡 접어서 호주머니에 넣고 일어섰다. 늘 그를 질질 끌고 가던 생, 그 고삐를 잡아챈 듯한 득의마저 느꼈다. 꼭 들러야 할 곳이 있었다.

그가 우주슈퍼에 들어섰을 때, 영석은 손님과 머리를 맞대고 뭔가를 들여다보고 있었다. 야전에서 지도를 펼쳐놓고 작전을 짜는 것처럼 보였다. 사방엔 적들이 깔려 있고 그들은 숨죽이며 탈출로를 찾고 있다. 그들의 목숨은 그들이 펼쳐놓은 지도에 달려 있다. 언제 어떤 길을 밟을 것인가, 순간적인 판단으로 탈출에 성공할 수도 있고 전멸할 수도 있다. 검은 체크 남방을 입은 영석의 어깨와 등판에 얹힌 비듬이 핵폭발 뒤의 분진처럼 보이는 건, 영석의 집에서 본 비디오 때문일 것이다.

수리 뒤의 점검을 위해 집에 비디오테이프가 있는가 물었더니 영석의 아내는 문갑 문을 열었다. 거기, 복사한 것으로 보이는 비디오테이프가 차곡차곡 쌓여 있었다. 테이프를 집어넣자 아주 깊게 판 방공호가 나타났다. 안쪽의 창고엔 통조림이며 생필품을 차곡차곡 쟁여두었다. 핵이나 외계인의 침입으로 지구상의 생물이 멸망한다 하더라도 일년은 버틸 수 있다고 말하는 백인 사내는 의사였다. 그렇게 방공호를 파놓은 사람이 여럿이라는 해설자의 설명이 이어졌다. 지구가 온통 폐허가 된 뒤 그 방공호에서 나와서 무얼 하려는 것일까. 지구가 멸망하고 알던 사람들이 다 재가 된 뒤에까지 살아남겠다는 욕망은 어디에서 나오는 것일까. 영석은 한밤중에 이 비디오들을 보면서 무슨 생각을 하는 걸까.

오며가며, 우주슈퍼 앞의 길가에 잠깐 차를 세우고 담배를 사거나 음료수를 사마시는 일이 잦아졌다. 아크릴로 만든 즉석복권 꽂이에서 복권을 두어 장 사서 동전으로 긁어보기도 했다. 영석은 태어나면 서부터 구멍가게 주인이었던 것처럼 자약했다. 우주슈퍼를 제 우주로 삼은 것처럼 보이는 영석과 기껏 날씨 이야기나 나누다 돌아나와 차에 시동을 걸면, 정작 하고 싶던 말은 그제야 신 침처럼 입안에 고였다. 넌 어떻게 그럴 수 있냐?

"어, 왔어?"

"응, 지나가다가……"

여기 앉아라. 영석은 제가 앉았던 의자를 그에게 주고 음료수병을 담아두는 플라스틱 상자를 가져와 뒤집어엎고 그 위에 앉았다. 손님은 마침 찻시간이 되어 가려던 참이었다고 책을 집어들며 일어섰다. 옹두리뼈 같은 머리에 복숭아씨 같은 눈, 쫑긋한 귀를 가진 외계인의 머리 위로 UFO가 떠가는 사진이 표지를 장식한 책이었다.

"그런데 너, 어쩌다가 길을 그렇게 바꿔 들었냐?"

손님이 가고 난 뒤, 영석이 음료수 냉장고에서 꺼내준 매실음료의 병이 톡, 소리내며 열리는 순간, 그는 물었다. 자기 생각에도 이상하리만큼 담담하게 물을 수 있었다. 그 담담함에 깃들인 일말의 잔인함조차 마음에 들었다. 곧 날아오를 거라는 게 그에게 용기를 주었다.

막 비상하려는 새였다. 횃대에 올라앉은 새는 머리와 몸통에 비해 좀 지나치게 크다 싶은 날개를 활짝 펼치고 있었다. 차를 몰고 이웃 읍에까지 나와, 이차선도로 건너편에서 차마 길을 건너지 못한 채 간판만 바라보는 그에게 새는, 한번 날아보라고 꼬드겼다. 질질 끌려다니기만 하는 게 지겹지도 않으냐고, 이제 박차고 날아오르라고. 그는 깨끗한 종이에 세로로 선분을 그을 때처럼 단호하게 길을 건넜다.

오십대로 보이는, 눈매가 야무진 농약상 여주인은 신분증 가지고 오셨어요? 물었다. 그건 아무에게나 파는 약 아니에요, 하는 말로 그의 등을 떠밀었다. 농부 같지도, 그렇다고 뜰 넓은 전원주택 소유자 같지도 않은 어중간한 행색이 드러났을 것이다. 세번째로 들른 집에서 그는 원하던 것을 얻었다. 자기가 생의 주도권을 손아귀에 쥐고 있다는 만족감. 겨우 손바닥만 한 폴리비닐 병에 든 익모초즙처럼 짙은 초록빛 액체. 이제 그의 우주는 폭발할 것이다.

그건 그냥 한장의 포스터였어. 늘 다니는 길에 붙은 포스터…… 질문이 느닷없었으련만, 영석은 의외로 담담하게 입을 열었다.

"퇴근길이었는데…… 그날 무슨 특별한 일이 있었던 것도 아냐. 지나고 나면 그날이 월요일이었는지 금요일이었는지, 날이 흐렸는지 우박이 쏟아졌는지도 기억이 안 나고 묻혀버리는 그런 날이었는데…… 그걸 본 거야. 푸르스름한 바탕에 음파의 진동을 그려놓은 것처럼 추상적인 무늬가 인쇄된 포스터였어. 처음엔 지나쳤어. 그런데, 몇발짝 걷는데 뒤에서 뭐가 나를 잡아당기는 것 같았어. 뒤돌아 그 포스터 앞으로 다가갔어. 그리고 그걸 정면으로 바라보는 순간, 이거다! 싶었어. 말로 표현할 순 없지만, 그 포스터 안에 내가 찾던 길이 들어 있다는 확신이 전류처럼 몸을 훑었어. 넌 그런 적 없었냐?"

이제 다시는 볼 수 없다, 저 여자를 놓치면 안된다는 확신으로, 온몸을 쥐어짜며 외치던 때가 있었다.

"기를 수련하는 모임의 포스터였어. 그전엔 기 같은 거 허무맹랑한 수작이라고 생각했는데 그길로 등록했어."

"그럼 그것도 피라미드 조직 같은 거였냐?"

"아니, 그냥 순수한 기수련단체였어. 아, 전역? 그 수련원 원장이, 남태평양 어느 왕국의 왕이 지녔던 불치의 병을 낫게 해준 대가로 그 섬의 개발권을 받았다는 거야. 금방 이루어질 일에 자금이 모자란다니까 돕고 싶었지. 나처럼 확실한 신분을 가진 사람도 드물었거든."

한순간 눈에 띈 포스터 한장이 한사람의 회로를 교란시키고 마침내 수리할 수 없게 만들기도 한다. 포스터 한장으로 엇나가고 무너질 수도 있는 게 삶이다. 영석의 가게에서 나와 차를 몰면서 그는 거듭 웅얼거렸다. 그건 그냥 포스터 한장이었어. 차가 커브를 돌 때, 발치에 던져두었던 병이 툭 굴렀다. 그는 문득 양미간에 주름을 잡았다. 아까 본 간판에 들어 있던 그림이 새가 아니었을지도 모른다는 의혹이 불쑥 치민 것이다. 농약상을 겸한 종묘상의 간판에 그려져 있던 그림. 그는 황황히 차를 돌렸다. 머리에 비해 지나치게 커 보이던 그것은 새의 날개가 아니라 떡잎이었다. 머리는, 떡잎 속에서 돋는 새순이었다. 그더러 날아보라고, 날아보지 않겠느냐고 날개를 퍼덕이던 새는 대지를 뚫고 나오는 새싹이었다. 다시 보면 새였다. 날아오르는 새, 언 땅을 뚫고 나오는 새순. 그 틈새기에 끼인 채, 그는 간판의 도형 속으로 빨려들어갔다.

피아간 彼我間

"그래도…… 오래 고생하시는 것보단 낫다고 생각해야지."

고속도로에 접어들어 차가 속력을 높이자 남편이 침묵을 깬다. 남은 시간이 하루이틀뿐이니 가족을 부르라 했다는 의사의 말을 생각하면 맞는 말이었다. 이즈음엔 경은 또한, 더 고생하는 것보단 가시는 게 그나마 한 목숨으로서의 존엄함을 지킬 수 있는 게 아닐까 생각했다. 며칠 동안 내린 비에 씻겨 화창하진 않으면서도 극명하게 맑은 기운이 느껴지는 풍경을 보면서, 어머니의 상여 뒤를 따라가던 십여년 전의 그 맑디맑은 날을 떠올리기도 했다. 이미 속으로는 아버지를 내려놓았다는 게 정직한 심정일 것이다. 그런데도 남편의 말은 날카로운 고드름처럼 경은의 마음에 꽂힌다. 한치 건너 두치라더니, 당신 아버지였대도 그런 말이 나오겠어? 뽀족하게 튀어나오려는 말을, 경은은 혀끝을 동그랗게 말아 가둬버린다. 왜 이렇게 마음에 날이 선 것일까.

　팔순을 넘긴 아버지가 쓰러져 뇌출혈 수술을 받은 지 석달째였다. 지난주, 두문불출해야 하는 경은과 달리 차로 두 시간 반 거리인 고향 의 병원에 자주 들르던 큰언니의 전화를 받았을 때, 경은은 삶아 말린 기저귀를 개고 있었다. 삶아 말린 빨래 특유의 알싸한 냄새가 갇힌 공 기 속에 번졌다. 텔레비전 기상캐스터는 태풍이 남쪽 지방을 지나는 중이고 곧 장마가 시작되리라 예보했다. 신장기능이 거의 바닥이고 호흡이상도 오기 시작했대. 앞으로 한두 주 남았다는데…… 경혜랑 나는 그동안에라도 시간 나는 대로 가보려고. 이따 다시 통화해봐야 겠지만, 내일쯤 내려갈까 해. 생각할 겨를도 없이 말이 튀어나왔다. 나도, 나도 갈래. 갈 수 있겠니? 힘들어도, 그래도 계실 때 한번이라 도 더 뵈어야 할 텐데…… 같이 갈래? 큰언니가 반기자 경은은 얼른 뒤로 뺐다. 아니, 난 형편 봐서. 그리고 지금은 기차 타는 게 더 편할 거 같아.

　부풀 대로 부푼 배, 어기적거리는 걸음으로 철도 승강장의 계단을 내려가기는 힘들었다. 열차 안에선 배를 독서대 삼아 육아책을 읽었 다. 세상에 완전한 부모는 없다, 아이는 부모의 소유물이 아니고 하늘 이 나에게 준 은혜요 책임으로 생각해야 한다. 육아책 서문의 문구는 삼십대 후반에 처음으로 아이 엄마가 되는 경은에게 부적을 지닌 것 같은 위안을 주었다. 어쩌면 아버지도 한평생 당신의 불완전함을 남 몰래 견뎠을지도 모른다는 깨달음이 스멀거렸다. 경은은 책을 덮고 창밖을 내다보았다.

　집을 나설 땐 자박자박 땅을 적시던 빗줄기는 어느새 제법 굵어졌 다. 차창에 부딪힌 빗방울은 가는 물방울의 꼬리를 만들며 발발 기었다. 꼬리를 달고 기어가는 생물체 같은 물방울. 삼십몇년 전 어느날 아버지는 어머니와 교합했다. 그날 아버지가 쏟아낸 무수한 정자들 가운데 하나가 난자에 닿아 수정한 생명, 그게 경은이었다. 그처럼 우연히 생겨난 존재가 사람이고, 간발의 차이로 엇갈릴 수도 있는 게 부모 자식 간의 인연이다. 다른 정자가 조금만 더 빨랐더라면, 경은 아닌 다른 사람이 되어 있었을 것이다. 경은은 발발거리며 이합집산하는 물방울들처럼 갈피 잡을 수 없는 마음을 간추렸다. 이 나이면, 남편을 여읠 수도 있고 심지어 자식을 앞세울 수도 있는 나이야. 그러니 부모를 여의는 건 그저 누구에게나 일어날 수 있는 일에 지나지 않아. 팔순을 넘긴 아버지가, 당신이 오신 곳으로 돌아가려 하는 것뿐이야. 그러자 마음이 서늘하게 가라앉았다.

경은의 묵묵부답을 초조함으로 해석했는지 남편이 속력을 높인다. 100을 조금 넘었던 속도계의 바늘이 110을 거치더니 어느새 120을 훌쩍 넘어설 때, 경은은 여행가방을 꾸리다 받은 시어머니 전화를 떠올린다. 얘기 들었다. 너도…… 가야지? 가는 게 사람 도리이긴 한데…… 그래도 내 마음 같아선, 기왕 참은 거, 더 참았으면 좋겠구나. 경은이 가만히 있자 시어머니는 하는 수 없다는 듯 말했다. 조심조심해서 다녀오너라. 별일 없어야 할 텐데. 무슨 일 생기면 바로 연락하고. 예사롭게 넘길 수도 있는 그 말이 마음의 날을 세운 것일까.

"네 마음이야 알지만, 그럴 거까지 있겠니? 다른 식구들도 많은데……"

소도시 종합병원 중환자실은 좁고 길쭉하다. 침상 일곱 개가 출입문을 사이에 두고 나란하다. 침상과 침상 사이의 공간은 밭아서, 접의자 하나를 펼쳐놓으면 딱 맞다.

"그러다 무슨 일이라도 나면……"

당연한 우려인데도 경은은 그 조심스러운 말투에서 몇달 전을 떠올린다. 첫아이 임신했을 때 수박이 그렇게 당겼다는, 태아의 눈처럼 까만 씨앗이 박힌 수박 속살을 떠올리면 목구멍에서 손이 뻗쳐나올 것 같았는데 제철이 아니라 비싸서 먹을 수 없었다는 큰언니가 어느날 경은의 집에 왔다. 농수산물시장에 갔는데 수박이 좋은 게 나왔더라고. 조심하라는 의사의 당부를 환기하며 도통 얼굴을 비치지 않는 경은이 궁금했던 모양이다. 제법 배가 불러 임부 티가 나는 경은이 수박을 받으려 하자 큰언니는 손사래를 치고 다용도실로 수박을 가져다놓았다. 어이구, 얼마나 잘난 아기가 나오려고 이렇게 엄마 꼼짝도 못하게 고생시키냐? 어디 이모한테 인사 좀 해봐라. 큰언니가 손을 뻗쳤을 때, 경은은 순간적으로 몸을 뒤로 뺐다. 허공에 뜬 손이 무색해보였다. 미안해, 언니. 내가 좀 과민하긴 한가봐. 경은은 사과했지만 뒤로 젖힌 몸을 움직여 손을 대게 해주진 않았다. 하긴 얘가 원가가 좀 비싼 애니? 네가 말은 안했어도 시댁에서 어지간히 스트레스 받았나보다. 조심해서 나쁠 건 없지, 하면서 큰언니는 손을 거둬들였다.

"만에 하나 무슨 일이 생기면 여기가 바로 병원인데 이보다 더 안전한 데가 어디 있겠어? 염려 말고 언니나 가서 쉬어. 우리 그이 눈 좀 붙이라고 하고."

복도에 놓인 의자나 중환자실 보호자를 위한 온돌방에서 토막잠을 자던 보호자들이 간간이 들여다볼 뿐, 소도시 외곽의 숲에 지은 병원은 밤이 깊을수록 적막해진다. 그 고요 속에서 밤이면 더 위태로워지는 환자들이 저마다 목숨을 건 싸움을 하고 있지만, 겉보기로는 그저 빗돌처럼 고요하다.

아버지, 그만 가세요. 한평생 가슴에 맺힌 거 다 풀고, 다 내려놓고, 그리고 훌훌 떠나세요.

경은은 환자복 앞섶으로 손을 넣어 아버지의 가슴을 쓸며 중얼거린다. 지난주에 왔을 때만 해도 아버지, 하고 부르면 눈을 떴는데, 이젠 빗장을 지른 듯하다. 다른 환자보다 뽀얘서 말끔하던 얼굴은 부풀 대로 부풀어 물주머니처럼 볼이 처졌다. 목엔 가래 제거를 위해 구멍을 뚫었고, 몸엔 오줌을 뽑는 호스며 심전도계 부속품들을 주렁주렁 매달았다. 손등은 시퍼렇게 멍들었고, 엉치등뼈 부위엔 리본 모양의 욕창이 생겼다. 설사 의식이 돌아온다 해도 남은 나날은 치욕일 것이다. 경은이 진정으로 바라는 것은 아버지의 회생이 아니라 아버지의 편안한 임종, 평온한 종말이다.

이태 전, 경은은 지금처럼 병상을 지키며 아버지의 소생을 간절히 기원했다. 방바닥에 앉으려다 다리가 풀려 고관절골절상을 입은 아버지가 경은이 살고 있는 도시에서 한 시간 떨어진 도시로 와서 수술을 받았을 때였다. 수술은 깨끗이 끝났는데 그 다음날 폐기능에 이상이 생겨 사선을 넘나들었다. 마침 남편은 4박5일 출장중이었다. 밤비행기로 떠나는 남편을 보내고 병원에 갔다. 병실문을 열자 소주냄새가 떠돌았다. 밤당번이라는 큰오빠가 소주를 마시고 있었다. 다른 오빠들은 조금 전 돌아갔다고 했다. 밤새려면 술기운이라도 있어야지. 경은에게 변명처럼 말한 그는 보조침대에 누워 드렁드렁 코를 골며 곯아떨어졌다. 끊어졌다 이어지는 코고는 소리에 놀라 아버지는 깜짝깜짝 깨어났다. 잠든 큰아들을 보는 아버지의 눈길이 어찌나 슬프고 그 안에 서린 허망이 어찌나 깊던지, 경은은 가슴이 철렁했다. 생에 대한 애착이 남달랐던 아버지에게서 한번도 본 적 없는, 다 내려놓은 이의 눈빛이었다. 잠든 사이에 사자(使者)가 나타나면 그냥 따라나설 것처럼 무력해 보이는 아버지 때문에 경은은 사흘 밤낮을 한순간도 눈을 붙이지 않고 침대 머리맡을 지켰다. 사흘이 지나자 아버지의 눈빛에선 체념이 가시고 다시 또랑또랑해졌다.

그러나 이제 경은은 회생을 바라지 않는다. 고관절 수술을 견뎌내고 팔순 생일상을 받은 아버지가 몇술 뜨고 일어나 방을 향하자, 그저 사람은 일흔살까지만 살고 죽는 게 딱 적당한 거 같다,라고 말하는 큰 아들, 교대로 병상을 지키며 수발을 들긴 하지만 의식이 거의 없다는 이유로 아버지의 머리맡에서 장례에 대해 천연덕스럽게 이야기하는 아들들, 출가 전부터 집안 대소사에 발언권이 아예 없어 방관자가 되어버린 딸들, 그 모두에게 아버지의 회생은, 예의상 중간에 일어설 수 없어서 몸을 비틀며 본 연극이 막을 내린 뒤, 뻑뻑한 뼈마디를 놀리며 서둘러 자리를 벗어나려는 관객들에게 그 극이 단막이 아닌 이막극이고, 곧 이막이 시작되니 자리에 앉아 계시라는 안내방송처럼 느껴질 것이었다. 그때 관객들의 반응이, 자기 자신까지 포함해서, 경은은 두려웠다.

"할아버지, 또 이랬어? 자꾸 이러시면 안된다니까."

간호사가 일어나 아버지 바로 옆 침상으로 다가가며 꾸짖는다. 살을 다 발라낸 것처럼 하악골의 윤곽이 훤히 드러난 노인의 코와 입을 덮고 있던 산소 흡입 마스크가 귓전에서 덜렁거린다. 그걸 올려놓은 간호사는 그 옆 침상, 누가 보아도 간이 상한 걸 알 수 있게 온몸이 초콜릿빛이 된 사내가 차낸 시트를 덮어준다. 아랫도리를 다 벗겨놓아서, 사내가 시트를 걷어낼 때마다 축 늘어진 성기가 드러난다. 한때 욕망으로 팽팽했을 음낭도.

아버지, 다 잊고, 다 털어버리고 가세요. 이번 생 고단하셨으니 다음엔 편한 집에서 편한 신세로 태어나 편하게 사세요.

가르칠 만큼 가르쳐서 결혼시킨 칠남매, 먹고살 만큼 일군 재산, 점잖은 집안이라는 세간의 평가로도 채워지지 않은 욕망 때문에 아버지는 행복하지 않았다. 어쩌다 친정에 들른 경은에게 아버지가 서리서리 뭉쳐두었던 푸념을 풀어놓으면 경은은 그걸 받아 돌돌돌 감았다. 아버지, 아버지 욕심이 지나치신 거예요. 생각해보세요, 우리집처럼 순탄한 집이 어딨어요? 일곱 남매 낳아서 일곱 명 키우는 거 쉽지 않은 복이구요, 제가 아이가 없달 뿐이지 다들 결혼해서 자식들 두었잖아요. 아버지 손주들만 해도 그래요. 요즘같이 태어날 때부터 잘못된 아이들 많은 때, 막말로 몸이나 정신 성치 못한 손주 하나 없기가 어디 쉬운 줄 아세요? 게다가 그 흔하디흔한 이혼한 자식이 있어요? 교도소 구경한 자식 하나 없고, 게다가 다들 그런대로 먹고살잖아요. 이건 조상이 돌보신 거라구요. 그러니 여기서 더 바라시면 너무한 거지요.

이혼이 세상에 다시없는 패륜인 양, 감옥에 가지 않은 게 올바른 인성의 보증수표인 양, 장애를 갖지 않았다는 게 더없는 자랑인 양, 자기도 믿지 않는 말들을 읊조릴 때 경은은 어릿광대가 된 기분이었다. 채워지지 않는 욕심 때문에 우울한 제왕을 달래는 어릿광대.

뉘시더라? 목숨이 들락날락하는 사람답지 않게 맑고 안정된 눈으로 노인이 묻는다. 오후에 잠깐 얼굴을 비쳤을 뿐, 보호자가 내내 나타나지 않는 옆자리 환자가 산소 흡입 마스크를 쳐내자 경은은 직접 마스크를 올려놓아준다. 밤근무에 지친 간호사를 부르지 않고도 할

수 있는 일이다. 그 눈을 향해 뜻없이 고개를 끄덕이다가, 경은은 문
득 찔끔한다. 제 몸도 시원찮으면서, 제 아버지나 돌보면 되었지, 생
면부지인 사람한테까지 신경쓰고 있다는 신칙이 들려와서다. 그러나
아버지의 눈은 굳게 닫혀 있다. 제가 왜 찔끔했는지를 깨달은 그 순
간, 아아, 아버지의 고단한 생애가 먼지냄새를 풍기며 훅 끼쳐와 경은
은 그만 힘없이 의자에 앉는다.

　벽면은 작은 스테인리스 문들로 채워져 있다. 그 가운데 조화로 만
든 작은 화환이 걸린 곳은 딱 하나다. 경은은 거기 적힌 아버지의 이
름을 가만히 들여다본다. 그가 이루려 했던 것, 지니려 했던 것과 동
떨어져 온전히 차가운 몸 하나로 거기 있는, 유독 핏줄에 집착했던 아
버지가 이루려 한 것은 무엇이었을까. 채 가시지 않은 독기 때문에 경
은은 속이 쓰리다.

　발단은 십만원이었다. 사망하셨습니다. 7월 7일 오후 2시 25분. 의
사가 선고하자 가족들은 공연이 끝나고 한꺼번에 쏟아져나온 관객들,
마법에서 풀려난 성안의 사람들처럼 분주해졌다. 장례식장을 특실로
잡아야 할까 일반실로 잡아야 할까 논란이 일고, 접대음식은 얼마짜
리를 해야 돈을 덜 쓰면서도 격이 떨어지지 않을지 숙고가 오갔다. 조
화를 떼멘 인부들은 어디에 놓을까 묻고, 어디서 나타났는지 모를 찬
모와 함께 육개장 냄새가 떠돌고, 가까운 데 사는 친지들이 하나둘 얼
굴을 보였다. 소란은 그 와중에서 일어났다. 장례를 도우러 온 남자형
제의 친구 가운데 하나가 큰언니에게 부탁했다. 누님, 애들 고스톱 치
는데 잔돈이 모자라서요. 천원짜리로 십만원만 만들어주실래요? 어
릴 적부터 집안을 드나들며 낯이 익은 그의 부탁을 큰언니는 상주이

자 호상을 맡은 큰오빠에게 전했다. 밤샘하는 사람들이 화투로 칠 잔돈을 상가 쪽에서 준비했다 빌려주는 건 이 지역 초상집에선 흔히 볼 수 있는 일이었다. 그가 말했다. 내가 돈이 어디 있냐? 그리고 있다 쳐도, 어떻게 그 돈을 돌려받을 줄 알고 빌려준다니?

석달 동안의 병원비가 고스란히 아버지의 얇은 통장에서 빠져나간 걸 아는 큰언니는 어이없는 반응에 말을 순하게 할 수 없었다. 아니, 단돈 십만원도 준비하지 않고 장례 치르는 집이 어디 있어요? 그러자 큰오빠가 말했다. 네가 뭔데 나서냐?

죽은 이를 떠나보내는 데 십만원도 마련하기 어려운 집안도 있기는 있을 터였다. 시신 찾아갈 돈을 마련하지 못해 해부용으로 넘길 수밖에 없는 경우도 있는 바에야. 그러나 아버지가 은퇴하면서 맏이라는 이유로 모든 재산을 물려받았지만 아버지를 모시지는 않은 큰오빠가, 장례식장 한층을 다 차지한 특실을 잡은 상가의 상주로서 아버지를 보내드리는 판에 할 소리는 아니었다. 여느때라면 남편에게 돈을 바꿔오게 해 조용히 수습했을 텐데, 경은도 그럴 마음이 없었다. 돈이 없으면 만들기라도 해야죠, 하는 대꾸에, 그는 몸을 돌리며 말했다. 난 돈 만드는 재주 없다. 그 순간 경은은 그 자리를 모면하려고 멀어지는 등판을 향해 내뱉었다. 저게 사람이야? 경은의 말에서 번지는 독기는 담즙보다도 쓰고 위산보다도 강했다. 경은이 뱉은 독기가 공기중에 번지더니 경은 자신의 살갗을 쓰리게 했다. 보세요, 아버지. 저게 당신 큰아들이랍니다. 그러나 경은은 그게 망자가 된 아버지를 욕한 게 되어버렸다는 걸 깨달았다. 큰아들이 사람이 아니라면, 그를 세상에 있게 한 아버지는 뭐가 되겠는가.

그러나 그 외침은 실상 큰오빠를 향한 게 아니었다. 권리는 없고 의

무만 분담하던 여동생들에게, 네가 뭔데 나서냐,란 말을 그토록 떳떳하고 뻔뻔스럽게 하는, 그래도 된다고 생각하도록 만든 그 무엇에 대한 절망이었다.

아버지, 제가 아버지 욕한 게 됐네요. 그래도, 할 수 없어요. 제가 원래 순한 딸 못 되는 거 아버지도 알고 계시죠?

막내가 왔으니 이거 녹음하는 거 물어보아야겠네. 지나가는 것처럼 말하며 문갑 위의 카세트를 내리는 새어머니, 서령댁의 목소리에서 전에 없이 단단한 심지가 느껴졌다. 아버지와 서령댁이 사는 집으로 안부전화를 건 경은이 뭐 필요한 거 없으세요? 하고 물으면, 그런 거 없으니까 어서 몸 건강해서 아기 가질 생각이나 해, 하던 서령댁이 전화를 걸어와 부탁했다. 이담에 내려올 때 테이프 녹음하는 것 좀 사다줄터? 노인네 둘이 적적하니 노래라도 녹음하려는 줄 알았다.

경은은 빈 테이프를 데크에 넣고 녹음버튼을 눌렀다. 아, 아, 녹음이 되나 보려구요, 마이크 시험중이에요. 되감기를 해서 돌렸을 때 아, 아, 녹음이,까지 재생되더니 녹음기에 갑자기 테이프가 걸렸다. 테이프를 꺼내 감은 다음 다시 시도했지만, 오랫동안 쓰지 않은 녹음기는 방치된 시간에 보복하듯 요지부동이었다. 아무래도 안되겠네요. 나중에 고치든가 해야겠어요. 아이 그럼 어떡해. 막내 왔을 때 녹음하렸더니 그것도 틀렸네. 서령댁의 목소리에 전에 없던 짜증과 울먹임이 실려서 경은은 속으로 눈을 크게 떴다. 경은이 막내라선지, 아니면 무릎이 불편한 서령댁이 집에서 현금으로 받을 수 있게 다달이 우체국에서 부치는 용돈 때문인지, 서령댁은 경은에게 각별한 편이었다. 원래도 순한 사람이었다. 뭘 녹음하실 거였는데요? 경은이 물었다.

아버지가 이 집 명의변경 해준다는 말만 하고 안해주고, 아버지 돌

아가시면 난 갈 데도 없는데, 그래서 막내 왔을 때 그걸 녹음하려고
했는데⋯⋯

　서령댁의 사설을 듣는 순간 온몸의 피가 쑥 가시는 듯했다. 서령댁
은 그러니까, 경은 앞에서 아버지에게 유언을 작성하게 하려 한 것이
었다. 뭐 그럴 것까지 있겠어요? 자식들이 다 아는 사실인데. 천연한
척 말했지만 경은의 목소리에도 심이 박혔다.

　그래도, 큰아들은 와도 내게 인사도 안하고⋯⋯ 그러니 아버지 돌
아가시면 다 헛거지. 서령댁이 삐죽거렸다. 아버지가 세상을 뜨면 지
금 살고 있는 아파트를 받기로 하고 수발들러 온 서령댁이었다. 경은
은 대접을 하느라 어머니,라고 불렀지만, 아들딸이 있는 다른 형제들
은 그냥 할머니,라고 했고 직접 불러야 할 땐 용케 호칭을 피했다. 서
령댁의 장성한 소생들이 어머니의 노후를 염려해서 부추겼을 것이다.
그럴 수 있는 일이었다.

　가만히 있으면 다 알아서 해줄 건데 저이는 공연히 여기저기서 말
을 들어가지고. 내가 못 움직여서 애들보고 인감 가져다 명의변경하
라 시켰는데 애들이 안하는 걸⋯⋯ 고관절 수술 뒤 방안에서도 지팡
이를 짚어야 하는 아버지가 말했다. 그리고 저 한교장네를 봐도 그렇
고⋯⋯ 아이고, 아버지! 경은은 속으로 혀를 찼다. 시내 중학교에서
정년퇴임한 한교장이 집 명의를 후취 앞으로 해주었는데 여자가 그걸
팔아먹고 혼자 달아났다는 이야기는 한동안 사람들 입에서 오르내렸
지만, 서령댁 앞에서 내놓고 할 소리는 아니었다.

　오랜만에 친정에 온 딸과 이제껏 화락하던 일가족은 간데없고, 각
자의 입장이 송곳니처럼 사납게 드러났다. 딸 앞에서 아버지 유언장
을 작성하려는 서령댁, 그 앞에서 의심을 태연히 드러내는 아버지. 경

148

은은 느닷없는 분노로 아버지의 역정과 서령댁의 설움을 한꺼번에 베어물었다. 아버진 지금이라도 명의 바꿔주고 싶으신 거죠? 그렇다마다. 아버지의 속마음이 다를지 모른다는 의심을 경은은 묵살했다. 아버지의 끼니를 십년 넘게 챙겨준 이도, 노년의 적막함에 말벗이 되어주고 힘 빠진 다리를 주물러준 이도 서령댁이었다. 자식이라는 이유만으로 아들들에게 나누어준 재산에 비하면 그깟 아파트로는 오히려 대접이 소홀하다는 게 경은의 생각이었다.

서약서,라고 쓴 다음 경은은 아버지와 서령댁의 이름과 주민등록번호를 쓰고 문안을 써내려갔다. 위 사람은 본인 소유인 서경시 서경동 103번지 강남아파트 5동 102호를 본인 사망시에 ○○○에게 양도할 것을 서약합니다. 은행에서 자동이체 신청서를 쓸 때도 용지를 서너 장 버려야 할 만큼 서류작성에 서툰 경은이었다. 그런데도 이런 때를 대비해서 연습이라도 해놓은 듯 문구가 술술 나왔다. 아버지의 인감에 작성자인 제 손도장까지 꾹꾹 눌러 두 장을 만들었다. 한통을 서령댁에게 주고 한통은 경은이 챙겼다.

난막처럼 감싸 지상의 소란으로부터 지하를 보호하던 정적이 갑자기 찢어진다. 아이고, 아이고오…… 커다란 곡성이 흐른다. 경은의 배가 딴딴하게 굳는다. 상복은 얼마짜리로 할 것인가, 상복을 입는 범위는 어디까지로 할 것인가, 오래전에 짜둔 오동나무관이 아무래도 맞지 않을 것 같은데 어떡하나, 이런저런 말로 분주하다 문상객의 기척이 보이면 얼른 모여 서서 어이, 어이, 앓는 소리처럼 내는 곡성과 다른, 내장이 쏟아져나올 것 같은 곡성이다. 아이고, 아이고…… 애끊는 곡성은 안치실로 다가든다. 운반용 침대 위, 하얀 시트로 덮인 시신에 엎어지다시피 한 중년여인이 통곡한다. 아이고, 영석아, 내 아들아…… 내 몸속에 잉태해서 키워 내보낸 목숨과 영영 이별한다는 것은 어떤 느낌일까. 자식을 앞세운 여인의 비통함에 감염되어 흐르는 눈물을 닦으며 경은은 웅얼거린다. 아버지, 이제 좀 덜 무서우실 거예요. 혼자 계시지 않아도 되니까요. 자신의 마음이 어떻게 돌아갔는지를 깨닫는 순간, 경은은 머릿속이 휑하니 비는 것 같다. 애가 토막토막 끊어졌을 것만 같은 애통한 죽음 앞에, 기껏 아버지가 덜 외로우리라는 것으로 안도하다니.

서약서를 작성하려 펜을 집어들었을 땐 아버지에 대한 분노가 더 컸다. 가뭄에 콩 나듯 들러 속 긁는 소리나 하고 가는 아들보다, 십년 넘게 온갖 수발 다 들어준 서령댁을 더 남이라 여기는 데 대한. 그러나 문안을 만들어가면서 경은은 서령댁의 뜻을 세우려 시작한 일이 실상은 아버지를 위한 장치임을 깨달았다. 오랫동안 담아두었던 욕망을 일단 발설했으니 그게 충족되지 않는 한은 서령댁이 전처럼 아버지에게 고분고분하리라 기대할 순 없었다. 인감이 찍혔다고는 하나 법률적 효력이 있는지 없는지도 모를 종이 한장에도 표정이 밝아져, 감때사나운 마음을 드러낸 걸 미안해할 만큼 순진한 서령댁에 비해 아버지는 한결 노회한 사람이었다. 어쩌면, 경은이 전에 없이 아버지에게 무도하게 구는 것도 기실은 당신 자신을 위한 것임을 짚고 있었을 것이다. 그 뒤로도 그 일에 대해선 한마디도 없었던 걸 보면. 혹 아버지가 이 세상을 떠난 뒤에 문제가 생길 경우, 그땐 이 집을 서령댁이 지닐 수 있도록 자기 자신이 어떤 일이든 할 거라는 확신도 그때의 경은에겐 위안이 되지 않았다.

그런데, 그런데 만일 아버지가 그게 당신을 위한 것이기도 했다는 걸 몰랐다면? 갑작스런 깨달음에, 마음의 시커먼 동굴 속에 숨죽이고 웅크렸던 박쥐들이 일제히 날갯짓을 하며 소란스럽게 날아오른다.

거꾸로 매달린 채 제 몸을 깔끔히 닦고 난 박쥐가 몸을 비틀는다. 박쥐의 몸 한군데가 클로즈업된다. 몸의 일부가 힘겹게 벌어지며, 젖어서 미끈덩거리는 무언가가 그 사이로 밀려나온다. 새끼박쥐의 머리다.

경은은 공연히 아랫배가 뻐근해지는 듯해 힘을 주었다. 산고를 온전히 제 것으로 치를 때, 어미박쥐는 얼마나 외로웠을까. 가슴이 답답해진 경은은 무심코 옆에 놓인 스낵을 집어들다가, 아토피를 떠올리며 손을 거두었다. 화면에 눈을 준 채, 뒷걸음질로 냉장고에 가서 귤을 몇개 꺼내왔다. 껍질을 까서 입에 넣으면서도 눈은 화면을 떠나지 못했다.

새끼를 낳은 박쥐는 사냥을 한다. 해지고 삼십분쯤 지날 때 다들 나가서 밤새워 사냥을 하고 해뜨기 전에 돌아온다. 동굴에 총총 매달려 어미 없는 밤을 보낸 새끼들은 분주히 어미의 젖을 빤다.

다큐멘터리 제작진은 공동생활을 하는 박쥐가 제 새끼를 찾아내 먹이는 것인지, 아니면 공동육아를 하는 것인지 궁금했다. 그들은 안 쥐래기박쥐를 대상으로 실험을 했다. 어미 박쥐는 제가 낳은 새끼를 아주 쉽게 찾아낸다. 다른 새끼가 접근하면 적대감을 보이는 경우도 있다.

그렇구나. 하물며 동물조차 그러는 거였구나. 내 새끼와 남의 새끼를 구분하는, 내 핏줄과 남의 핏줄을 구분하는 것, 그게 목숨이구나. 그러나 정녕 그것밖에 안되는 걸까. 경은은 리모컨으로 채널을 바꾸며 웅얼거렸다.

의사가 집밖에도 나가지 말고 안정하라네요. 아이를 가졌다는 소식을 알리면서, 경은은 덧붙였다. 결혼한 지 칠년 만이었다. 결혼 이주년이 지날 즈음부터 주위에서 받아온 은근하고 노골적인 압력을 모은다면, 작은 기관차쯤 움직일 수 있었을 것이다. 설날이면 시아버지는 세뱃돈이 든 봉투를 건네면서 말했다. 너희도 건강하고, 올핸 꼭 손주 보게 해다오. 명절날이면 으레 방영되는 가족 소재의 드라마를 보다가 시어머니는 뜬금없이 물었다. 너희 동기간이 몇이랬지? 결혼 전, 우리집이 워낙 손이 귀해서 너희집 형제 많다는 게 가장 마음에 들더라, 했던 시어머니였다. 경은이 직장생활을 계속하기 위해 어른들을 속이고 피임을 하는 건 아닌가라는 의심의 눈길도 날아들었다. 마침내 경은은 한의원을 찾았고, 불임클리닉을 드나들게 되었다. 오늘 오후 네시쯤. 날마다 초음파로 난자의 크기를 확인한 의사가 선포하면, 그 시간에 쎅스를 하기 위해 남편을 호출했다. 몸 안에서 벌어지는 일을 촬영하고, 의사가 정해준 시각에 정자와 난자의 수정을 또렷이 자각하며 쎅스를 하노라면, 제 몸이 아기를 만들고 낳기 위한 기계처럼 느껴졌다. 불임클리닉에서 자주 얼굴을 익힌, 인공수정을 거쳐 시험관 아기까지 시도해보았다는 여자는 경은을 위로하느라 말했다. 그동안 내가 병원에 갖다바친 돈을 모으면, 웬만한 병원 하나 지을 수 있을걸요? 병원까지는 안 가더라도, 경은도 병실 몇개쯤 지을 만한 돈을 들여야 했다.
　임신을 알림과 동시에 직장을 그만둔 경은은 집안 대소사에 참가하는 것도 면제받았다. 시어머니는 당신 생일 일주일 전에 미리 다짐을 주었다. 공연히 시에미 생일이라고 집 나설 생각은 하지도 마라. 우린 온천이나 갔다올란다. 언니들은 전화로 물어왔다. 입덧은? 태동은?

뭐 먹고 싶은 거 없냐? 남편은 친지의 방문을 막았다. 이 사람이 워낙 예민해져 있어서요. 하는 일 없이 혼자 시간을 보내야 하는 사람에게 텔레비전은 구원이었다. 드라마, 다큐멘터리, 영화…… 채널을 돌려가면서 보았다. 사랑과 이기심의 차이를 단적으로 보여주는 예는 갈릴레아 호수와 사해다, 갈릴레아 호수는 요르단강 상류에서 끊임없이 신선한 물을 받아 그 물을 다시 요르단강 하류에 내놓는데, 이 호수 덕분에 많은 물고기와 싱싱한 야채가 자랄 수 있다, 한편 사해는 요르단강에서 물을 받아들이지만 다른 데로 흘러가지 못해 문자 그대로 죽은 바다가 되어 생명체가 살지 못하는 곳이 되었다,라는 해설을 들으며 지명들을 외우려 애쓰기도 했다. 아이가 조금 자라면, 이런 이야기에 빗대어 교훈을 전해야 할 것이다.

집안에 갇혀 지내자 심해에 갇힌 듯했다. 숨은 앙가슴에 걸릴 뿐 그이상 깊이 들이쉬어지지 않았다. 전화벨이 울리면 화들짝 놀랐다. 심해에 있다가 바깥으로 나올 때 생기는 잠수병을 두려워하듯 외출을 삼갔다. 먼 별에서 자기에게 오는 한 목숨을 떠올려도, 그 아이의 고물거리는 몸짓과 잠결에 배시시 웃는 미소를 떠올려도 마음속 스멀거리는 두려움은 가시지 않았다. 양막 속에 든 아이의 씨앗 같은 눈과, 낙태반대운동의 상징이었던 태아의 앙증맞은 발이 떠오를 때면 까닭 없이 눈물이 났다. 가벼운 우울증 같았다.

이봐요, 김여사, 염려 마. 당신이 좋은 마누라인지는 좀 의심의 여지가 있지만, 최소한 좋은 엄마가 될 거라는 것만은 자신있게 보증할 수 있어. 남편은 그깟 두려움은 별거 아니라는 듯 호기롭게 말했다. 그의 장담이, 결혼 전 어느 주말의 기억에 근거하고 있다는 걸 경은은 짐작할 수 있었다.

어느 토요일, 경은은 그를 데리고 근교로 갔다. 경은이 두 주일에
한번씩 들르던 장애아 보호시설이었다. 아이들과 놀아주고, 주부 자
원봉사자들이 세탁기로 빨아 볕에 말려놓은 기저귀를 개고…… 경은
과 다른 봉사자들이 하는 일은 단순했다. 욕심 사나운 지혜가 경은을
독점하려 들었다. 낯선 사람인 남편의 무릎에 찰싹 올라앉아 남편의
얼굴을 작은 손으로 토닥이는 애도 있었다. 장애 때문에 부모에게 버
려진 아이들은 낯가리기엔 정에 너무 주려 있었다. 촛점이 맞지 않는
눈, 어치렁거리며 걷는 아이들 틈에서 그는 어쩔 바를 몰라 했지만,
그래도 안긴 아이의 등을 쓸어주었다. 순하지만 고집스러운 제민이는
경은의 등에 살며시 몸을 기댔고, 대개 뒷전으로 처지던 테레사는 경
은의 무릎에 앉은 지혜의 눈을 피해 다른 쪽을 보는 척하면서 살그머
니 제 발을 뻗쳐 경은의 허벅지 바깥쪽에 발바닥을 댔다. 그만큼의 접
촉, 그만큼의 온기도 아이에겐 소중했다.

목을 감고 대롱대롱 매달리는 아이들을 떼어놓고 타박타박 걸어나
오는 봄날, 야산 어귀엔 조팝나무가 축복처럼 하얀 꽃을 피워내고 있
었다. 경은이 문득 걸음을 멈췄다. 여기예요. 여기가 향기가 가장 짙
은 곳이에요. 야산이 들길과 만나는 지점, 그곳에만 이르면 무슨 세례
라도 주는 듯 맑은 향기가 끼쳐왔다.

우리, 나중에 아이 낳아 키우고 나면, 시간 날 때마다 이런 아이들
돌보러 다니는 것도 좋겠다, 그렇지? 꽃향기를 깊이 들이마신 뒤 그
가 보인 감동은, 혹시라도 손 벌릴까봐 가난한 친척과 상종하지 않는
부유한 이가, 텔레비전 자선프로그램을 보면서 충동적으로 건 ARS전
화 한통이나 다름없다는 걸 경은은 알고 있었다. 그런데도 낯선 아이

들 틈에서 무리없이 섞이던 그의 여운 때문인지, 그 순간에는 그 말에 담긴 진심을 믿고 싶었다. 그가 감동하기를 바란 것은 아니었다. 다만, 경은이 어디에 머리 두고 살아가는지 그에게 미리 짐작할 수 있게 해주어야 한다는 생각이었다. 내 가족, 내 핏줄만으로는 만족하지 못하리라는 것을 그가 알아차리기 바랐다. 결혼해서 가족을 이루는 일도, 게다가 구색 맞추듯 아이까지 꼭 낳아야 한다는 생각도 거부하며 삼십대에 접어든 경은은 그의 동행에 대한 답례로 조팝나무 향기를 선물하면서 비로소 그와의 결혼을 현실로 받아들였다.

　뻐꾹, 뻐꾹. 밤의 들녘에 번지는 뻐꾸기 울음소리는 밑 질긴 울음 끝의 흐느낌 같다. 모텔은 길에서 조금 들어간 곳, 사람 키높이의 나무들이 둘러싼 칠층짜리 건물이다. 모텔 처마의 불빛 아래 경은의 상복은 희푸르게 빛난다. 가뜩이나 짧은 상복치마는 부른 배 때문에 앞이 들린다.
　"언니 오빠 들이 애인이 있어서 러브호텔에 드나들었을 리는 없고…… 이참에 구경하시는 거죠, 뭐."
　모텔 입구에서의 어색함을 그런 말로 눙치며 들어가보니 실내는 뜻밖에 깨끗하다. 숙박을 위한 곳이라기보다는 남녀의 정사를 위해서 지어진 듯한 건물인데도 방도 화장실도 요란스럽지 않았고 이부자리도 정갈해 보인다. 창문을 열자 숲을 거친 신선한 공기가 쏟아져들어온다.
　이종사촌들은 함께 온 듯 한꺼번에 들어섰다. 그들은, 문상을 하고 문상객들이 앉아 술을 마시는 방이 아닌, 복도 쪽 소파에 따로 앉았다. 니들 여기 좀 앉아봐라. 초상이야 돌아가신 분과 데면데면한 남들이 치러주는 거고 상제들은 슬퍼서 죽을 것 같으니까, 그렇다고 따라 죽을 수는 없으니까, 하는 수 없이 가만히 앉아 있는 거다. 눈두덩이 소복해진 경은네 자매들을 붙잡아 앉힌 이종오빠는 친척들 이야기로 슬쩍슬쩍 웃겨 조금 남은 눈물마저 보송보송 말려놓더니 정색을 하고 나무랐다. 아무리 이모부가 편히 돌아가셔서 잘되었다 생각해도 그렇지, 니들은 상제들이 그렇게 웃어서 쓰겠니. 웃음이 나와도 배에 힘 꾹 주고 참았다 화장실에서 혼자 있을 때나 웃어야지. 입에서 나오는 말과 달리 순하게 쌍꺼풀진 눈에는 웃음기가 대롱거렸다.

내개 환갑이 멀지 않은 그들은 젊은날 한때 탁란(托卵)하듯 경은네 집에 맡겨졌다. 외가쪽은 입이라도 덜어야 할 만큼 군색했고, 경은네 집은 언제라도 일손이 필요한 집이었다. 이종오빠들은 상점일을 거들고, 이종언니들은 부엌일을 거들었다. 한 오빠가 몇달 머물다 가면 그보다 조금 나이 적은 오빠가 다시 그 자리를 채워 몇년 일하는 식이었다. 굳은 떡처럼 어딘지 모르게 박한 데가 있는 친가쪽에 비해 정이 많은 외갓집 사람들은 또 그만큼 가난했다.

사회생활을 하면서 경은은 때때로 이종사촌들을 떠올렸다. 아비지는 남을 노골적으로 핍박할 만큼 모질지는 않았지만, 가족에게든 남에게든 너그러운 편이 아니었다. 징용으로 떠나간 남편을 기다리며 평생 홀로 산 둘째이모는 경은네 집에 일이 있을 때면 와서 머물며 어머니를 돕곤 했는데, 경은의 기억이 닿지 않는 오래전, 아버지는 이모가 오면 엄마에게 더 못되게 굴었다고 했다. 잘사는 친척집에서 더부살이해야 했던 그들의 마음이 어땠을지, 아버지나 집이 어떤 무늬로 남아 있을지 생각하면 문득 마음 한끝이 삭는 것 같았다. 장례식장에서 밤샘하고 다음날 발인을 보고 가겠다는 그들을, 경은이 굳이 나서서 근처의 모텔로 모신 것은 나이 때문이 아니라 그 마음 때문이었다.

결혼 전, 어머니의 장례를 치른 뒤 경은은 장례식에 참석하고 돌아
간 이모에게서 전화를 받았다. 이모는 미혼인 경은에게 이미 한 불효
야 어쩔 수 없지만 어서 짝을 찾아서 아버지 돌아가실 때 마음 아프지
않게 해라, 하고 당부하더니 아버지를 바꿔달라고 했다. 아버지를?
이모가 아버지를 찾는 게 뜻밖이었다. 이모에게 아버지는 편한 제부
가 아니었다. 전화를 받은 아버지의 표정이 어색하고 침통했다. 예,
예. 아버지는 짧은 대답을 거듭했다. 이모가 뭐라셔요? 경은이 묻자
아버지는 손으로 얼굴을 한번 쓸고 대답했다. 네 이모가, 우리 동생
아플 때 잘해줘서 고맙다고 나한테 인사하더구나. 네 이모가 참 양반
은 양반인데…… 이모가 오면 아무것도 아닌 걸 트집잡아 엄마를 때
렸다는 아버지, 오랜만에 동생을 만나러 왔다가 그걸 목격해야 했던,
못살아 더 서러웠을 이모는 그 기억들을 어떻게 다 삭인 걸까.

남자는 해 여자는 달, 그래서 일월(日月)이라는 글자 모양을 따라
남자는 왼편, 여자는 오른편에 묘를 쓴다. 막상 어머니의 묘 왼편을
파보니 흙빛깔이 좋지 않아 아버지의 광중(壙中)은 오른편으로 옮겼
다. 지관의 설명을 들은 초등학생 조카가 묻는다.

"그런데 고모, 해와 달이 바뀌면 어떻게 되는 거야?"

유난히 할아버지를 빼어닮아서, 올케가 임신중에 시아버지를 어지
간히 미워했나보다라는 놀림을 받게 한 조카다. 후손들의 발복을 위
해 경은이 어릴 적부터 지관과 함께 전국을 돌아다닌 아버지가 마침
내 찾아낸 명당은, 살고 있는 곳에서 차로 삼십분밖에 걸리지 않는 가
까운 곳이었다.

"무슨 일이 벌어질까? 혹시 남자와 여자 자리가 바뀌었으니까 여자들이 더 힘이 세지는 건 아닐까?"

에이, 그럴 리가. 내가 그렇게 어린앤 줄 알아? 하는 눈으로 삐죽거리는 조카가 귀여워 속으로 웃음이 치미는데, 진동이 온다. 치마를 들추고 꺼내던 휴대폰이 그만 미끄러진다. 몸을 구부려 휴대폰을 집어들면서 경은은 아차, 싶어진다. 무릎을 이렇게 날렵하게 접는 게 아닌데. 다행히 식구들은 막 시작된 달구질에 신경이 팔려 있다. 경은은 달구질 소리가 들어가지 않도록 숲 쪽으로 다가든다.

"여보세요."

"김경은씨? 여기 마리아입양원이에요. 축하드려요. 아기가 왔어요."

땅을 다지던 달굿대가 가슴을 지른 것만 같다. 경은은 문득 뒤를 돌아본다. 어머니의 봉분 곁에서 달구질이 한창인 사람들. 그 곁에 서서 바라보는 상제들의 하얀 옷이 한꺼번에 물러나는 듯하다.

"듣고 계세요? 건강하고, 아주 예쁜 아기예요."

어렵사리 임신하고도 임신 초기 번번이 유산하는 게, 경은의 약한 자궁뿐 아니라 남편의 유전자 결함에도 원인이 있다는 진단이 난 뒤에야 남편은 입양에 동의했다. 몇년 전, 경은이 해외에 입양된 아이들이 성장해 돌아와 엄마를 찾는다는 텔레비전 방송을 보면서 입양 이야기를 꺼냈을 땐 달랐다. 어떤 놈 씨인 줄도 모르는데…… 나중에 생모가 나타나면 어쩌려고…… 남편은 팔짝 뛰었다. 나랑 다시 안 볼 생각이라면 그렇게 해라. 경은의 아버지는 아예 의절을 선언했다. 그 이야기를 전해들은 언니들도 그에 못지않았다. 네가 속썩으며 살 게 빤한데, 그 꼴을 어떻게 보겠냐. 아기가 없다는 이유로, 취기가 있거나 한 날엔 이따금 남편을 '우리 아들'로 부르는 시어른들 앞에선 말조차 꺼낼 수 없었다.

　입양을 결정하고 난 뒤에 남편은 난 딸이었으면 좋겠어, 여자들은 딸이 있으면 한다잖아, 아내를 다시없이 배려하는 사람처럼 말했다. 경은이 시부모의 기대를 환기시키자 그제야 남편의 속마음이 드러났다. 딸이면…… 키워서 시집보내면 끝이잖아. 경은 또한 그 말에 반박할 수 없었다. 우선 부모가 건강하고, 기왕이면 고학력자였으면 좋겠고, 가능하면 좋은 가정에서 자란 사람이었으면 좋겠군요. 입양을 위한 면접에서 모범답안을 외워온 사람처럼 술술 말하는 남편이 낯설었다. 험한 일 겪은 게 아니라, 서로 사랑해서 생겨난 아기였으면 좋겠어요. 사랑의 지순함을 믿는 사춘기 소녀처럼 조신한 표정으로 경은이 드러낸 바람도, 속을 뒤집어보면 남편의 이기심과 다를 바 없었다. 남편은 경은이 마음에 두고 있지만 차마 꺼내지 못하는 바람을 대신 말해준 것뿐이었다.

　"저희 지금 지방이거든요. 친정아버지가 돌아가셔서…… 며칠 더 있다가 돌아가게 될 건데……"

　"그러셨군요. 이래저래 마음 쓰실 일 많겠어요. 여기 일은 걱정 마시고, 오시는 대로 연락주세요. 아기가 참 예뻐요."

　아기들이 양부모 생김새 닮아가는 걸 보면, 저희도 신기하다니까요. 가정방문과 부모교육을 거치며 낯을 익히는 동안 입양기관의 사회복지사는 말했다. 아기를 보내는 입장에서는 공개입양을 권하고 싶지요. 물론 주위의 반응이 아이에게 상처를 줄까봐 그러지 못하는 분들도 많지만, 아이의 정체성이나 알 권리를 생각하면 그게 낫지요.

　거짓임신 기간 동안, 우주 어딘가를 떠돌다 열달 동안 감싸였던 자궁을 떠나 아기의 몸으로 자기에게 올 영혼을 생각하면 형체 막연한 슬픔이 촘촘한 밀도로 경은을 감아들었다. 슬픔은 어느결에 경은의 살갗으로 스며들어 심장을 조였다. 어떻게도 해석이 가능한 태몽을 지어내며, 축하인사를 받으며, 위장용 복대를 두르며 경은은 중얼거렸다. 아가, 미안하다. 아기를 환하게, 하늘이 내려준 선물처럼 맞아들이지 못하고, 거짓으로 그늘진 뒷문을 통해 개구멍받이로 받아들이는 게 미안했다. 마음속에 고인 말은 줄기부터 흐물흐물 썩어들어 물비린내를 풍기기 시작했다. 제 안의 괴사(壞死)를 지켜보며 경은은 자주 울었다. 아기를 품고 키워 젖 한번 못 물리고 떠나보낼 생모를 생각하며 울고, 임신기간 동안 늘어나 탄력이 줄어들었을 그녀의 배를 떠올리며 울고, 내 핏줄 아니면 돌아보지도 않으려 하는 차가운 세상에 던져질 아기를 생각하며 울고, 끝내 공개입양을 고집하지 못한 채 천연덕스럽게 거짓말을 꾸며대며 유폐하는 자신 때문에 울고, 아버지가 수술한 뒤로는 죽음 앞둔 아버지의 고독을 어림하며 울었다. 육개월용 복대를 풀고 구개월용 복대를 처음 두르던 날엔, 옷 아래로 덩두렷이 부푼 배가 생명을 담고 오는 배(船)가 아니라 거짓말로 쌓아올린 봉분이라는 생각에 주르륵 눈물을 흘렸다. 이것저것 물어올 동네 주부들이 돌아다니지 않을 시각을 틈타, 집에서 멀리 떨어진 쇼핑센터에서 아기의 배내옷이며 속싸개, 분첩이며 면봉 같은 자잘한 물품을 장만할 때의 그 아기자기함에도 습기는 여지없이 배어들었다. 가족들은 임신우울증인 줄 알고 있었다. 무덤속 같은 나날이었다.

　무덤속까지 짊어지고 가야 할 비밀들. 자기라는 존재에 눈뜨게 된 아이는 말간 눈으로 저의 탄생에 대해 물어볼 것이다. 엄마 엄마, 그런데 그때 말이야…… 그럴 때마다 경은은 가슴에 거짓의 벽돌을 하나씩 더 얹게 될 것이다. 기나긴 유폐의 시간, 경은은 대숲 앞의 복두쟁이처럼 위태로웠다. 어쩌다 사람을 만나게 되면, 그의 얼굴이 살랑이는 대숲처럼 보였다. 경은은 말하고 싶었다. 자신이 포태한 건 생명이 아니라 거짓이라고.

삼우제를 모시고 돌아간 날 밤, 경은은 예정일보다 석주쯤 앞서 갑작스런 진통을 느낄 것이다. 여기저기 알릴 겨를도 없이 양수가 터지고, 그래서 아무 산부인과나 들어가 몸을 풀 것이다. 병원이 너무 시끄럽거나 불결해서, 경은은 다음날 아침이면 집으로 돌아와 아기를 끼고 누울 것이다. 낳은 지 일주일쯤 지난 아기는 갓난아기나 다름없어 보일 것이다. 뜻하지 않았거나 감당할 수 없는 임신을 한 어린 미혼모들은 임신기간 동안 여느 임부보다 더 스트레스를 받아서, 아기가 보통보다도 작은 편이라고 했으니, 아버지의 장례는 경은의 조산에 더할 나위 없는 타당성을 부여하리라.

경은은 제 비밀의 무게를 함께 짊어질 단 한사람, 남편에게 자신들의 아기가 세상에 태어났음을 알리려고 어기적거리는 걸음으로 봉분 쪽으로 다가간다. 그새 봉분은 봉긋하니 올라갔다. 흙이 무너지지 말라고 봉분 중간을 빙 둘러가며 끼워넣은 솔가지가, 나와 남 사이에 그토록 선명한 금을 긋고, 그토록 오랜 세월 불안을 견디며 살아낸 한 생애의 이마 위에 얹힌 화관 같다. 경은이 남편을 부르려는데, 나뭇가지를 모아 만든 둥우리를 봉분 꼭대기에 얹어놓으며 누군가가 외친다. 이 집 사위들 다 어디 갔어? 새집 지어야지.

크레바스

몸통이 노란 봉제곰 푸우는 구명조끼를 입은 채 허공에 대롱대롱 매달려 있다. 푸우의 순진한 표정은 야무지게 채운 버클 두 개와 어우러져, 그 구명조끼만 입으면 물놀이가 뭍에서 노는 것만큼이나 안전하리라는 믿음을 준다. 그러나 과연 그 믿음만큼 안전할까. 바람을 넣은 플라스틱 튜브는 백사장에 묻힌 조개껍데기나 갯바위 모서리에 쓸리기만 해도 구멍이 날 수 있다. 바늘구멍만 한 구멍이라 할지라도, 튜브 안의 공기를 대기 속으로 흩어버리고, 그 구명조끼가 감쌌던 작은 몸을 시퍼런 물속 깊은 곳으로 밀어넣을 수 있다.

중간 통로 입구는 바캉스용품투성이다. 천장에는 튜브, 구명조끼며 어린이용 풀까지 바람 들어 팽팽하게 부푼 채 매달려 있고, 그 아래는 작은 텐트촌이다. 입구가 돌돌 말려 속을 드러낸 텐트 안에는 폭신해 보이는 발포 매트가 펴졌다. 귀퉁이에 놓인 침낭이며 뚜껑이 절반쯤 열린 코펠이, 물놀이에 지쳐 물을 뚝뚝 떨어뜨리며 들어설 일가족을 기다리는 듯하다. 떠나라고, 음료수와 과일로 채운 아이스박스를 싣고, 매트며 파라솔도 챙기고, 이 숨막히는 도시를 며칠만이라도 떠나야 하지 않겠느냐고. 물론 너나없이 쏟아져나와 도로가 좀 막히긴 하겠지만, 도로상황을 전하는 교통방송에 라디오 주파수를 맞춰놓고 곧 다다를 계곡물의 시린 촉감이나 바다의 푸른 물결을 떠올리며 지그시 도를 닦으시라. 사방을 휘휘 두른 초록빛이 도시생활로 탁해진 눈을 씻어내리는 순간, 혹은 저 멀리 수평선이 보이는 푸른 물에 몸을 담그며 살갗을 간질이는 물의 관능을 느낄 때, 거기에 이르는 것만으로도 지쳐 도착하자마자 곯아떨어진 사람이라면 자다 깬 한밤중에 하늘에서 쏟아지는 별들을 보면서라도, 떠나길 잘했다는 생각이 들 테니.

아직 본격적인 휴가철은 아니지만, 대형마트 안에 쳐진 텐트 주변을 기웃거리는 손님이 늘었다. 카트 위에 앉아서 꺅꺅거리는 아이들, 엄마를 잃고 혼자 헤매는 아이들로 마트 안은 장바닥처럼 혼잡하다. 텐트의 모서리를 가리는 장식품 통나무 가장자리의 거스러미가 그의 눈에 띈다. 생나무를 잘라 만든 것인데 톱질 마무리가 매끄럽지 않아서 나무의 거죽이 삐죽 돋아나 있다. 아기곰 푸우에 홀려서 걸어오던 아이가 그 위에 엎어지면 충분히 흉기가 되고도 남을 것이다. 그는 호주머니에서 접이칼을 꺼내어 나무껍질을 잘라내고 그 끝을 매끄럽게 다듬는다. 작품을 완성한 화가가 몇발짝 물러나 캔버스 전체를 바라보듯 앉은걸음으로 뒤로 물러나 통나무를 바라본다. 집중해서 바라보자 막 쳐낸 통나무가 겹치며 어른거린다. 그는 질끈 힘을 주어 눈을 감았다 뜬다. 아장아장, 엄마 품에 안겼거나 카트 위쪽에 앉아 있다 잠시 바닥에 발이 닿은 아이가 그쪽으로 간다 해도 위험할 것은 없어

보인다. 쭈그렸던 무릎을 펴고 일어나는 그의 뒤통수에 타격이 온다. 좀스럽기는. 그 손길에 실린 비아냥 때문에, 그는 돌아보지 않고도 동섭의 손이라는 것을 알아차린다.

유도와 합기도를 합쳐 4단인 동섭은 그와 달리 경호보안요원으로 시작했다. 가정집이나 현금인출기 등의 경보장치가 울리면 언제라도 출동해야 하는 일이어서, 단증이 없으면 지원조차 할 수 없는 일이었다. 경보를 받고 출동하다가 낸 교통사고로 다섯 달치 월급에 해당하는 돈을 밀어넣지 않았더라면, 동섭이 '스릴이라고는 눈 씻고 찾아도 보이지 않는' 마트 근무를 자청하는 일은 없었을 것이다. 나이들고 경력이 많아진다고 해서 대우가 크게 달라지는 것도 아닌 이 업종에서 그가 마트 근무만 팔년째라는 이야길 들은 동섭은 그에게 비아냥 섞인 경례를 했다. 충성! 무능력자거나 겁쟁이라는 뜻이었다.

그는 겁이 많은 사내였다. 깎은 밤톨처럼 단단해 보이는 머리통이며 운동으로 단련된 체구는 그의 동그란 눈에서 누구든 알아차릴 수 있는 '나 겁보예요'라는 문장을 슬며시 가렸지만, 가린다고 해서 글씨가 씌어지지 않은 것은 아니었다. 그가 태어날 때, 그의 출생을 점지한 누군가가 그에게 '겁보'라는 낙인을 찍었다는 생각이 들 정도였다. 어릴 적, 해가 지고 어둠이 스며들 무렵이면, 낮 동안 멀쩡하던 조립식 콘크리트 담벼락에서 사람 형체가 슬금슬금 돋아났다. 몸의 절반을 담에 묻은 채 이쪽을 노려보고 있는 사람이. 낮게 뜬 구름은 이를 드러내고 금방이라도 그를 향해 덮치려는 괴물로 보였고, 창문을 향해 어른거리는 나뭇가지 그림자는 그를 향해 겨눈 흉기로 보였다. 엄마, 저기…… 그가 목젖이 눌린 소리를 내면 그의 엄마는 식당일을 오래 해서 무쇠솥 뚜껑을 닮아버린 손으로 그의 등짝을 무작하게 갈겼다. 사내자식이 그렇게 겁 많아서 어디다 써! 오죽하면, 공사판을 떠돌던 아버지가 암으로 세상을 뜰 때 엄마가 머리맡에서 속삭였을까. 당신, 가는 길에 당신 아들 겁주머니나 뚝 떼어가요. 이제 나 얘 믿고 살아야 하는 거 알지? 그의 아버지가 겁주머니 들고 가는 걸 잊었는지, 그의 겁은 엄마가 등 떠밀어 보낸 태권도학원에 착실히 다녀서 급수를 올리고 단증을 따면서도 줄어들지 않았다.

제대한 뒤 생활정보지를 보고 찾아간 보안용역업체에 취직한 뒤에야 그는 겁이 유능함의 다른 이름이 될 수도 있음을 알았다. 그는 사고의 위험을 미연에 방지하는 데 누구보다도 탁월했다. 새로 개장한 마트로 발령받은 첫날, 무빙 워크를 따라 늘어선 기둥의 모서리가 아이들의 팔을 부러뜨리는 흉기가 될 수도 있다는 점을 지적하자, 글쎄…… 그럴 수도 있겠지만 그렇다고 기둥을 옮길 수도 없고…… 개점준비로 정신이 없던 마트의 담당자는 트릿하게 대답했다. 개장날 저녁, 그가 말한 바로 그 자리에서 초등학생의 팔이 부러지는 사고가 나자 기둥에는 당장 스티로폼이 두껍게 입히고 눈에 확 띄는 광고용 사진을 둘렀다. 매장에 전시한 선풍기가 폐점한 뒤에도 미풍인 상태로 하염없이 돌아가는 걸 발견한 사람도, 닭을 튀겨낸 찌꺼기를 모아두는 주방의 기름통이 전기코드와 너무 가까워서, 작은 스파크에도 불이 붙을 수 있다는 것을 보아낸 사람도 그였다. 세 군데의 마트를 거치며 팔년이라는 세월을 보내는 동안 화재를 한번도 만나지 않은 건 그의 행운이었다. 마트에 그를 파견한 용역회사의 창립 십주년 기념일에 그는 모범사원상을 받았다. 부상으로 받은 2박3일 싱가포르 여행권을 그는 인터넷 경매 싸이트에서 헐값으로 팔았다. 같이 갈 사람이 있어야 말이지. 나중에 신혼여행이나 가지 뭐. 동료들 앞에선 허세를 부렸다. 한두 시간도 아니고 여섯 시간이나 비행기를 타는 게 무서워서라고는 차마 말할 수 없었다. 그때쯤엔 자기가 겁이 많은 게 아니라 그저 좀 소심할 뿐인지도 모른다고 생각하게 되었다.

오토바이떼가 골목을 누빈다. 골목 안에 납작 엎드린 집들이 그 소리에 뒤흔들린다. 소리는 부르르릉 멀어졌다가 다다다닥 금방 담장을 넘을 기세다. 떼지어 오토바이에 오른 이들이 골목을 누비며 찾는 게 무엇인지, 그는 알고 있다. 그럴수록 이불을 머리끝까지 뒤집어쓴다. 나는 여기에 없다…… 담장을 넘을 듯하던 오토바이 소리가 조금 멀어진다. 그는 머리끝까지 뒤집어쓴 이불을 끌어내리며 비로소 숨을 내쉰다. 느닷없는 정적이 살얼음을 딛는 듯 아슬하다. 그는 조심조심 몸을 일으켜 이불에서 빠져나온다. 아까부터 뱃속이 부글부글 끓으며 아우성이었다. 그가 방문을 여는 순간, 기다렸다는 듯이 부르르릉, 파앙, 파앙, 수만대의 오토바이가 떼를 지어 그의 집 마당에 들어찬다. 오토바이에 앉은 사내들은 얼굴에 가면을 쓴 듯 표정이 없다. 배기통에 반사된 햇빛이 일제히 그의 눈을 찌른다. 망막이 타는 듯한 고통. 그는 손을 들어 눈을 가리며 뒷걸음질친다. 그러다 문지방에 걸려 뒤로 나자빠진다.

아아, 그는 왼쪽 다리를 뻗치며 잠에서 깨어난다. 쥐가 나서 단단히 뭉치고 꼬인 장딴지 근육이 파열할 것만 같다. 커튼 틈을 비집고 들어온 햇살이 그의 눈을 찌르고 있다. 새벽에 들어와 커튼을 친다고 치고 잤는데 끝을 잘 여미지 못한 모양이었다. 부르르릉, 덤프트럭이 지나가는지 땅울림이 느껴진다. 경사진 4차선 차도 옆의 건물, 게다가 옥탑방이라서 찻길의 소리가 고스란히 들려온다. 월세 살면서 에어컨이

당기나 한가, 하는 집주인 할머니의 시선을 묵살하고 에어컨을 달지 않았더라면 내내 선잠을 잤을 것이다. 시계를 보니 네시, 야간근무로 바뀐 지 이틀째라서 몸은 아직 바뀐 리듬에 적응하지 않은 채 어리둥절이다. 오래전에 잦게 꾸던, 그러나 언제부턴가 지워졌던 꿈이 목덜미를 잡아당기는 듯 뒷목이 당긴다. 꿈을 털어내듯 고개를 좌우로 돌리자 우두둑, 뼈마디소리가 난다. 창문을 열자 낮 동안 달궈졌던 옥상 콘크리트의 열기가 훅 끼친다. 빨랫줄에 조각조각 색동인 누비패드가 널려 있다. 옥상을 쓰는 사람은 그와 집주인 할머니뿐이니, 저 이불은 할머니의 것일 것이다. 할머니의 화려한 이불은 이가 다 빠져서 호물거리는 노파가 얼굴에 두껍게 화장하는 장면을 본 것처럼 민망한 데가 있다.

보안요원? 그럼 그기 도둑 잡고 하는 거 아이가? 뭐 태권도 같은 것도 하고?

할머니는 옥탑방을 보러 온 사람이 T마트에서 일한다는 대답만으로는 만족하지 못하고 어떤 부서인가 꼬치꼬치 물었다. 복덕방 사람이 보안요원이라고 일러주자, 실긋하던 할머니의 눈초리가 반듯해졌다. 일찍 남편 여의고 시장에서 좌판을 열어 건물을 지었다는 할머니는 카랑카랑한 목소리며 짱짱한 눈매에 곧은 어깨며 허리 때문에, 칠순이 넘었다는데 나이보다 젊어 보였다.

젊은 사람이 이해해요. 워낙 사람 못 믿고 돈에 기대어 사는 할머니라서. 시장바닥에서 나물 다듬던 할머니가 이만한 건물 가지자면 어땠겠어요? 오죽하면 명절에도 엄마 보러 오는 자식 하나 없을까. 그나마 청년은 신분이 확실하니 방을 준 거지, 비워놓으면 비워놓았지 마음에 안 드는 사람에겐 세도 안 주는 할머니예요. 아마 앉은자리에

풀도 안 날걸? 그 재산 다 두었다가 나중에 그 개새끼한테나 물려주려는지, 원.

소개해준 부동산 사람은 바로 이 도시에서 살고 있는 딸도 엄마를 보러 안 드나드는 눈치더라며 쯧쯧, 혀를 찼다.

서울의 시장에서 장사하던 때, 그 유명한 사립학교의 병아릿빛 교복 입고 다니는 애들이 부러워서, 딸이 안되면 손주라도 저 학교에 넣으리라 결심했다던 할머니는 손주 대신 갈색 강아지에게 그 유명한 사립학교 이름을 붙이고 애지중지한다. 스티로폼 박스와 재생고무로 만든 자배기에 심은 채소들이 제법 파릇한 빛을 자아내는 옥상은 할머니의 텃밭이자 리라의 놀이터다. 할머니가 다른 세입자들에게 옥상 사용을 금하는 이유는, 너나없이 열쇠를 갖고 다니다보면 분명 잠그는 걸 소홀히하는 사람이 생기고, 그러다보면 동네의 불량학생들이 몰래 올라와서 담배를 피울 수도 있다는 것이었다. 세상 누구도 믿지 않는 듯한 할머니는 옥상에 올라왔다 내려갈 때도 꼭 문을 잠근다. 할머니가 계단으로 나가며 문을 잠그면 그는, 제 쪽에서 열 수 있다는 것도 잊고 잠깐, 갇힌 듯한 기분이 된다. 자기 이빨도 신통치 않아 보이는 할머니가 어포 같은 것은 꼭꼭 씹어서 리라 입에 넣어주는 걸 볼 때면 그는 그만 고개를 돌리고 싶어진다. 사람으로 치면 할머니 나이 만큼은 된 것 같은 리라는, 그렇게 자주 마주치는데도 그를 보면 여전히 앙칼지게 짖어댄다. 맨날 보는데도 어째 여태 낯을 가려. 말로는 그러면서도 할머니는 리라가 짖어대는 게 만족스러운 눈치다. 리라의 카랑카랑한 소리를 잠재우는 데엔 그의 주먹 한방이면 족하다는 걸 생각지 않는다.

24번 보관함에 든 것은 달랑 수박 두 통이다. 산지 직송 천개 한정 행사상품인 수박은 그의 머리통보다도 훨씬 크다. 깜박 잊고 가버리기엔 빛깔이 무척 짙고 덩치도 압도적이다. 수박은 냉장처리가 되는 쎈터에 맡겨야 한다. 그는 마트의 대형 비닐봉지에 넣고 봉지 겉면에 날짜와 보관함 숫자를 매직으로 갈겨쓴다. 7. 9. 24번. 둥그런 수박이 받침대가 되어서 글씨까지도 동글동글해진다. 48번 보관함을 사용한 손님은 알뜰하거나 충동구매 체질처럼 보인다. 쓰레기봉투로 재활용할 수 있는 비닐봉지에 담긴 물건은 얼핏 보기에도 사은행사가 진행 중인 물품뿐이다. 사백 밀리리터짜리 샴푸를 덤으로 끼워넣은 샴푸린스쎄트는 휴대용 돗자리까지 끼워주었다. 리필용 섬유린스는 제가 끌고 온 목욕용 플라스틱 바구니에 담겨 있다. 나머지 공간은 휴대용 물티슈를 업은 새로 나온 생리대로 채웠다.

깃털이 촘촘히 붙은 날개가 달린 옷을 입은 신상품 생리대 이벤트 도우미의 미소는 일품이었다. 자기 안으로 스며드는 듯한 미소를 보면 왠지 아릿해졌다. 어린시절, 손바닥에 따라놓고 혀로 핥던 분말불량식품의 새콤달콤함처럼 은근한 중독성이 느껴졌다. 잎새처럼 작고 앙증맞은 혀가 그의 손바닥을 핥을 때면, 손바닥에서 인 간질거림이 어린 그의 등줄기를 저릿하게 훑어내렸다. 퇴근할 때 보안실 앞에서 가방을 점검받는 기분이었을까, 도우미는 그와 눈이 마주치자 손님들을 향한 미소보다 조금 풀기가 선 미소를 지어 보였다. 무덤덤한 표정으로 지나치던 그의 눈길이 도우미의 발치에 닿았다. 하얀 깃털이었다. 그는 몸을 구부려 그것을 집어들었다. 닭털인지 오리털인지 비둘기털인지 모를 깃털은 그러나, 먼길 헤맨 천사의 날개에서 떨어진 것처럼 깃털 올올이 먼지가 끼여 있었다.

자정에 영업이 끝나는 T마트의 보관함은 당일 보관이 원칙이다. 보관함 앞에 써놓은 게시문이 사람들 눈에는 보이지 않는 모양이다. 노란 패찰을 단 열쇠가 꽂혀 있지 않은 보관함은, 세 군데 출입문 가운데 두 군데의 보관함을 다 점검하기도 전에 이미 열다섯 개가 넘었다. 이만 해도 평균치를 넘어선다. 아무래도 더위 때문일 것이다. 더위가 오기 전에 가뭄부터 시작되었다. 신문 일면엔 쩍쩍 갈라진 논바닥 사진이 실렸다. 그 사진을 보면서 그는 지구도 사람처럼 생명이 있다는 환경론자들이 과민하다는 생각을 조금 수정할 수 있었다. 갈라진 논바닥은 튼 손등과 다를 바 없었다. 달친 지구가 내뿜는 숨 때문에 도시는 찜통이 되었다. 더위는 사람의 온몸 세포를 열어버리고, 그리고 그 안으로 혼몽한 열기를 스며들게 했다. 전력과부하를 견디지 못한 변압기가 고장났고, 밤이면 냉방이 잘된 마트로 와서 더위를 쫓는 피서객들로 문을 닫는 자정까지 북적였다. 손님이 늘어났다고 해서 마트에서 일하는 사람수가 갑자기 불어나는 것도 아니어서 크고 작은 사고가 잇달았다.

저녁 무렵, 닭의 몸통을 내리치던 아르바이트 주부의 칼날이 빗나가 자기 손가락을 내리쳤다. 연락을 받고 급한 걸음으로 가던 동료가 카트에 올라앉아 팔을 휘휘 젓던 여자아이의 팔목을 툭 치고 지나갔다. 겹으로 생긴 소동을 향해 그가 다가갔을 때, 아이는 자지러지게 울고 있었고 아이 엄마는 팔이 부러진 거 아니냐고, 어쩌면 좋아 어쩌면 좋아 하면서 동동거렸다. 정작 다친 사람은 마른행주로 손가락의 상처를 싸맨 채 사고가 자기의 일터를 뺏는 거나 아닌가 하는 표정으로 다소곳했다. 하얀 행주가 선홍색으로 물들고 있었다. 아이 엄마의 높아진 목소리에서 넘쳐나는 불안과 공포가, 주위의 시선에 눌려 잦아들던 아이의 울음에 밑불이 되었다. 고기를 다루는 곳에서 피 나는 사고가 있었다는 게 알려져서 좋을 게 하나도 없었다. 그는 서둘러 그들을 차에 싣고 병원으로 갔다. 병원 입구에서 소독약 냄새를 맡자마자 아이는 언제 울었냐는 듯이 울음을 뚝 그쳤다. 혹시 몰라서 엑스레이를 찍긴 했지만 멀쩡했다. 엑스레이 결과를 기다리는 동안, 그는 음료수 자판기에서 울음으로 갈증을 느낄 아이가 마실 오렌지주스를 뽑았다. 신속한 병원행도 병원행이지만, 그가 건넨 오렌지주스 캔이 더 아이 엄마의 마음을 풀기 쉬웠다. 아이는 그저 겁이 좀 많은 편이었을 뿐이다. 아르바이트 주부는 일곱 바늘이나 꿰매고도, 고무장갑을 낀 채 하던 일을 마저 하겠다고 했다.

동쪽 문 맨 위의 보관함을 열자 무언가가 가슴을 치며 굴러떨어진다. 황급히 문을 닫는다. 문 뒤편, 무너뜨린 담장을 와와 소리내며 타넘는 죄수들처럼 조급하고 거센 기세로 쏟아지는 압력이 느껴진다. 그는 바닥을 본다. 등산화 한짝, 크기로 보아 여자용이다. 다행이다. 셔츠 왼쪽 가슴 부분에 묻은 마른 흙이야 떨면 그만이다. 나중에 넣은 게 유리나 도자기 제품이었다면 산산조각이 났을 것이다. 그는 손바닥을 펼쳐 짐이 쏟아져내리는 걸 막으며 조심스럽게 문을 연다. 딱딱한 물건이 먼저 손에 잡힌다. 그게 등산화의 나머지 한짝이라는 것은 쉽게 짐작할 수 있다. 비닐봉지의 손잡이가 뒤축에 걸려 있다. 비닐봉지 안쪽에 대강 뭉쳐둔 옷가지가 보인다. 새것 같지는 않다. 그 봉지를 뒤에서 밀어댄 것은 검정과 파랑이 배합된 등산용 배낭이다. 당일 산행용으로는 조금 커 보인다. 배낭을 마트의 봉지에 넣고, 나머지 것을 다른 봉지에 담는다. 7. 13. 189번. 비닐봉지의 손잡이 부분을 묶어 한뭉치로 만든다. 옷이며 신발이 든 비닐봉지에 공기가 들어가 간히는 바람에 팽팽해진다. 손잡이가 묶인 두 개의 봉지는 머리가 맞닿은 샴쌍둥이처럼 보인다.

어때 오늘? 할까?

위층 주차장에서부터 검품장까지 샅샅이 훑고 내려온 동섭은 보관함의 물건을 넘기는 그에게 치근거린다. 익숙한 시달림이라서 그의 응수에도 넉살이 붙었다. 딴데 가서 알아봐. 내 정신적 순결을 넘보지 말고.

동섭이 급히 출동하다 남의 차를 들이받은 그 밤, 술에 취해 늦게 귀가하던 동섭의 아버지가 뺑소니차에 치였다. 사고현장을 목격하고 신고한 청년은 공교롭게도 차에 관해서는 '기름으로 움직이는 네 바퀴 달린 탈것'이라는 개념밖에 없는 사람이었다. 머리채를 땋아 늘이지 않았달 뿐 청학동에서 갓 빠져나온 동자나 다름없는 그 청년이, 뺑소니차량을 잡아야 한다는 의협심과 차량에 대한 자신의 무지 사이에서 갈등하다가 스스로 찾아낸 타개책이 최면이었다. 혹시 모르니까 저에게 최면을 걸어보세요. 최면술사 앞에서 청년은 차량의 모양새와 번호판의 일부분을 기억해냈다.

아버지의 교통사고 보상금 일부를 갖다바치면서 동섭은 최면의 세계에 눈을 떴다. 근무 때문에 강의에 빠지게 되면 개인교습까지 받아가며 열심이었다. 가족에서 친구들로 실습 대상을 넓힌 동섭은 이제 직장동료인 그에게까지 손을 뻗치고 있다. "우리가 하는 일이 뭐야? 결국 인간을 다루는 일이잖아. 인간을 다루자면 인간에 대해 알아야 하지 않겠어? 겉으로 드러난 모습말고 그 아래를 꿰뚫어볼 수 있어야 한다고. 그러니 이건 업무의 일환이라니까" 하고 아전인수격으로 빗

대었다가, "내가 공부하는 데 임상자료가 필요해서 그런다니까. 그런데도 싫단 말이지?" 하고 짐짓 삐쳤다가, "혹시 남에게 말 못할 비밀이 있는 거 아냐?" 하고 을렀다가, "모든 사람에게 최면이 통하는 게 아니라는 거 너도 알잖아. 그러니 한번 해보기나 하자" 하며 회유했다. 동섭은 여자의 마음을 사려 안달하는 사내처럼 그에게 애달아 있다. 그래서 동섭이 "한번 하자"라고 할 때, 그 일반적인 청유의 말조차 외설스럽게 들린다. 무의식에 수채에서 오글거리는 장구벌레처럼 엉겨 있을 무엇을 남에게 보여주다니, 그는 소심한 사람이었다. 그는 동섭을 피해 사무실로 들어간다.

화면 속의 T마트는 한창 붐빈다. 게이트에 있는 요원 강에게, 카트를 끌고 온 여자가 다가가 뭐라고 말을 붙인다. 강이 그 여자에게 응대하는 동안, 큼직한 숄더백을 멘 다른 여자가 그 앞을 스쳐 매장으로 들어간다. 강은 카트를 든 여자 쪽을 바라보느라 숄더백을 보지 못한다. 이날, 두 여자는 들어올 때보다 불룩해진 가방을 메고 마트 밖으로 나가다 걸렸다. 이십대 후반인 두 사람은 미혼인 자매였다.

매장에는 팔십대의 CCTV가 설치되어 있다. 메인 화면을 제외한 다섯개의 화면은 한 화면당 열여섯 군데씩, 각각 바둑판 모양을 이루며 매장 곳곳을 비춘다. 그는 메인 화면에서 눈을 들어 마트를 실시간으로 비추는 화면들을 바라본다. 텅 빈 주차장엔 푸르스름한 적요만 그득하다. 위층의 의류매장이며 가전제품매장은 정리를 마쳤는지 거의 비어 있다. 식품과 생필품 매장 쪽만 여전히 움직임이 잦다. 마트가 문을 닫는 자정부터 일개미처럼 움직이다 새벽이면 빠져나가는 우렁각시들. 신경쓸 일이 없어 보여, 그는 다시 자매의 행적이 담긴 메인 화면으로 눈을 돌린다.

자매는 한명이 몸으로 가리는 동안 다른 한명이 물건을 집어넣는 식으로 일을 벌였다. 지갑과 값비싼 속옷과 수입품 머리핀 같은 것들. 이층 화장실 입구의 화면에 다시 자매가 나타난다. 도난방지태그는 화장실 휴지통에 버려졌을 것이다. 자매는 주로 의류매장에서 오래 머물렀다. 그는 의류매장 입구의 카메라가 잡은 장면들을 다시 재생한다.

오렌지빛깔로 부분 브릿지를 넣은 번개머리 청년이 지나간다. 마트에서 일하면서 그는 오랫동안 애지중지 길러온 머리카락을 목덜미가 훤히 드러나도록 단숨에 잘라버리는 여자들의 심정을 이해할 수 있게 되었다. 소비자는 왕이다. 그것도 성질 고약한 왕. 돈을 내고 물건을 사는 순간이 대접받을 수 있는 유일한 기회라고 생각하는 듯한 사람들 때문에, 마트 근무를 하는 동안 간도 쓸개도 빼놓았다고 생각했는데도, 몸 안 어디선가 씁쓸한 물이 배어나오고 눈동자가 노랗게 바래는 기분이 될 때가 잦다. 마음대로 할 수 있는 머리카락이 있다면 한 달에 서너 번은 미장원으로 달려갔을 것이다.

번개머리 청년이 화면 아래로 사라지자 그 바로 뒤편에서 머리카락이 새까만 여자가 나타난다. 흰색 원피스에 갈색 볼레로를 걸쳤다. 흔히 볼 수 있는 옷차림인데 유난히 짙은 까만 머리 때문에 두드러진다. 짙은 머리색 때문에 더 희어 보이는 여자의 얼굴엔 화장으로도 가려지지 않는 반점이 있다. 요즘 같은 성형의 시대에도 저런 건 깨끗이 지울 수 없는 것일까. 그는 마우스를 움직여서 여자의 얼굴을 확대해본다. 눈물처럼 흘러내린 그 반점의 모양이 낯설지 않다고 느끼는 순간, 그의 머릿속에서 지구본이 뺑뺑 돈다. 뺑글뺑글 돌던 지구본이 딱 멎는다. 스리랑카. 듣도 보도 못한 나라로 살러 간다는 같은 반 친구와 교실의 지구본을 돌려서 순정만화의 눈물방울 모양인 나라를 확인한 적이 있다.

 말도 안돼, 그는 웅얼거린다. 보았잖아, 마음이 앙알거린다. 그는 황급히 되감기한다. 노랗게 물들인 청년이 다가온다. 비켜, 비키라구! 그는 청년의 머리통을 손으로 젖히고 싶다. 마침내 청년의 머리통이 비켜나고 여자가 보인다. 그는 마우스를 움직여 화면을 확대한다. 여자의 왼쪽 눈썹 윗부분에서 눈동자의 절반을 지나 볼로 흘러내리는 반점. 영락없는 그 섬나라다. 소름이 그의 등골을 훑는다. 그의 머릿속에서 흐르던 피가 오토바이 머플러 터지는 소리를 낸다. 그는 마우스를 쥔 손이 저릿하도록 그 부분을 반복한다. 집중해서 바라보자 눈동자가 눈자위에서 떨어져 동글동글 제멋대로 따로 놀기 시작한다. 시계가 갑자기 파노라마처럼 넓어지며 흰 원피스 입은 여자가 쌍둥이처럼 겹친 채 일렁거린다. 아아, 안돼. 그는 고개를 턴다. 그러나 눈동자는 눈자위와 무관하게 핑글핑글 돈다. 뱃멀미에 시달릴 때처럼 가슴이 울렁거리며 정신이 건들거린다. 그는 손바닥으로 눈두덩을 꾹 누른 채 출렁이는 어지럼의 물결 위에서 가랑잎처럼 나부낀다.

 이 도시로 옮겨온 지 일년 반이다. 그동안 마트에서건 다른 곳에서건 한번이라도 보았더라면, 기억하지 못할 리 없다. 그렇게 드문 반점이 어찌 눈에 띄지 않았을까. 그는 자매를 잊고, 하얀 원피스를 좇는다. 하얀 원피스는 식품매장에서도, 의류매장에서도 발견되지 않는다. 하얀 원피스를 찾는 그의 눈길을, 여성의류매장 앞에서 서성이는 회색 등산셔츠 차림의 여자가 끌어당긴다. 얼굴에 반점이 있다. 그는 화면을 확대한다.

 회색 등산복은 흰 원피스와 같은 사람임이 드러난다. 옷차림이 바

꿰었고 뒤로 묶었던 머리를 푼 것뿐이다. 여자는 등산복 차림으로 마트에 와서 원피스로 갈아입고 머리를 풀었다. 회색 등산복. 그는 모니터의 날짜를 본다. 7월 9일 오후 6시 16분, 그가 야간근무를 한 날, 진회색 쿨맥스 등산셔츠.

안내팀의 박은 굳이 따져묻지 않고 그에게 삼쌍둥이 봉투를 내준다. 틀림없다. 진회색 쿨맥스 티셔츠와 등산바지. 등산화 밑창엔 자잘한 돌들이 박혀 있다. 바지 호주머니에서 구깃거리는 무언가가 잡힌다. 마트의 영수증이다. 스트링 원피스(흰색) 49,900원, 큐티 페인팅 숄더백 17,000원, 쿨하우스 체인샌들 28,000원. 여자는 현금으로 지불했다. 영수증의 숫자들을 바라보며 그는 확률을 떠올린다. 스리랑카 지도 모양의 커다란 반점을 왼쪽 얼굴에 지닌 이십대 여자가 이 나라에 몇명이나 될까.

아기의 얼굴 위로 깊고 무거운 한숨이 내뿜어졌다. 그 한숨에 어린 막막함이 아기를 숨막히게 할 것 같아 그는 조바심이 났다. 그의 남동생은 그가 세살 때 채 돌이 되기 전에 갑작스럽게 죽었다. 그때의 정황은 생각나지 않지만, 무언가, 작고 고물거리며 애틋한 무언가가 그의 곁에서 사라졌다는 상실감만은 어렴풋이 남았다. 이 아기도 그때처럼 되는 걸까. 해산구완을 하러 온 이모의 한숨이 불길해서 마음이 쓰라렸다. 점박이 강아지를 닮은 아기의 온몸엔 발긋하고 노릇한 기운이 돌았다. 이모의 한숨이, 그가 보기엔 특별한 것 같은 점박이 강아지를 닮은 얼굴 때문임은 여섯살배기인 그도 짐작할 수 있었다. 이모는 한숨을 수습하고 나서 문득 아기의 손을 잡고 들여다보더니 깔깔 웃었다. 이 손 봐. 뱃속에서 빨래만 하다 나온 애 같잖아. 영락없는 성씨집 딸내미 손이네. 이모가 잡고 들여다보는 아이의 작은 손매듭엔 고르지 않은 나이테 모양으로 잔주름이 자글거렸다.

아이는 뱃속에서 빨랫감을 치대어 맑은 물에 헹구고, 파슬파슬 마른 빨래를 차곡차곡 개키면서 오래도록 살다 나온 듯했다. 손가락 끝만 찧어도 붙잡고 동동거릴 만큼 엄살이 심한 그와 달랐다. 한쪽 눈동자를 가리는 반점 때문에 표정이 잘 드러나지 않아 어른스러워 보였다. 엄마가 쓰는 스킨로션병을 깬 그의 어깨가 근심으로 처져 있을 때, 아이는 말없이 다가와 그의 어깨를 토닥거리며 걱정 마, 내가 지켜줄게, 했다. 동네 아이들이 외눈박이 점박이, 얼룩이 점박이, 하고 입을 모아 외칠 때에도 지켜주기는커녕 오히려 그애들 곁에 있다가 작은 소리로 외눈박이 점박이, 하고 따라 외쳤던 그에게.

그보다 다섯살이나 어리면서도 겁이 없던 아이는 제가 한 말을 지켰다. 숨구멍을 막을 것처럼 어둠이 촘촘한 한밤중, 그가 아이의 이름을 속삭이면 아이는 으흠…… 아이답지 않게 깊은 한숨을 쉬며 고개를 도리질하다 문득 말끔히 잠이 가신 목소리로 웅얼거렸다. 오빠? 목소리와 달리 잠에 취한 아이는 비칠거리며 몸을 일으켰다. 앞장선 아이의 작은 등을 그는 바싹 붙좇았다. 세 가구가 사는 집의 변소는 마당을 돌아선 곳에 있었다. 변소 앞에 켜진 꼬마전구의 붉은빛을 보면 핏빛으로 충혈된 눈이 떠올랐다. 빨간 종이 줄까 파란 종이 줄까, 하면서 아래쪽에서 쑥 내미는 손에나 어울릴 만한 빨간 눈. 그런데도 꼭 밤에만 똥이 마려운 까닭을 알 수 없었다. 열살이나 된 게 온종일 일한 사람을 깨운다고 화를 내는 엄마 대신, 아이는 그가 깨울 때마다 반짝 일어나서 앞장서고, 변소 문 앞에 쪼그리고 앉아 그가 나올 때까지 기다렸다. 너 거기 있어? 재래식 똥통 속으로 똥 한 덩이를 톡 떨군 뒤, 무너진 오빠의 채신을 조금이라도 만회해보려고 그가 겁에 질린 목소리를 눅이며 물으면 어김없이 대답이 들려왔다. 응, 오빠. 어느날, 잠결에 두 아이가 없어진 것을 깨달은 엄마가 방문을 열고 뛰쳐나오다 변소 문 앞에 쪼그리고 앉은 아이를 발견하기까지 그랬다.

자알한다, 다섯살이나 어린 동생을 변소 앞에 세워놓고도 똥이 나오더냐. 이놈아, 그놈의 불알 떼어서 동생이나 줘라. 다음날, 엄마는 그를 태권도장에 집어넣었다. 태권도가 그의 겁을 단박에 줄여주지는 않았지만, 밤똥 누는 버릇만은 확실히 고쳐주었다. 몸이 고되자 밤에는 곤히 잘 수 있었던 것이다. 그는 띠를 매거나 도복을 바르게 개는 데에선 남들보다 뛰어났고, 주먹을 쥐거나 발동작을 익히는 기본기는 사범의 말대로 조심조심 따라 했고, 단체로 나간 대회에서는 조악한 메달을 목에 걸기도 했다. 방학 때면 학원에선 캠프를 떠났다. 그때마다 단골로 등장하는 메뉴가 담력 테스트였다. 계곡 근처에 텐트를 치고 난 밤이면 두 명씩 짝을 지어 어둠속을 걸어야 했다. 소름이 돋고 머리끝이 쭈뼛 섰지만 어차피 통과해야 할 길이었다. 먹빛 숲에서는 이따금, 사범이 숨겨둔 사람들이 음산한 신음소리와 함께 튀어나오기도 했다. 그 테스트에서 혼자 탈락해서 아이들의 비아냥을 감당할 만한 배포가 없었으므로, 그도 죽기살기로 그 어둠을 헤쳤다. 이따금 그는 생각해보곤 했다. 그가, 조금씩 벗어나던 두려움을 조금만 더 극복한 뒤에 그 일이 벌어졌다면, 그랬다면 뭔가 달라졌을까.

냇둑에서 다섯살짜리 여자아이의 시체가 발견되지 않았더라면, 장마철이면 상습적으로 물에 잠기는 가난한 동네의 골목까지 오토바이떼가 누빌 일은 없었을 것이다. 행상을 하거나 일용직 노동자로 살아가는 사람들이 모여사는 동네, 돌봄을 제대로 받지 못하는 아이 하나가 없어졌다가 시체로 발견된 것은 그다지 대수로운 일이 못 되었다. 그 시체의 배에 상처가 나 있었고, 검시결과 간의 일부가 없어졌고, 그 엽기성을 중앙일간지들이 다루기 전까지는 그랬다. 가뜩이나, 텔레비전마다 소복 차림의 귀신들이 납량특집으로 화면을 채우던 여름날이었다. 시간이 지남에 따라 지면이 점점 넓어졌고, 솔기에 숨은 가랑니처럼, 개미굴 같은 골목 안에 사는 사람들이 가슴에 묻어두었던 사연들이 튀어나왔다. 새벽에 젖을 먹이려다보니 끼고 자던 아이가 없어졌다, 어떤 산모는 갓난아기를 잃고 실성했다, 냇둑에서 상처 하나 없이 말짱한 시체로 발견된 아이도 있다…… 몇년 사이에, 사라지거나 살해된 아이가 그 동네에서만 다섯 명이었다. 한 집에 서너 가구씩 모여살 정도로 힘없는 마을 주민들의 아이들이라선지, 범인을 찾는 시늉을 하다가 그보다 더 바쁜 일에 몰두했던 경찰관들도 신문이 떠들어대자 짐짓 다부진 표정으로 골목을 드나들었다. 세상에, 끼고 자던 아이가 밤새 없어졌다니, 무슨 그런 한심한 엄마가 다 있어요? 몇년 전, 신고를 받고 나타나, 한눈에 알아볼 수 있는 군색한 살림을 훑어보고 넋이 빠진 엄마의 허술한 여름옷 앞섶 안쪽을 힐끔거리며 핀잔주던 경찰관이 그때와 달리 각이 잡힌 표정으로 수첩을 펴들고 그때 물었던 것을 또박또박 되물었다. 골목 어귀엔 총을 찬 경찰관이 비지땀을 훔치며 서 있었고, 저녁이면 둘씩 조를 짠 경찰관들이 골목골목을 걸어다녔다.

우리 아이는 우리가 지키자. 플래카드가 동네 어귀에서 만장처럼 펄럭였다. 오토바이를 가진 사람들은 자치방범대를 조직했다. 철도역 광장에서 발대식을 한 오토바이들은 은빛 배기통으로 햇살을 되쏘면서 거리를 시위하듯 누비고 다녔다. 아이들은 방역차 뒤를 따르듯 배기가스를 마셔가며 그 오토바이떼를 쫓아다녔지만, 그는 폭양을 되쏘는 은빛 배기통에 눈이 멀세라 집밖으로 나서지 못했다. 사라진 아이가 그 유난히 밝던 귀를 그에게 남겨주고 간 것인지, 오토바이 소리만 들으면 거대한 재봉틀 바늘이 머리통을 누비는 것처럼 머릿속이 쑤셨다. 연쇄범으로 추정되는 범인은 꼭꼭 숨어 있었다. 아이가 있는 집들은 한여름인데도 문을 꽁꽁 닫고 살았다. 바람 한점 없는 날들이 이어졌다.

아침저녁으로 바람의 결이 까슬해질 무렵, 신문들은 소읍의 아이들에게서 관심을 거두고 더 싱싱한 사건들로 눈을 돌렸다. 헛되이 읍내를 질주하던 오토바이의 주인들도 생업으로 돌아갔다. 어느날, 시어터진 열무김치를 넣고 고추장을 듬뿍 친 국수를 비비던 엄마가 한숨을 내쉬며 말했다. 어디 잘사는 집으로라도 갔으면 좋겠구만. 왜 서양사람들은 병신도 데려다 애지중지 키운다는데…… 여름내 홀쭉해진 뺨이 불룩하도록 국수를 밀어넣던 엄마가 문득 그를 말끄러미 바라보았다. 아니, 너 눈을 왜 그렇게 뜨냐, 사팔뜨기처럼. 엄마의 입귀에 덧니처럼 비어져나온 국숫가닥이 가을바람에 나부끼는지 한 개도 되었다 두 개도 되었다 했다.

수많은 머리통이 그의 눈앞을 스친다. 눈앞이 아물거리다 못해 속이 울렁거린다. 정지버튼을 클릭하고 침대에 벌렁 드러누워 눈을 감는다. 감은 눈 안쪽으로 막 정지시킨 화면의 잔상이 남아 희뿌연 물체들이 오락가락한다. 손바닥으로 눈두덩을 꾹꾹 누르자 머리통들이 하나로 합쳐졌다 다시 흩어진다.

그는 다시 화면에 집중한다. 아이 엄마는 통로의 벤치에 앉아 아이가 서 있는 카트를 빙글빙글 돌리고 있다. 카트 위에 서서 신난 아이를 보며 그는 중얼거린다. 아줌마, 그러다가 당신 애 다치면 책임질 거요? 마트 안에서 벌어진 일이라면 무조건 마트에 책임을 물으려 드는 게 요즘 소비자들이다. 물건을 싣는 카트에 서 있던 아이가 바닥으로 고꾸라지는 건 비교적 흔한 사고다. 자칫 머리부터 떨어지면 CT 촬영까지 해야 한다. 사고는 순식간에 벌어진다.

분명 계단을 디뎠는데 발밑은 허방이었다. 난간을 붙들 겨를도 없이 그는 몸을 오그리며 굴러떨어졌다. 그 순간에도, 비상계단에 손님이 없어서 다행이다, 하는 생각이 스쳤다. 팔로 바닥을 짚고 일어서려는데 매장으로 통하는 문이 열렸다. 동섭이었다. 전날 마신 술이 덜 깬 모양이라고 얼버무리는 그를 보다가 동섭이 물었다. 그런데 너, 눈이 왜 그래? 언제부터 그랬어?

사시네요.

대기실에서 기초검사를 마치고 진료실로 들어온 그의 눈앞에 유리막대를 내밀고 이리저리 움직여본 뒤 의사는 간단하게 진단을 내리고 처방도 내렸다. 수술하셔야겠어요. 왜 사시가 되는 걸까요? 그가 묻자 세상에 별 질문도 다 듣겠다는 듯 명쾌하게 대답했다. 사시니까 사시지요. 얼핏 듣기엔 그른 데 없는 대답이었다. 하지만 밝디밝은 조명과 오가는 사람들의 어지러운 흐름 속에서 밖으로 돌아가는 눈을 가누느라 일과를 마치면 멀미를 일으키는 그에겐 미흡하게 느껴지는 대답이었다.

수술하셔야겠어요. 언제 하시겠어요?

벽에 걸린 달력 쪽으로 그의 시선을 유도한 의사의 의도를 묵살하고, 그는 수술의 경과와 결과에 대해 물었다. 이따금 시선이 흩어지긴 했지만 그동안 안경으로 교정이 되었고, 한 해에 한번씩 있는 시력검사에서는 나타나지도 않았던 사시가 왜 갑자기 심해졌는지, 알 길이 없었다. 수술한 뒤 첫 한달은 눈이 빨갛고 그보다 더 오랜 시간 눈이 불편할 거다, 끝내 교정이 안되어 재수술을 하는 경우도 있다…… 의사는 인색한 시어머니 곳간에서 쌀 내주듯 하나씩, 그것도 마지못해 풀어놓았다. 재수술요? 눈에서 통증이 심하게 느껴질 경우, 원래대로, 그러니까 눈동자가 돌아간 상태로 고정시키는 수술을 할 수도 있다고, 의사는 모양이 마음에 들지 않는 빵반죽을 다시 주물러 다른 모양을 만드는 것처럼 말했다. 그런 눈으로는 마트에서 근무할 수 없었다. 전과 달리 써비스 개념이 더 짙어지면서, 마트의 보안요원은 단증 없이도 가능한 써비스업에 가까워졌다. 친절히 모시겠습니다, 즐거운 쇼핑 되십시오. 제아무리 상냥한 미소를 띠며 허리를 깊숙이 숙인다 한들, 엄마 잃고 헤매는 아이를 누구보다 잘 알아차리고 잘 달래는 능력이 있다 한들, 눈동자가 정상이 아닌 사람이 맞아주는 걸 즐거워할 사람은 없을 것이다. 수술 날짜를 미뤄둔 채 그는 CCTV의 기록을 확인하는 데 매달리고 있었다.

CCTV의 기록은 대개, 움직임이 많고 적고에 따라 차이는 나지만, 보름에서 한달 정도 분량으로 마트에 드나든 사람들을 샅샅이 드러낸다. 얼굴에 반점이 있는 여자는, 그 날짜 이전에도 이후에도 나타나지 않았다. 여자의 사진을 인터넷에 올릴 생각도 잠깐 해보았다. CCTV에 찍힌 사진을 유출해서, 그것도 인터넷에 올린다는 것은 섶을 지고 불에 뛰어드는 것이나 다름없는 일이었다. T마트나 용역회사가 초상권이나 사생활침해로 공격의 대상이 되기 십상이었다. 여자가, 그가 알고 있는 바로 그 사람이라는 확신도 없었다.

시력검사를 하던 병원에서 본 렌즈 안에는 작은 동그라미가 있었다. 동그라미를 보세요. 의사의 말대로 동그라미에 집중하자 눈시울이 시큰해지며 눈물이 고이려 했다. 더는 못 참겠다고, 깜박이려는 순간, 팟, 눈앞에서 몇천 와트의 전구가 터져버리듯 빛이 터졌다. 망막이 그대로 타버린 듯했다. 한참 시간이 지난 뒤에도, 그의 눈은 여전히, 동그랗게 떠 있는 하얀 빛무리를 보고 있었다. 그 잔상 같은 거였을까. 왜 찾는데? 그는 자신에게 물어본다. 그 아이일지도 아닐지도 모르는 그애를, 이제 와 찾아서 무엇 하려고? 그는 컴퓨터를 끄고 밖으로 나온다.

풋고추가 알알이 영그는 스티로폼 박스 옆, 옥상 난간 그늘에 누런 털뭉치 같은 게 뭉쳐져 있다. 리라다. 몸을 한껏 오그린 채 제 앞발 사이에 고개를 묻고 있다. 늘 젖은 듯 촉촉하던 눈망울로 그의 기척이 나는 쪽을 바라보고도 짖지 않는다.

리라야, 이리 와라. 들어가자.

깻잎과 상추 몇장씩을 손에 쥔 할머니의 목소리를 들은 리라는 몸을 일으킨다. 할머니의 목소리를 좇아가다가 그의 다리에 부딪치자 끄으응, 신음소리처럼 낮게 꿍얼거렸을 뿐이다. 옥상에만 오면 제 세상인 듯 활개치던 개가, 차라리 배밀이로 가고 싶다는 듯 몸을 납작 낮춘 채 비칠비칠 걷는다. 눈을 잃으면서 목소리까지 잃어버린 것처럼.

미장원에서 머리를 다듬은 할머니가 근처의 아는 집에 들른 게 화근이었다. 천식기가 있는 그 집 식구들은 유난히 개를 싫어했고, 집에 들르기가 귀찮았던 할머니는 평소에 개를 좋아하던 미장원 여자에게 개를 맡겼다. 늘 한가하던 미장원에 그날따라 유난히 손님들이 밀려

들었다. 할머니가 들어섰을 때, 리라는 검고 누런 머리카락이 흩어진 미장원 구석에 머리털 뭉치처럼 웅크린 채 뛰어오지 않았다. 리라, 화났니? 미안, 이제 집에 가자. 리라는 할머니가 있는 쪽으로 곧바로 오지 않고, 비칠거렸다.

내 참, 오래도 아니야. 세 시간이었다구, 세 시간. 수의산 전부터 조금씩 눈이 멀었을 거라는데, 내 아무리 눈이 어두워졌대도 그걸 몰랐겠어? 할머니가 리라를 집어들어 안으며 혀를 끌끌 찬다. 힘없이 웅크린 리라의 뱃구레에 겹쳐진 깻잎의 초록빛이 움직이더니 리라의 누런 몸을 스친다. 그는 흔들리는 시선을 가두기 위해 눈을 질끈 감는다.

자, 이제 숨을 깊이 들이마시고 천천히 내쉬세요. 마실 때는 배가 불룩 나오도록 가득, 내쉴 때는 코끝에 깃털이 매달렸다 생각하고, 그 깃털이 날리지 않을 만큼 천천히……

겨드랑이께 서서 몸을 비스듬히 기울이고 속삭이는 동섭의 경어가 낯설다. 묵직하게, 배 아래쪽에서 내는 목소리에 은근히 끼여든 부드러움도 이물스럽다.

숨을 깊게 들이쉬고, 내쉴 때는 천천히, 아주 천천히……

동섭의 말소리에 일정한 리듬과 억양이 실린다. 깊게,에서 한번 끊어주고, 천천히,에서 늘어지는 리듬을 들으며 그의 의식은 가라앉기는커녕 더 또랑또랑해진다. 그의 귀는 바깥의 소리를 낱낱이 듣는다. 더위 같은 게 언제 있었냐는 듯 안면을 싹 바꾼 바람의 결이 선들거리는 소리, 찻길에서 차가 지나는 소리, 동섭의 숨소리며 자신의 가슴이 뛰는 소리까지 낱낱이.

한번 하자. 증세가 갑자기 심해졌다니, 거기엔 그럴 만한 이유가 있는 거야. 봐, 지금도 눈이 돌아갔는걸. 리딩이라는 게 원래 병의 원인을 알아서 치료하기 위한 목적에서 시작되었다는 이야기 했지? 에드거 케이시라는, 그에겐 낯설기 짝이 없는 사람을 친근하게 들먹이며 동섭은 전보다 느긋해졌다. 몰이꾼에게 몰리는 사냥감, 달아날 곳이라고는 이미 자기가 올무 놓은 그곳뿐임을 확신하는 사냥꾼의 여유마저 풍겼다. 여기서야 남의 눈이 있으니 안되고, 언제 너희 집에 초대해라. 한번 하자도, 초대해라도, 그에겐 청유형이 아니라 명령형으로 들렸다.

감은 눈 속에 빛의 덩어리가 오락가락한다. 눈을 감은 채 그걸 좇다 보니 양미간에 통증이 온다. 그의 무의식을 파고들 수 있을 거라고 믿고 헛되이 애쓰는 동섭 앞에 누운 채, 그는 수술을 받고 나면 당분간 야간근무로 일관하거나 빛깔이 조금 짙게 들어간 안경으로 가릴 수 있을 거라고 생각한다. 한달 정도, 무급휴가를 받을 수도 있을까. 마음의 서슬이 풀리자 동섭의 목소리가 조금 혼곤하게 들린다. 그런데 그애는, 유난히 귀가 밝아서 곤히 잠들었다가도 그가 귓전에서 단 한번만 속삭여도 금세 반짝 눈을 뜨던 그애는…… 그날 왜…… 감은 눈 안쪽에서 안개가 스멀스멀 피어오른다.

더위는 살갗에 진득진득 들러붙었다. 달각거리며 돌아가는 낡은 선풍기의 일정한 리듬을 들으며 잠들었던 그는 한밤중에 눈을 떴다. 잠들기 전에 먹은 수박이 탈이 난 것 같았다. 그가 태권도장에 다니기 시작한 뒤로 엄마는 아이에게 단단히 일러두었다. 오빠가 깨워도 일어나지 마라. 그는 허리와 다리를 오그린 채 항문에 힘을 꽉 주었다. 질끈 감았던 눈을 뜨는데, 방의 구석에 검고 커다란 물체가 웅크리고 있었다. 밤의 정수인 것처럼 검디검은 물체가. 아빠? 잠결에 그는 아빠가 오랜만에 돌아온 것인가 했다. 그러나 그의 본능이 재빨리 손을 뻗어 그의 눈을 감기고 달싹이려는 입술을 굳게 했다. 아빠일 리가 없었다. 아빠는 죽었다. 가슴이 꽉 막혔다. 그의 곁엔 엄마가, 그리고 엄마 건너편엔 아이가 있었다. 실눈으로 어둠에 익숙해지자 윤곽이 점점 드러났다. 선풍기는 어느새 멎어 있었다. 몸을 일으키던 남자가, 푸르르, 투레질하듯 내는 엄마의 입바람에 눌려서 그대로 굳었다. 엄마, 그는 마음을 쥐어짰다. 엄마, 일어나. 그러나 엄마가 깨어나는 게 나은지, 아니면 그대로 잠든 게 나은지 판단이 서지 않았다. 그런데 저애는 왜 가만히 있는 걸까. 귀가 유난히 밝아서, 그가 이름을 두 번만 속삭여도 반짝 눈을 뜨던 애가. 검은 그림자가 일어났다. 그림자의 팔에 무언가가 걸쳐져 있었다. 수박 사세요, 수박 사세요. 그날 낮, 그는 아이를 등에 가로걸친 채 수박 사라고 외치며 돌아다녔다. 아주머니들은 가운뎃손가락을 구부려서 그 매듭으로 아이의 머리를 톡톡 쳐보고 말했다. 아직 덜 익었어요. 잘 익은 걸로 가져오세요. 그럴 때마다 아이는 까르륵까르륵 웃었다. 아이의 웃음이 등에 느껴질 때면, 아이가 손바닥을 핥을 때처럼 저릿했다. 아이의 고개도 다리도, 걷어낸 수박 넝쿨처럼 축 처졌다. 아아, 그 수박은 덜 익었어요. 너무 어려요. 그는 눈을 질끈 감은 채 속으로만 외쳤다. 수박을 두드릴 때처럼 밤주먹을 쥐어 그 뾰족한 부분으로 관자놀이나 명치를 공격하면 치명적이라던 태권도사범의 말이 흐물흐물, 해파리처럼 그의 의식으로 떠올랐다. 밤주먹을 쥐어보려 하지만 손끝 하나 까닥할 수 없었다. 가위에 눌린 것일까, 누군가가 분무용 모기약통에 무겁게 누르는 액체를 넣어서 뿌려놓은 것처럼. 아아, 이건 꿈이야. 꿈일 거야. 꿈이 아니라면, 귀 밝은 아이가 그대로 있었겠어? 남자가 등을 돌려 나갈 때, 그는 남

188

자의 팔에 들린 아이의 머리통에서 반짝 빛나는 것을 보았다. 아이가 눈을 뜬 것일까. 아니면 아이가 머리에 꽂고 다니던 핀이었을까. 아니야, 아니야, 이건 꿈이야. 그는 웅얼거리며, 배아픔도 잊은 채 혼절하듯 깊은 잠으로 떨어졌다.

꿈인지 생시인지 모르는 그 밤에 대해서 아무에게도 말하지 않은 채 그는 가을운동회를 맞았다. 백 미터 달리기를 하다가 엎어졌을 때, 그는 일어날 생각을 하지 않고 땅에 엎어진 채 엉엉 울었다. 숨을 들이쉴 때마다 모래가 입으로 콧구멍으로 빨려들어왔다. 그건 꿈이었다고, 꿈이 아니라면 어떻게 그 어둠속에서 그애와 눈이 마주칠 수 있었겠냐고, 어떻게 방안에서 자던 아이가 감쪽같이 사라질 수 있냐고. 운동장 가에서 구경하던 사람들이 그를 일으켰다. 꿈이 아니었다고 해도 달라지는 것은 없었다. 그가 본 것은 널찍한 등판뿐이었다.

끈적이는 말로 최면의 그물을 쳐놓고 그가 걸려들기를 바라는 동섭은 끝내 의식을 놓지 않는 그의 눈가에 진득하게 고인 눈물 한방울만을 보았을 뿐이다.

토트백 안에는 화장품 파우치와 손수건, 휴대용 티슈, 그리고 긍정적인 생각을 독려하는 작은 월간지가 들어 있다. 곱게 다려진 손수건이 구겨지지 않도록 잡지 안에 넣어둘 만큼 깔끔한 여자에게 무슨 일이 벌어진 것일까. 어쩌면 여자는 집에까지 채 이르지도 못하고 중간에 밤길에서 어두운 밤속으로 스며들었을지도 모른다. 어쩌면 다음날 새벽 일찍, 어디 먼데로 떠나야 했는지도 모른다. 박은 사진을 찍은 뒤, 토트백과 파우치를 칼로 찢는다. 방재실로 내려가던 그는 박이 처리하기 위해 내놓은 물품들 가운데 여자의 배낭이 있는 것을 보고 일부러 천천히 지나간다.

보관함에 두고 간 짐들은 한달이 지나도록 주인이 나타나지 않으면 사진을 찍어두고 폐기처분한다. 그동안 젊은 여자의 목소리로 "보관함에 짐을 두고 왔는데요" 하는 전화가 몇번 걸려왔지만, 장 본 것을 보관함에 넣어두고 근처의 영화관에 갔다가 자정을 넘긴 경우거나 친구를 만나서 수다떨다가 깜박 잊은 사람들이었다.

칼집이 나서 누구도 사용하지 못하게 된 토트백을 쓰레기봉투에 집어넣은 뒤, 박은 여자의 배낭을 연다. 여자의 짐은 말수 적은 사람처럼 자신에 대해 말하는 데 인색하다. 티셔츠 몇장과 등산셔츠, 검정 등산바지, 80A 싸이즈 브래지어 한장, 입었던 것일 팬티와 빨지 않은 양말은 수건에 둘둘 말린 채 비닐팩에 들어 있다. 그리고 대형마트에서 흔히 팔리는 감성적인 에쎄이집 한권, 헤어브러시와 안경집 등. 그것만으로는 도무지 여자의 취미나 성격을 짐작해볼 길 없다. 등산화가 240밀리미터이니 여자는 230밀리미터의 구두를 신을 것이고, 화면상으로 보면 160쎈티미터 정도의 아담한 키에 평균적인 몸매, 그리고 얼굴의 반점에 대비되어서 더 그렇게 비쳤을지도 모르는 하얀 피부를 가졌을 뿐.

등산화의 가죽이 딱딱해서, 발목 부분에 칼질을 하는 박의 손등에 힘줄이 불끈 솟는다. 생각만큼 수월치 못한 모양이다. 박은 칼질을 멈추고 어떻게 해야 할지 궁리하는 듯 등산화를 요리조리 살펴본다. 마침내 박은 등산화를 내려놓고 발등 부분에 칼집을 낸다. 부지런히 그어대는 그 손에 집중하자 그의 시선이 흔들리기 시작한다. 그는 눈을 꾹 감았다 뜬다. 박이 등산화를 폐기처분될 물건들로 수북한 쓰레기봉투에 던져넣는 중이다. 그는 그 자리를 떠나 방재실로 향한다. 집에 있는 복사 디스크 버리기, 병원에 전화하기, 시선이 흔들릴 때마다 어지럼증 일으키는 머릿속에 메모를 챙겨넣는다.

망태할아버지
저기 오시네

어쩌지, 우리 이사해야 할 것 같은데. 나 시골로 발령받았어. 남편이 차마 떼어지지 않는다는 듯 입을 열었을 때, 나는 남편 기살리기 프로그램을 우등으로 졸업한 여자나 보였음직한 반응으로 남편을 어리둥절하게 만들었다. 정말? 하면서 양손을 치켰다가 끝내 짝짝짝 박수까지 쳐버린 것이다. 방바닥에 스케치북을 펼쳐놓고 머리를 맞댄 채 그림을 그리던 지인과 지수가 크레파스를 손에 쥔 채 달려왔다. 엄마, 뭐? 뭐야? 저희들을 빼놓은 채 엄마 아빠만 신나하는 것처럼 보인 듯했다. 파닥파닥, 피복이 벗겨진 전선에서 합선을 일으켜 파득이는 불꽃처럼, 내 안에서 무언가 생동생동하는 것만은 사실이었다.
　"지인, 지수. 우리 새집으로 이사할 거다."
　정말? 정말 새집이야? 새집이라는 말에 지인은 공연히 입을 크게 벌리고 방실방실 웃기부터 했다. 지수는 고개를 갸우뚱하더니 짚고 넘어갔다. 근데 그 집이 어디 있는데? 그제야 나는 남편에게 물었다. 그런데 어디로 가는 거래?

"아주 시골은 아니야. 강천."

강천은 우리가 살고 있는 도시에서 차로 한 시간 반쯤 걸리는 곳이었다. 시댁 식구들과 그 인근 도시의 온천에서 목욕을 하고 맛있다는 막국숫집을 찾아가는 길에 지나친 적이 있다. 나지막한 산들이 끊어질 듯 이어져 있고 강까지 흘러 평화롭게 느껴지던 곳이었다. 읍단위로 발령받은 거니 좌천일 텐데, 월급까지 줄어드는 건 아니겠지? 이사할 일이며 아이들 유치원을 옮기는 문제 등이 그제야 한꺼번에 떠올라 머릿속이 시끄러워졌다.

"그런데 새집으로 갈지 헌집으로 갈지 어떻게 알고 애들 바람부터 들여놔?"

머릿속에서 타닥거리는 계산기 소리 사이로 남편의 타박이 끼여들었다. 아무래도 기를 너무 살려놓은 것 같았다. 엄살떨 때면 늘 그러하듯 짐짓 비감하던 남편의 표정에서 지방으로 떨려난 직장인의 비애는 간데없어지고, 식구들이 일용할 양식을 얻기 위해 고군분투하는 가장의 위세까지 부리려 드는 걸 보면.

"새집이 별건가, 도배장판 새로 하면 새집이지. 시골 전셋값이 얼마나 된다고. 아무래도 여기보단 나을 거 아냐?"

조금만 곁을 주면 등등해지는 남편의 기세를 꺾자면, 그동안 이 집에서 참고 사는 게 만만치 않았다는 것을 일깨워줄 필요가 있었다. 나는 여봐란 듯 턱을 치켜들고 눈을 착 내리깐 채 집안을 둘러보았다.

우리가 사는 집은 다가구주택이 다닥다닥 붙은 좁은 골목 안에 있었다. 건축법 따위를 알 리 없는 나였지만, 숨막히게 붙어 있는 집들을 보면 건축허가를 내준 공무원과 건물주인 사이에 무슨 짬짜미가 있었지, 하는 생각이 저절로 들었다. 사람이 다니는 길을 내는 것조차 아까운 듯 땅을 알뜰, 아니 인색하게 사용한 동네였다. 베란다에 나가서 윗몸을 내밀고 팔을 뻗치면 건너편 동 담벼락이 손끝에 닿을 판이었다. 건너편 집 말소리가 그대로 들리는 것, 옹색하게 드는 볕 때문에 바싹 말려도 누진 듯한 빨래, 문을 열어놓고 사는 계절이 되면 시선을 가리느라 쳐놓은 문발 때문에 가뜩이나 좁은 틈새로 들어오는 바람조차 제대로 누릴 수 없다는 것 등은 그래도 견딜 만했다. 제집인 양 출몰하는 바퀴벌레에 비하면.

엄마, 가여워. 채 걷어내지 못한 잠기를 눈꺼풀에 무겁게 매단 채 팔을 긁적이는 아이의 모습은 그야말로 가여웠다. 발갛게 부푼 아이의 팔에 물파스를 바르려다보니, 봉곳한 가운데 아주 작은 점이 두 개 보였다. 바퀴벌레의 잇자국 같았다. 가렵다는 말조차 제대로 발음하지 못하는 그 어린것의 팔을 힘껏 깨물고 어디론가 숨어들었을 바퀴벌레를 생각하자 살의로 온몸이 달렸다. 큰마음 먹고 방역회사 사람을 부른 적도 있지만, 아래윗집과 옆집에서 드나드는 바퀴벌레를 당해낼 순 없었다. 거실과 화장실에 각각 바퀴벌레 분무약을 놓아두고, 거뭇한 것만 보이면 뿌려대는 수밖에 없었다. 바닥이 흥건해질 때까지 분무약통을 놓지 않는 나를 보면서 남편은 투덜거렸다. 난 그런 네가 더 무섭다. 바퀴벌레가 아니라 바퀴벌레약 때문에 죽겠다던 남편은 말이 씨가 되었는지 분무약을 닦아낸 자리에서 미끄러져서 한동안 파스 신세를 졌다. 그런 판에 이사라니, 지방이 아니라 외국이라도 답삭 반기지 않을 수 없었다.

이사는 순조로웠다. 이삿짐센터 사람들은 예정보다 이십분쯤 늦게 도착했지만 그 벌충이라도 하려는 듯이 재바르게 움직였다. 남편과 일꾼들이 바구니 비우는 걸 참견하면서, 나는 청소도구가 든 비닐봉지에 챙겨온 바퀴벌레 패치를 붙이고 튜브 속에 든 약을 구석구석 짜 발랐다. 씽크대 안쪽의 보일러 조절 코크 옆, 가스레인지 뒤편, 욕실 벽에 부착된 플라스틱 장과 변기 뒤쪽까지. 이삿짐에 묻어왔을지도 모르는 바퀴벌레 알 때문이었다. 냉장고 뒤편에 패치 붙이는 걸 깜박했기 때문에 인부들은 이미 자리잡은 냉장고를 다시 들어내야 했다. 사모님이 보기보다 세심하신가봐요. 신경질적이라는 뜻으로 들렸지만 개의치 않았다.

베란다와 거실 사이의 문틀을 닦을 땐 햇살이 등을 따뜻하게 어루만졌다. 보삭보삭 마른 목면 속옷에서 나는 냄새가 맡아지는 듯했다. 볕이라고는 장마철 해 구경하듯 잠깐 스칠 뿐인 집에서, 통풍이 잘 안 되는 곳에서 말려 왠지 눅진하게 느껴지는 속옷을 딸들의 보드랍고 통통한 가랑이에 끼울 때면 사내도 아닌 계집아이의 속옷을 햇볕에 말리지 못한다는 게 번번이 마음에 걸렸다.

남편의 새 동료가 소개해준 아파트를 구경하러 처음 이 집에 들어섰을 땐 눈이 시렸다. 거실 바닥이 되쏜 빛 때문이었다. 거실엔 막 방아를 찧어온 쌀가마니에서 쏟아진 햅쌀 같은 햇살이 그득했다. 세상의 빛이란 빛은 다 끌어모은 듯했다. 여기가 안방이에요. 평형에 비해 안방이 좀 크게 나왔어요. 살고 있는 사람이 문을 열어 보인 안방의 너른 창으로 탁 트인 풍경이 눈에 들어왔다. 논을 낀 야산 귀퉁이를 허물어 터를 다지고 올린 남향 아파트 13층이었다. 툭 트인 앞쪽은 논이었고, 그 논 저편에 차가 다니는 길, 그 길을 따라 납작하게 엎드린 집들이 정겨웠다. 그 끝에서 하얗게 빛나는 가는 줄기는 강이었다. 안구건조증으로 버석이던 눈에 식염수를 흘려넣은 듯 눈이 시원해졌다. 겨울 난방비가 얼마나 드는가, 고층인데 수압은 괜찮은가 따위를 묻기도 전에 속마음으로 결정을 내렸다. 잘한 결정이라고, 햇살은 등판을 토닥였다.

작은방에서 아이들 살림을 정리하는데, 밖에 나갔다 들어오던 남편이 우아, 소리쳤다. 거실 벽면에 붉은 기운이 어른거렸다. 놀이었다. 베란다 끝쪽, 강 건너편 야산 너머로 해가 넘어가고 있었다. 그러고 보니 정남향이 아니라 약간 서쪽으로 틀어진 남향인 것 같았다. 남향이면 어떻고 동남향이면 어떠랴. 툭 트인 전망에 충분한 햇살 그리고 어깨 걸고 불어오는 바람이 있는데.

"전망 죽인다. 서울에서 이런 전망 가진 집에서 살려면 프리미엄만도 일억은 줘야 할걸?"

한강을 조망할 수 있는 아파트의 프리미엄에 대한 기사를 본 기억이 났다. 나는 남편의 말에 부분적으로 동의했다. 정말 전망은 끝내준다.

"그렇지? 당신도 그렇게 생각하지? 그럼 내가 최소한 일억은 벌어준 거다?"

전세보증금이 일억의 절반도 안되는 집으로 이사하면서 일억 운운하는 남편의 호기가 우스웠다. 하지만, 이릿이릿한 놀빛에 누그러졌는지, 내 입에서 나오는 말도 나긋나긋했다.

"안 그래도 감동의 도가니탕에 빠져서 어쩔 줄 모르겠어. 누가 나 좀 건져줘!"

지인과 지수가 내 손을 양쪽에서 붙들고 잡아끄는 시늉을 했다. 어느 집에선가 한 손가락으로 치는 듯 서투른 피아노 소리까지 정겹게 들렸다. 사랑해, 사랑해, 우린 서로 사랑해…… 지인과 지수가 저희도 아는 노래라고 그 가락에 맞춰 흥얼거렸다. 아침나절 떠나온 집이, 사년 동안 살아온 그 집에서의 나날이 전생인 듯 아득했다.

신혼여행에서 돌아온 우리를 맞아준 건 구겨진 침대시트와 시아버지의 폭탄선언이었다.

군대에 다녀온 뒤 뒤늦게 전공을 바꾸고 학년을 낮춰 편입한 복학생 남편과 결혼하는 바람에 신혼살림은 도배장판을 새로 한 시댁의 문간방에서 시작되었다. 여행지에서 돌아왔을 때, 미리 세탁해서 다림질해 씌워놓고 간 은은한 은회색 침대시트엔 누가 보아도 역력한 구김이 가 있었다. 나보다 일곱살 위인 막내시이모와 그 아이들이 다녀갔다는 시어머니의 천연덕스러운 설명이었다.

중국 출장을 떠났던 시아버지는 우리가 귀가한 다음날 귀국했다. 장우 너한테도 미안하지만 상은이한텐 더 미안하구나…… 절을 받은 시아버지가 의례적인 인사를 건넨 뒤에 말끝을 흐렸다. 남편이 돈벌이할 수 없는 처지라고 분가시키지 않은 데 대한 인사라고만 생각했다.

"하지만 이번만은 니들이 이해해야겠다. 네 어머니하고 갈라서기로 했다."

아버지! 남편이 외마디소리를 냈다. 간신히 소리를 가두긴 했지만, 놀라기로 치면 나 또한 남편 못지않았다. 결혼 전에 시댁에 드나들 때, 내게 의지가 되었던 이는 남편도 시어머니도 아니고, 과묵하면서도 은근히 자상한 시아버지였다. 딸 가진 친구들이 그렇게 부러웠다며 시아버지는 내게 물었다. 내가 네 이름을 불러도 되겠니? 상은아,

이름 끝을 살짝 치키는 시아버지의 목소리는 늘 정다웠다. 시어머니와 나란히 앉아 폐백을 받은 게 일주일 전이었다.

"니 어머니와 못 살겠구나 하고 깨달은 건 결혼한 지 일년도 채 안되어서였다. 더는 못 참겠어서 말하려고 했는데, 니 어머니가 먼저 말하더구나. 아기를 가졌다고. 장우, 너였다."

라훌라, 이십몇년 전 시아버지의 탄식이 들리는 듯했다. 시어머니 쪽이 유난스러운 것은 알고 있었다. 시아버지가 한마디 하면 시어머니는 서너 마디로 받았다. 그게 며느릿감 눈에 어떻게 비쳐질지 따위는 아랑곳하지 않는 성품이었다. 엄마랑 이모들이 모여앉아 있으면 귀가 손다던 남편의 말을, 나는 시이모들과의 첫만남에서 이해했다. 시어머니의 호출을 받고 왔을 땐, 넷이나 된다는 시이모들의 방자하고 왁자한 사투리가 거실을 개구리떼 와글거리는 여름밤의 연못으로 만들어놓고 있었다. 마당에 나가 홀로 담배를 피우는 시아버지만 겨울나무처럼 적막해 보였다. 그때 시아버지는 뇌관을 다듬고 있었던 것일까.

"애비 없는 자식을 만들 수 없어 그냥 살았다. 이제 네 결혼까지 보았으니 내 할 도리는 다한 거 같다. 그러니 니들이 양해해라."

황혼이혼은 여자 쪽에서나 청구하는 건 줄만 알았다. 남편의 상심이 하도 커서, 나는 내 충격을 드러낼 수조차 없었다. 시아버지가 우리의 결혼 때까지 기다려준 것만도 황감해해야 했다. 시부모 자리가 이혼한 집안이었다면, 나의 어머니는 문지방을 베고 누워서라도 내가 시댁 문턱을 넘는 것을 막았을 것이다.

어릴 적, 나는 친구들과 놀다가도 가장 먼저 집으로 발길을 돌리는 아이였다. 삼십 중반에 홀로되어 남매를 키우는 엄마의 자식 단속이 워낙 유난스러웠기 때문이다. 누가 보아도 애비 없는 자식으로 보이지 않는 아이들로 키우겠다는 엄마의 꿈은 내가 고등학생일 때까지도 종아리에 회초리 자국을 냈다. 반듯한 집안의 며느리가 된 딸을 보고 싶다는 별책부록 같은 소망은 작은 사업을 하는 시아버지의 거래선이 하객으로 자리를 메운 결혼식장에서 어느정도 충족된 것 같았다. 그런데 이혼이라니.

시어머니가 합의를 안해주고 소송을 청구하는 바람에, 우리의 혼인신고와 동시에 호적을 정리하겠다는 시아버지의 꿈은 첫애 지인의 출생신고 때에나 이루어졌다. 정녕 새롭게 시작하겠다는 다짐대로 시아버지는 중국으로 건너갔고 시어머니는 "강가 씨종자라면 내 배 빌려 나온 놈이나 그놈 소생이나 꼴도 보기 싫다"며 남편이 취직하자마자 우리를 분가시켰다. 우리가 살던 방에 세입자를 들이고 그 돈을 내주며 분가하라고 했으니, 강가 씨종자가 얼마나 징글징글했는지 알리기에 부족함이 없었다. 그 돈으로 얻을 수 있는 집이라고는 다가구주택이 닥지닥지 붙은 좁은 골목 안의 반지하방뿐이었다. 그곳에서 둘째 지수를 낳고 같은 건물 이층으로 올라가는 데 삼년이 걸렸다.

집들이날, 차 석 대에 나누어 탄 시어머니의 자매와 그 소생들은 달랑 두루마리 화장지 한 박스를 내밀며 말로 생색냈다. 그저 이 집에서 만사가 술술 풀리거래이.

강가 씨종자는 징글맞지만 강가가 아닌 나는 괜찮다는 것인지, 우리가 분가하고 난 뒤에도 당신 자매들이 오는 날이면 전화로 나를 불러대던 시어머니였다. 이 각박한 시대에 동기간의 우애가 돈독한 거야 탓할 일은 아니었다. 다만 그 동기간이 아닌 나로선, 시이모들이 데리고 온 가족들까지 바라지하는 일이 쉽지 않았을 뿐이다. 시어머니 자매들이 유난스러운 우애를 과시하며 고스톱을 치는 동안, 나는 주방에서 칼국수를 끓이고 과일을 깎아내야 했다. 어쩌다 호출에 응하지 않으면, 남편이 먼저 수선을 떨었다. 우리 엄마가 이혼당했다고 너까지 무시하는 거지? 하고 어린애처럼 굴었다. 내가 남자라도 우리 엄마 같은 사람하고 평생 사는 건 피곤할 거야, 하던 남편이 언제 '세상에 더없이 불쌍한 우리 어머니' 모드로 바뀌었는지 알 수 없었다. 덩달아 이모들까지 상종가를 치는 바람에 중간에서 죽어나는 건 나였다.

이모들은 이 방 저 방 몰려다니며 합평이었다. 전망 끝내준다. 콘도가 따로 없다, 마, 니넨 휴가 갈 일도 없겠다, 하는 큰이모. 이 집 냉장고 새로 샀네. 장롱도 새것 같은데. 어디, 내 보기엔 먼저 쓰던 거구만. 옥신각신하는 둘째와 셋째 이모. 냉장고는 전에도 쓰던 거였고, 장롱은 방이 좁아서 이 방 저 방 나눠놓았던 것을 합쳤을 뿐이었다. 형수, 소파가 더 커진 것 같아요. 소파에서 방방 뛰는 막내이모의 아이들에게도 상냥하게 웃으며 그러다 떨어질라, 조심해, 할 수 있었다. 제아무리 그래봤자, 시어머니가 사는 도시에서 차로 한 시간이 넘게 걸리는, 게다가 교통체증으로 유명한 도로를 거쳐야 해서 한 시간이 두 시간 되기 일쑤인 이곳으로 자주 찾아오지는 못할 것이다. 이제 전처럼 자주 부려먹을 수는 없을 거라 생각하니 그들이 올 때처럼 떠들썩하게 우르르 돌아갈 때까지 한껏 너그러워질 수 있었다.

사는 곳이 바뀌자 생활도 바뀌었다. 강물 위쪽에 피어오른 물안개와 야산에서 깍깍거리는 까치가 아침을 열었다. 베란다에 나와 문을 열면 나무냄새인지 풀냄새인지 모를 향기가 섞인 맑은 공기를 듬뿍

들이마실 수 있었다.

허구한 날 술타령을 하며 늦던 남편이 저녁상에 아이들과 같이 앉기 시작했다. 길에서 쓰러져 잠들었다가 여보야, 나 여기 어딘지 모르겠어, 나 내 새끼들 있는 집에 어떻게 가지…… 하고 혀가 문드러진 소리로 전화하는 걸 월중행사 치르듯 하던 남편이, 이사한 뒤로는 환영회와 그 환영에 대한 답례 명목의 술자리로 몇번 늦었을 뿐이었다. 해의 기운이 남은 시각에 꼬박꼬박 집으로 들어서는 남편은 처음, 어른들에게 이야기만 들었을 뿐 한번도 본 적 없는 친척의 방문처럼 낯설게 느껴졌다. 우리끼리 보내던 저녁시간에 남편이 들어서자, 산책이라는 낯선 단어가 우리의 일상에 자리잡았다. 아빠, 산책 가자.

아파트를 나서면 왼편에 야산, 오른편엔 논과 밭을 낀 길이 나왔다. 엄마, 여기 꽃 피었어요. 앞서가던 아이들은 쪼그리고 앉아서 외쳤다. 민들레나 제비꽃, 씀바귀처럼 흔한 꽃이었는데도 산책길에서 만나는 꽃들은 새롭게 보이는 듯했다. 저녁나절, 막 스러진 해가 서산 언저리에서 환한 빛살을 내뿜고, 하늘에 점점이 뜬 양털구름이 붉은 기운에 잠긴 채 은빛으로 빛나는 걸 네 식구가 나란히 선 채로 지켜보기도 했다. 아이들이 꽃 이름을 물으면 막혀서 그냥 들꽃이야, 하고 얼버무리던 남편은 어느날 야생화에 관한 책을 사들고 왔다. 우리도 내년엔 주말농장 신청할까. 우리 부장이 그러는데, 삼만원이면 된대. 좋은 아빠들의 모임 같은 게 있으면 들 텐데 그게 없어서 한스럽다는 기세였다. 나로선 쌍수 들어 환영할 일이었다.

전에 살던 동네에선 골목 안을 마구 치닫는 배달 오토바이 때문에 집안에 갇혀 지내다시피 하던 아이들은 복도와 어린이놀이터, 새로 사귄 친구네 집을 오가면서 살갗이 그을어 단단해 보였다. 지인의 천식기가 잦아들고, 지수의 아토피가 그만그만한 걸 보자 슬그머니 욕심이 생겼다. 우리 여기서 전원주택 짓고 살았으면 좋겠다. 남편은 코웃음부터 쳤다. 꿈 깨셔. 쪼그만 바퀴벌레 때문에 남편 허리 다치게 한 여자랑 전원주택에서 살다 정형외과 단골 되라고? 전원주택이 보기에나 좋지 얼마나 벌레들이 많이 꾀는지 알아? 쥐도 그렇고, 산밑이면 지네도 꿈틀꿈틀 기어다닐걸? 남편은 내가 바퀴벌레를 유독 무서워할 뿐, 다른 곤충이나 동물들은 그다지 겁내지 않는다는 것을 자주 잊었다.

이사하고 난 뒤, 볕이 환한 집안을 청소하다가도 나는 문득문득 씽크대 주변이나 장롱과 벽 사이의 좁은 틈새에 의심스러운 눈길을 보내곤 했다. 조용하던 실내에 바스락 소리만 나도 검고 단단한 바퀴벌레의 등판이 떠올랐다. 아파트 전체소독은 방송으로, 공고문으로 알린 것에 비하면 성에 차지 않았다. 페인트 칠하는 붓을 소독약에 적셨다가 천장 모서리며 화장실 어귀, 씽크대 아래쪽, 그리고 문설주 같은 곳을 쓱쓱, 칠하고 그만이었다. 그게 끝이에요? 싸인을 받기 위해 보드판을 내민 청년에게 묻지 않을 수 없었다. 이렇게 칠해놓으면 해충이 건너지 못해요. 나는 칠한 곳을 미심쩍은 눈으로 바라보았다. 이사한 뒤 바퀴벌레를 본 적은 없지만, 바퀴벌레가 도움닫기를 하면 뛰어넘고도 남을 폭이었다.

유치원 현장학습을 나간 아이들은 네시 반이 지나서야 돌아올 것이다. 온전히 쓸 수 있는 한나절은 뜻밖의 보너스 같았다. 남편 출근시키고 유치원 버스에 아이들 태워보내고, 돌아와 아침 설거지를 하면서 세탁기 돌리고 어영부영 집안 정리하다보면, 유치원 버스가 돌아올 시각이 되어 있었다. 유치원에서 있었던 일을 재재거리는 두 아이의 사설을 듣고, 학습지 선생님 맞고 나면 저녁반찬을 뭘로 하나 하는 걱정이 코앞에서 어른거렸다. 그런 판에 한나절을 온전히 쓸 수 있다니. 아파트 입구 도서대여점에서 책을 빌려다 볼까, 아니면 오랜만에 원두커피를 내리고 음악을 튼 채 홀로 우아를 떨어볼까…… 비스킷 하나에도 감지덕지할 판에 케이크를 선물받아서, 손가락으로 생크림부터 긁어먹을까 아니면 그 위에 얹힌 과일조각부터 입에 넣을까 궁리하는 아이처럼 마음이 달떠 있다가 아래층 희정엄마의 전화를 받았다. 소영 언니가 우리 보리밥 사준대요. 내려오세요.

희정엄마는 이곳에 이사와서 맨처음 사귄 여자였다. 이사한 다음날이었다. 짐을 정리하다가 문득 사위가 조용하다 싶어서 작은방 문을 열어보았다. 아이들이 없었다. 엘리베이터 타는 데 재미들려서 자꾸만 집밖으로 빠져나가던 아이들이었다. 황급히 슬리퍼를 꿰었다. 복도에서 주차된 차들이 있는 곳을 내려다보니 발끝이 저렸다. 엘리베이터 버튼을 누르려는데, 계단 아래쪽에서 아이들이 재재거리는 소리가 들렸다. 그 소리를 따라가보니, 11층의 한 집 현관문이 조금 열려 있었다. 그 집이 희정네 집이었다. 일란성 쌍둥이인 희정과 희진은 둘이지만 하나 키우는 품도 안 든다고 할 만큼 순했다. 엄마를 닮은 것 같았다. 지수가 그 집을 특별히 좋아하는 것도, 저보다 한살 위인 쌍둥이들이 제가 하자는 대로 따라주기 때문이었다.

아이들은 늘 잠그지 않는 희정네 문을 때없이 두드리고, 급한 일이 있어서 읍내에 가야 하는 여자들은 아이를 그 집에 맡겼다. 남편이 집에 없을 때면 언제라도, 싫은 낯빛 하나 없이 받아들이는 희정엄마 때문이었다.

희정엄마를 통해 알게 된 소영엄마는 다른 동에 살아서 조금 늦게 인사를 튼 편이었다. 소영이가 늦둥이라서 또래 엄마들과 나이 차이가 져서 '왕언니'라고 불렸다. 지난번 허리 다쳤을 때 소영 언니가 부항 떠줘서 한결 쉽게 풀렸어. 자기도 어깨 자주 아프지? 언니더러 부항 떠달라고 해. 카레에 시든 사과 갈아넣어봤어? 소영 언니가 가르쳐줬는데, 애들이 새콤해서 더 맛있다더라구. 만나기도 전에 이야기를 하도 들어서, 나도 만나자마자 스스럼없이 언니,라고 부를 수 있었다.

개업한 지 석 달, 다른 사람 안 두고 부부가 운영한나는 보리밥집의 음식은 정갈하면서도 푸짐했다. 두툼하게 썬 두부부침, 물김치 등 김치류, 나물 몇가지와 쌈, 잡채에 감자만두, 게장 등의 반찬이 상을 채웠다. 두부부침은 따끈했다. 날이 더워졌는데도 따뜻해야 할 음식은 따뜻하게, 시원해야 할 음식은 시원하게 나오는 게 정성스러웠다.

"영업집에서 할말은 아니지만, 이렇게 팔아서 남기나 할는지 모르겠어요. 이렇게 맛있는 집은 오래오래 장사해야 할 텐데."

감자떡부터 집어 소담스럽게 먹고 난 희정엄마의 말이었다.

"영업집이 밑지는 장사 할까. 돈 받고 밥 파는 집이 이 정도는 기본이지."

소영엄마의 말은 명쾌했다. 기본,이라는 말을 듣자 문득 떠오르는 게 있었다.

"그 동 경비원도 그렇게 야단치듯 방송해요? 난 방송하려고 직직거리는 소리만 들으면 꼭 선생님께 야단맞으러 교무실 가는 애들 같은 기분이 들어요."

늦은밤이나 일요일 아침 이른 시각에 갑자기 들려오는 경비원의 커다란 목소리는, 반들반들하게 닦아놓은 마룻바닥에 무례하게 찍히는 구두발자국 같았다. 아, 아, 경비실에서 말씀드리겠습니다. 서울 23 나 4567 체어맨, 서울 23 나 4567 체어맨, 차 좀 빼주세요. 차를 그렇게, 남의 차가 못 나가게 박아놓으면 어떡합니까? 지금 앞의 차가 나가지 못하고 있습니다. 빨리 차 빼세요! 경비원의 목소리에 섞인 분노가 집안 구석구석까지 분무약처럼 분사되었다. 차주가 눈앞에 있으면 한대 치기라도 할 기세였다. 차주가 달궈진 프라이팬에서 볶이는 참깨의 속도로 튀어나오지 않는 한, 경비원의 방송은 한번에 그치지 않았다.

"그 사람들도 아무한테나 그러는 거 아냐. 다 알고 그러는 거야."

"알다니요, 뭘?"

"번호판 부르는 소리 못 들었어? 여기 번호판 말고 외지 번호판 부를 때면 더 야단이었을걸?"

"외지 차가 어때서요?"

소영엄마가 피식 웃었다. 이런 맹문이 봤나, 하는 웃음이었다.

"왜 그거 있잖아. 그, 뭐라더라, 그래, 부적절한 관계!"

그 뭐라더라, 하면서 소영엄마가 치켜든 새끼손가락 끝에 난데없이 클린턴의 얼굴이 겹치고, 오래전 어느날에 남편의 와이셔츠에 옅게 묻어 있던 파운데이션이 떠올랐다. 그러자 단박에 깨달을 수 있었다.

"어머, 우리 아파트에 그런 사람들이 있어요?"

뜻밖이었다. 아파트 주민들은 대개 그만그만한 사람들이라고 알고 있었다. 공무원이거나 학교 선생, 남편처럼 중소업체의 공장에 파견된 사람들, 읍내에서 작은 가게를 연 사람들, 운전사 등등.

"아파트에 주차한 차 한번 잘 봐. 우리 아파트 평형에 비해 고급차가 많다는 거 못 느꼈어? 여기가 근처에 골프장이 많아서 부적절한 관계 맺기 좋은 데라구. 여기 임대료야 서울 집값에 비하면 집값도 아니니까 아파트 세내어 여자 짱박아두고, 골프 치러 간다고 하고 나와서 놀다 가는 거지. 경비원들도 그걸 아니까 함부로 하는 거야."

차 빼세요. 아, 남의 차 빼지도 못하게 차를 그렇게 박아놓으면 어떡합니까? 숫제 혼내는 투이던 경비원이 사용한 단어들조차 부적절한 관계라는 말과 연결되자 새롭게 성적인 의미를 띠었다.

좋겠다, 어떤 인간은. 탱탱한 년 끼고 살아서. 싹쓸이다, 싹쓸이. 뚱뚱한 체구에 비해 가는 손목을 날렵하게 움직여 똥광 위에 똥껍질을 후려치며 둘째 시이모가 빈정거리면, 밤낮 끼고 살믄 뭐 할 끼가. 힘도 못 쓰는데. 여 있다, 주워묵으라. 흑싸리껍질을 내던지며 시어머니가 받았다.

중국에 간 시아버지는 그곳에서 혼자 집을 세내어 산다고 했다. 젊은 조선족 여인이 살림을 거들어주지만 아무래도 가족이 그리운 모양이었다. 추석이면 아이들 맛보이라고 월병을 보내고, 경비 대줄 테니 아이들 데리고 한번 다녀가라고 해도 남편은 묵묵부답이었다. 나는 그런 남편을 이해할 수 있었다. 나 또한 배신감을 지워내지 못했다. 그렇게 떠날 거였다면, 아버지 없이 자란 나를 상은아, 하고 그렇게 정답게 부르지 말았어야 했다. 그건 추운 겨울밤, 버려진 채 쓰레기통 뒤에 웅크리고 있는 강아지를 따뜻한 집으로 데려가 밥을 먹이고, 놀아주고, 그래서 드디어 이 집에서 살게 되나보다 하고 안도할 즈음, 덤쑥 들어올려 도로 길에 내놓고 문을 탁 닫는 것이나 다름없는 일이었다. 그렇다고는 해도, 오며가며 듣는 시어머니 자매들의 시아버지 이야기는 듣기 민망했다. 정작 말하는 사람들은 태연했다. 조강지처버린 사람에게 그런 취급말고 다른 대접이 어디 있겠나, 하는 투였다.

"그런 취급 당해도 싸지, 뭐. 젊디젊은 것들이 어디 할일이 없어서…… 차라리 강남 룸쌀롱으로 나가든가. 룸쌀롱 나갈 몸매는 안되는 것들이 이 공기 좋은 데까지 와서 물을 흐려놓는다니까."

소영엄마가 말하는 동안에도 통유리창 너머 보이는 뜰은 눈을 시원하게 씻어주었다. 마당 가장자리를 빙 두른 화단에 채송화며 야생화들은 모다기모다기 정겨웠다.

수박바와 쌍쌍바가 똑같은 비중으로 아이를 유혹하고 있었다. 지인은 아이스크림 냉동고의 문을 열고 수박바를 집었다가 놓고, 쌍쌍바를 잡으려다 말고 다시 심사숙고에 들어갔다.

"빨리 골라. 자꾸 문 열면 아저씨한테 혼나."

그러나 수박바의 강렬한 빛깔과 상큼한 향기, 두 개로 나누어 양손에 들고 오른쪽 왼쪽 정신없이 핥는 쌍쌍바의 매력은 같은 저울에 올려놓기엔 성격이 달랐다. 음, 음, 어떤 걸 먹을까. 지인은 무게의 균형을 잡지 못해 오르락내리락하는 천칭처럼 고개를 이쪽으로 갸웃했다 저쪽으로 기울여가며 갈등했다. 고작 아이스크림 한개 살 거면서, 좁은 슈퍼 안에서 너무 시간을 끄는 게 눈치가 보였다. 음료수라도 한개 더 사야 할 것 같았다.

"콜라 페트병 하나에 카스 두 병, 1501호요. 잔돈요? 그만큼은 없을 텐데…… 알았어요."

슈퍼마켓 주인남자는 수화기를 쾅 소리가 나게 내려놓았다. 그 바람에 찔끔한 지인은 얼른 수박바를 꺼내고 잽싸게 냉동고 문을 닫았다.

"다리는 됐다 어디다 쓰려고 하는지 모르겠어요. 음료수 몇병 배달

시키면서 잔돈을 이만원이나 거슬러달라니."

거스름돈을 내주던 남자가 새삼 화가 난다는 듯 말했다. 잔돈이라니요? 가게도 아닌 아파트에서 잔돈을 거슬러달라는 게 이해가 안됐다.

"아, 이거 있잖습니까? 이거."

남자는 오른손으로 왼손 바닥을 파도치듯 철썩철썩 때렸다.

"가보면 젊은 여자들이 대낮부터 모여앉아서 고스톱 치고 있어요. 집안은 오소리 잡는 굴속처럼 해놓고…… 화투 치는 데 잔돈이 필요하니까 음료수 한병 배달시키면서 잔돈 심부름까지 시키는 거지요. 세상이 어찌되려고 그러는지……"

유통기한 지난 요구르트나 우유를 버젓이 진열해놓고, 시든 과일에 천연덕스럽게 높은 값을 매기는 남자는 세상을 개탄할 기회를 만나서 반가운 것 같았다.

세상을 개탄하고 싶어하는 사람은 도처에 깔려 있었다. 아니 아저씨, 택배 물건 맡았다 주시는 게 뭐가 그렇게 어려워요. 배달사원이 부탁해도 안 맡아줬다면서요? 경비실 앞에서 경비원에게 따져묻는 여자는 긴 생머리에 맑은 얼굴, 수수한 옷차림이었다. 아, 눈이 있으면 한번 봐요. 여기 어디 그런 거 맡아놓을 자리가 있나. 경비원은 거만하게 턱을 치켜 경비실 안쪽을 가리켰다. 경비실이 다른 아파트에 비해 지나치게 좁은 편이긴 했지만, 경비원의 불손함이 다른 데에서 연유한다는 것을 이제는 짐작할 수 있었다. 한두 번도 아니고, 살다 살다 이런 아파트 처음이야. 여자는 더 말할 가치도 없다는 듯 종알거리며 돌아섰다. 그러게, 한두 번도 아니고 안되면 안되는 거지, 낮게 이기죽거리던 경비원이 나를 보더니 미소를 지었다. 그 표변이 낯설었다.

"애기 엄마, 내려왔어요? 어디 나갔었나봐요. 이게 아까부터 와서 기다리는데. 어이구, 아가 아이스크림 먹어? 시원하겠다."

지인의 머리를 살갑게 쓴 경비원은 경비실에서 라면상자만 한 상자를 꺼내주었다. 유치원 간식당번을 하러 나간 사이에 택배회사에서 다녀간 모양이었다. 동해안의 어촌에서 사는, 미역이며 오징어 같은 건어물을 종종 보내주는 친구의 이름이 씌어 있었다.

"고맙습니다. 택배 올 줄 몰랐어요. 좁으셨을 텐데 죄송해요."

"아, 좁다고 그쯤 들여놓을 자리 없을라구, 괜찮아요. 우리가 아무 택배나 받아주는 건 아니라구요. 애기 엄마야 워낙 참하니까…… 애 키우는 것도 아니고 하는 일도 없이 펀들펀들 차 끌고 돌아다니느라 집 비우는 어떤 사람들 것까지 받아주진 못하지. 그러면서 누구더러……"

졸지에 참한 여자가 되어버렸지만, 참한 여자라면 시아버지뻘 되는 나이든 경비원이 말을 끝낼 때까지 참하게 듣고 있어야 하겠지만, 나는 바쁜 일이 있는 것처럼 돌아섰다. 조금 전의 그 여자와 동류 취급을 당하지 않은 게 다행이다 싶었다. 옛 연인과 재회해 갈등에 빠진 텔레비전 아침드라마의 주부를 보면 왠지 그런 드라마 하나 없는 내 생이 민둥민둥하게 느껴지지만, 나 또한 남편의 호주머니에서 발견한 단란주점 일회용 라이터에 분개하는 주부에 지나지 않았다. 하지만, 아이도 안 키우고 하는 일도 없어 보이는 그 여자가 차 끌고 나가서 펀들펀들 노는지 일을 하는지 아저씨가 어떻게 아느냐고 따지고 싶은 건 어쩔 수 없었다. 그랬다가는 내가 집을 비운 사이 우리집에 오는 택배가 찬밥 취급 받는 것은 물론이고, 자칫 우리 부부의 합법성까지 의심받을지도 몰랐다.

지인아, 희정이네 집에 왔는데, 차 마시러 내려올래? 소영엄마의 전화를 받고 내려갔을 때, 희정네 집엔 동네 여자들이 좌탁을 빙 둘러싸고 앉아 있었다. 오래된 식빵처럼 마르고 딱딱한 표정이 여느 때와 달라 보여 농담을 건넸다. 어째 청문회 분위기 같아요? 금세 그 말을 쓸어담고 싶어질 줄은 몰랐다.

"그러잖아도 그 비슷한 거 하는 중야. 희정아, 그동안 왜 그 여자하고 사귄다는 이야기 우리에게 안했어?"

"사귀긴요, 그냥 우리 희정이랑 희진이 워낙 예뻐해주니까 고맙고, 혼자 사니까 반찬 하면 좀 나누어주고, 그러다가 같이 차 마시고 그런 건데요. 그런 걸 얘기할 필요가 뭐 있어요."

"혼자는 무슨 혼자, 할 짓은 다 하는데. 찬우네도 그렇고 우리 아이들도 그렇고 다들 이 집에 드나드는데, 애들 있을 때도 그 여자가 오고 그랬을 거 아냐? 그래, 안 그래?"

소영엄마가 목소리를 착 깔며 다그쳤다.

"뭐, 그런 적도 있었겠죠. 근데 언니, 그게 뭐 무슨 문제예요?"

"희정엄마, 알고 보니 대단하네. 희정이랑 희진이 물들면 어떡하려고 그래? 지인엄마도 희정엄마가 그 여자들하고도 친하게 지내는 거 몰랐지? 그동안 우리랑은 한번도 안 마주쳤잖아. 어쩌면 그렇게 감쪽같이……"

문득 내 쪽을 돌아보며 단속한 소영엄마의 끝말이 바르르 떨렸다.

"언니, 말씀이 지나치신 거 아녜요? 제가 뭐 죄지었어요? 일부러 속이게."

"그럼, 애들 놀러 오는 집에 그런 여자들 들이는 게 잘한 거야? 애들이 뭘 보고 배우라고. 아무튼, 이렇게라도 알게 되었으니 망정이지. 어쩐지 우리 소영이가 요즘 부쩍 귀 뚫어달라고 난리더라니……"

소영엄마가 일어서자 다른 여자들도 미적미적 몸을 일으켰다. 채 인사도 못하고 앉은 채로 여자들이 나가는 걸 보는 희정엄마의 표정이 내겐 안면있었다.

막내시이모의 어린 아들과 다투던 지수가 꼬집어뜯는 바람에 생긴 사단이었다. 나이는 네살밖에 많지 않아도 네 아저씨다 아저씨. 어디 위아래도 몰라보고. 너도 아를 그렇게 본데없이 키우면 몬쓴데이. 본데없이,라는 막내시이모의 말에 울컥하면서 반사적으로 손이 올라갔다. 설거지하느라 끼고 있던 고무장갑을 벗지도 않은 채였다. 짝! 고무장갑에 묻어 있던 물이 지수의 뺨에 맺혀서 조르르 흘러내렸다. 지수가 입을 조금 벌리고 나를 똑바로 보았다. 자기에게 벌어진 이 부당한 일을 믿을 수 없다는 표정이었다. 지수는 울지 않았다. 껵껵, 지수의 가슴이 들먹이며 목에서 무언가 막히는 소리가 났을 뿐이다. 어떻게 이럴 수 있어? 그 어린것이 온몸으로 그렇게 말하고 있었다.

그때의 지수처럼, 희정엄마는 그냥 숨만 몰아쉬다 탁자에 엎드렸다. 할말이 떠오르지 않아서, 나는 그냥 희정엄마의 등에 손을 얹은 채 가만히 있었다. 희정엄마가 아무에게나 품을 여는 여자가 아니었더라면 오늘 모였던 여자들도 아이를 맡기지 못했을 것이다. 희정엄마가 누구와 사귀는지 물어본 사람도 없고 그럴 권리도 없었다. 머릿속으로 착착 정리하는 순간에도, 여자로 분장한 개그맨처럼 빨갛던 지수의 입술이 스치는 건 어쩔 수 없었다. 어느날, 안방에 들어가 문까지 잠갔던 지수는 빨갛게 뭉개진 입술로 나와, 립스틱이 지워질까봐 입술을 뾰족이 내밀고 물고기처럼 오물거리다가 선언했다. 난 찬우가 좋아.

열리지 않는 화장실 문과 식탁 위, 찬우가 앉았던 자리 앞에 놓인 컵을 번갈아 보던 지수는 마침내 결심한 듯 찬우가 마시던 잔을 들어 얼른 한모금 마셨다. 환타를 따른 잔에 찬우가 죠스바를 넣고 으깰 때는 으이고, 입귀를 아래로 실그러뜨리더니 그 맛이 영 궁금했던 모양이다. 제가 조제한 음료수를 마시다 말고 청바지 허리춤을 잡고 일어서며 화장실로 들어간 찬우는, 쉬가 아니라 응가를 하고도 남을 시간이 지났는데도 화장실에서 나오지 않았다. 찬우가 집에 온다며 지인과 함께 쓰는 방까지 치웠던 지수는 그만 식탁에서 일어나 화장실로 다가갔다.

"지수야, 가지 마."

지인이 말리는데도, 지수는 거침없었다. 화장실로 가서 문고리를 잡을 때까지는 거침없더니, 나름대로 조심스러운지 살그머니 문을 열었다. 찬우는 잘못 그려서 구겨버린 그림 같은 얼굴로, 변기 앞에 엉거주춤 서 있었다. 팬티는 올렸지만 바지는 무릎에 엉거주춤 걸친 채였다. 팬티 한쪽 빛깔이 유난히 짙었다. 사정을 알아차린 지수는, 이 사태를 처리하려면 어른이 나서야 한다고 판단했는지, 원래도 큰 목소리로 커다랗게 나를 불렀다.

"엄마, 찬우 오줌 쌌어요."

아니나다를까, 입가를 비죽이는 찬우는 눈자위가 벌써 발그족족해졌다. 여자친구네 와서 여자친구가 보는 앞에서 오줌을 지리다니, 자존심이 있는 대로 뭉개졌을 것이다.

"찬우야, 지수랑 노는 게 재미있어서 화장실 가는 게 늦었구나."

지수는 제 마음속에 떠오른 말은 입안에 가둬놓지 못하는 성미다. 일단 지수에게도 책임의 일부를 떠넘겨 지수의 입부터 막으면서 나는 몸으로 지수의 시선을 가렸다. 팬티를 채 벗기도 전에 오줌이 나온 모양이다. 오줌은 팬티의 오른쪽을 적시며 가랑이 사이로 흘러서, 내리던 바지 위쪽을 적셔놓고 양말까지 적셨다. 하긴 우리집에 오자마자 수박을 먹고 얼마 안 있어 환타를 마셨으니 오줌이 찼을 만도 했다. 헤어드라이어로 팬티를 말려보지만, 그 정도로는 수습이 안되었다. 아예 팬티까지 벗기고 지인이 입던 면 반바지를 입혔다. 제가 입던 빨간 반바지를 입은 채 비슬비슬 식탁 의자에 앉는 찬우가 안되어 보였는지 지인이 속삭였다.

"그거, 나 작아서 안 입는 바지야. 집에 입고 가도 돼."

그래도 찬우가 울상을 풀지 않자, 찬우야, 괜찮아. 아무한테도 말 안할게, 지인이 누나답게 다독였다. 남자친구의 뜻밖의 모습에 놀랐던 지수도 거들었다.

"나도 오줌 싼 적 있다. 다섯살 때."

제 불운에 푹 고개를 박고 있는 찬우를 끄집어내야 한다는 사명감에 불탄 나머지, 지수는 그게 남자친구 앞에서 부끄러운 발언이라는 것도 잊고 있었다. 지인이 한술 더 떴다.

"난 여섯살 때도 똥 싼 적 있다."

오줌 싸고 똥 싸는 게 뭐 자랑할 일이라고, 듣자하니 가관이었다. 자매의 적극적인 지원 덕분에, 찬우의 얼굴에 엷게 남아 있던 부끄러움이 말끔히 가셨다. 비로소 제 잔을 다시 끌어당길 용기를 낸 찬우가, 코를 박고 한모금 마신 음료수 잔을 내려놓으며 폭탄선언을 했다.

"난 지렁이도 먹어본 적 있다."

찬우의 폭탄선언에 자매는 압도되었다. 찬우는 목욕탕을 수습하고 나오는 나를 힐끗 보더니 켕기는지 슬그머니 토를 달았다. 우리 엄만 모른다.

"맛있어? 무슨 맛이야?"

지수가, 구역질이 난다는 듯한 표정으로 물었다. 단 한마디로 곤경에서 벗어남은 물론 기선을 제압한 사람답게 찬우는 의젓하게 말했다. 아무 맛도 아니야. 그새, 찬우는 부끄러움에서 벗어났고, 빨간 반바지를 입은 찬우와 아이들은 저희 방으로 몰려가 재잘대기 시작했다. 희정이네 전화해봐야지, 아이들이 들어간 방문을 닫아주며 든 생각이었다.

집안은 뭉그러진 벌집 꼴이었다. 그릇들을 개수대에 넣고, 베개며 방석을 제자리에 갖다두고, 어지러이 흩어진 음료수며 맥주병을 베란다의 상자 안에 차곡차곡 집어넣었다.

집들이날, 여름에 콘도고 어디고 갈 거 없이 너거 집에 와서 휴가 보내면 딱이다. 그래도 되쟈? 하고 말해서 내 가슴을 철렁하게 하고 간 시어머니 일행은 여름휴가를 동해안에서 보냈다. 그 대신 남편의 성화에 바쳐서 시어머니의 생신을 집에서 차려야 했다. 야가, 아비 복은 없어도 처복은 있어가꼬. 집을 나서며 큰시이모가 남편의 등을 쓸었다. 시댁식구들을 태운 차가 떠나자 남편은 우리 산책 가자, 아이들 손을 잡고 나를 바라보았다. 다녀들 오셔. 폭탄 맞은 것 같은 집 치울 일이 한짐이기도 했지만, 제 버릇 남 못 주고 어느새 슬금슬금 늦는 날이 많아져 한동안 안하던 산책을 권유하는 남편의 속이 빤히 들여다보여서라도 동행할 마음이 나지 않았다. 내가 갈 기색을 보이지 않자 남편은 아이들을 꼬드겼다. 니들 엄마하고 같이 가고 싶지? 엄마, 우리랑 같이 가요. 순진한 아이들이 팔에 매달렸지만, 나는 끄떡도 하지 않았다. 1박 2일 동안 제대로 쉬지도 못한 채 집을 콘도로 내주었는데 산책 정도로 꼬드기려고? 어림도 없는 일이었다.

세제를 풀어 부걱부걱 거품 이는 설거지통에 그릇을 쓸어넣고 힘주어 닦았다. 시어머니와 이모들에게 둘러싸여 헐겁게 허허거리던 남편에 대한 화풀이로 힘이 주어지는 것 같았다. 그게 남편의 결핍감에서 나온 태도라는 걸 알면서도, 어쩌면 그래서 더, 부아가 치밀었다. 방긋방긋 웃으며 시중드는 나 자신에게 내는 화였다. 화풀이하듯 그릇을 문질러대는데, 문득 오른쪽 볼에 시선이 느껴졌다. 누군가가 그런 나를 보고 있었다. 설마? 볼의 근육이 팽팽하게 땅기는 느낌이었다. 설마? 하면서 고개를 돌렸다. 가스레인지로 이어지는 가스관에 짙은 갈색 반점이 묻어 있었다. 엄마야! 들고 있던 접시를 설거지통에 빠뜨렸다. 아니나다를까, 반점, 아니 바퀴벌레가 저도 놀랐는지 쪼르르 천장 쪽으로 기어올라갔다. 이곳으로 이사와서 한번도 보지 못한 바퀴벌레였다. 어제, 전체소독이 있는 날인데 손님들이 와서 소독을 미루었더니 다른 집에 있던 바퀴벌레가 피신 온 모양이었다. 전체 소독에서 빠진 집을 위한 2차 소독은 보름쯤 뒤에나 있을 예정이었다. 그동안, 독한 소독약 냄새에 제 터전을 잃은 바퀴벌레들이 하수관을 타고 상대적으로 안락하게 느껴지는, 소독 안한 집으로 몰려들 것이다. 오물이 엉긴 하수관 안에서 맹렬히 더듬이를 움직일 바퀴벌레들이 떠올라 오싹했다. 신발장으로 뛰어가 비장해둔 바퀴벌레 분무약을 집어들었지만 이미 바퀴벌레는 눈앞에서 사라진 뒤였다. 씽크대 위쪽 찬장의 작은 틈새로 숨어든 것 같았다. 식탁 의자를 끌어다놓고 아무것도 안 보이는 좁은 틈새에 미친 듯이 뿌려댔다. 죽어라, 죽어. 느닷없이 돋아난 살의로 온몸이 후끈 달아올랐다. 분무약 코크를 누른 손가락이 뻣뻣해졌다. 바퀴벌레 일가족을 몰살시키고도 남았을 것이다. 틈새에 뿌려댄 분무약이 찬장 문짝에서 번실거리다 못해 주르륵 흘러내리는 걸 보고야 나는 의자에서 내렸다. 후, 한숨을 내쉬자 홀맺혔던 가슴이 조금 풀어지는 듯했다. 온몸의 세포마다 돋았던 살의가 조금 흩어지자, 스스로 어처구니없어졌다.

난들 바퀴벌레에 대한 두려움을 극복하고 싶지 않았을까. 인간은 왜 바퀴벌레를 무서워하는가,라는 주제로 논문이라도 쓸 수 있을 것 같았다. 해충이라서? 해충인 개미는 징그럽지 않았다. 개미보다 바퀴벌레가 훨씬 커서? 남편 앞에선 가끔 호들갑을 떨지만, 나는 쥐도 겁내지 않는 성품이었다. 생김새가 징그러워서? 바퀴벌레와 비슷하게 생긴 다른 곤충을 무섭다고 느낀 적은 없었다. 화두처럼 붙들고 늘어졌지만 아무리 생각해도 알 수 없었다. 왜 그렇게 무서운지 곰곰 생각해도 알 수 없게 되자 바퀴벌레가 더 무서워졌을 뿐이다.

어릴 적, 늦게까지 놀고 싶은 아이들은 해가 뉘엿뉘엿 질 무렵 멀리서 오는 거뭇한 그림자를 보면 망태할아버지를 떠올렸다. 지수만큼 어린 내가 어쩌다 떼를 쓰면 엄마는 문밖을 향해 말했다. 망태할아버지, 애 좀 잡아가요. 망태할아버지가 어떻게 생겼는지 본 적은 없었다. 그러나 그가 커다란 집게로 나를 집어내어 아주 낯설고 음침한 곳에 뚝 떨궈놓을 수 있다는 것만은 어렴풋이 알고 있었다. 무서운 꿈을 꾸고 난 뒤에는 꿈속의 등장인물이 망태할아버지라고 믿었다.

말 안 듣는 아이를 잡아가고 착한 아이에게 선물을 준다는 차이가 있을 뿐 망태할아버지가 싼타클로스와 다를 바 없는 존재라는 것을 깨달을 만큼 자란 뒤에도, 그 망태할아버지로 아이들을 위협할 만큼 나이가 든 뒤에도, 망태할아버지는 마음속에서 떠나가지 않았다. 바퀴벌레에 대한 두려움으로, 어쩌다 일행에서 몇발짝 떨어지기라도 하면 둔한 몸집에 어울리지 않는 재바름으로 따라잡는 시이모들의 굽은 등을 보며 텔레토비를 연상하는 내 마음으로, 아침마다 마주치는 아파트 여자들의 인사에 밴 정중함으로, 모습만 달리했을 뿐.

지인과 지수, 희정과 희진은 여전히 네 쌍둥이처럼 몰려다녔다. 희정네 집은 전처럼 북적이지 않았지만, 여자들은 어김없이 여덟시 반에 도착하는 유치원 버스를 기다리며 인사를 건네곤 했다. 희정이 머리핀 예쁘네. 그러면 똑같이 닮은 두 아이가 동시에 입을 열었다. 저 희진인데요. 제가 희정이에요. 희정엄마와 친하게 지내는 내게 아파트 안의 소식이 조금 늦게 들어온달 뿐 특별한 불편은 없었다.

저물면서 환해지는 하늘에 놀이 아름다웠다. 막 스러진 해는 서산 언저리에서 환한 빛살을 던지고, 점점이 뜬 양털 같은 구름은 붉은 기운에 감겨 은빛으로 빛났다. 저 풍경 어딘가에 시댁식구들이 달려가고, 저 풍경 어딘가에 내가 사랑하는 나의 아이들이 산책하고 있을 것이다. 그 아름다운 풍경 뒤편, 안락한 내 집 어딘가에 숨어 있을 바퀴벌레…… 어릴 적 부르던 노래가 문득 입가에 맴돌았다. 망태할아버지, 저기 오시네.

늑대가 나타났다

그 시절, 내가 살던 마을 근처엔 늑대들이 득시글거렸다. 장날마다 오는 뻥튀기장수의 기구 속에서 점점 높아지는 온도를 감지하며 펑, 하고 튀어나갈 순간만 기다리는 쌀알 같은 아이들 앞에서, 어른들은 기구에 열과 압력을 가하며 활활 타오르는 장작불이 든 깡통을 싹 치워버리는 말을 서슴지 않았다. 세상이 얼마나 무서운 곳인지 아냐? 어른들이 가지 말라는 곳에 갔다간 단박에 늑대에게 잡혀갈 거다.

늑대가 좋아하는 것은 아이들과 여자들이었다. 술이며 담배에 절어 퀴퀴한 냄새를 풍기는 어른 남자들은 늑대의 입맛에 맞지 않나보았다. 마을 안팎을 마음대로 드나들 수 있는 어른 남자들은 아이들과 여자들이 안전하게 다닐 수 있는 곳에 말로 울타리를 쳤다.

마을을 남북으로 가로지르는 좁다란 도로 양편의 가게들과 그 뒤편의 자그마한 시장은 늑대가 냄새도 맡기 싫어하는 어른 남자들이 붐

222

비니까 괜찮았다. 북쪽으로는 죽 벋어나간 길이 철도역과 교차하는 지점까지, 남쪽은 개망초며 명아주가 지천인 냇둑까지. 서쪽으로는 철길 건널목 있는 곳까지. 누군가가 마을 쪽이 아닌 냇물 쪽을 향해 주춤거리며 냇둑을 내려간다거나 철로변 건널목에서 땡땡거리는 차단기가 올라가기를 기다리다 어른들의 눈에 띄었다가는, 군사분계선을 무단히 넘으려던 이등병으로 간주되어 기총소사 같은 잔소리에 너덜나게 마련이었다. 철길 건너편의 빨간불이 켜진 골목 안은 여자의 품안에서 허물을 벗고 싶은 마을 청년들이 스며드는 곳이었다. 그럼 동쪽은? 늑대와 너나들이하는 사이이자, 나처럼 호기심 많고 부모님 말씀 잘 잊는 어린이가 지나가기를 기다렸다가 배를 쩍 가르고 김이 모락모락 나는 날간을 씹어먹는다는 문둥이들이 무리지어 사는 뒷산이 떡하니 버티고 있었다.

늑대는 여우 못지않게 둔갑에 능하니까, 울타리 안쪽이라고 해도 마음을 놓을 수는 없었다. 철컥철컥 쇠가위 소리를 내는 엿장수도 의심스러웠다. 손수레의 엿목판 아래, 낡은 헝겊으로 재갈 물린 아이가 고물더미에 덮인 채 욱욱거리고 있을지도 몰랐다. 고깔모자에 쩍 벌어진 입으로 웃는 삐에로를 앞세우고 풍악을 울리는 써커스단도 늑대 감별사의 눈길을 바쁘게 했다. 써커스단이 공연을 마치고 떠나간 뒤 삼베 바지에 방귀 새듯 소리소문도 없이 사라진 아이 이야기는, 그 아이의 머리카락이 희어지고도 남을 만큼 세월이 흐른 뒤에도 어제 일인 양 전해졌다. 그러니 늑대가 특별히 입맛을 다시는 아이들에게 허락된 곳은 좁디좁은 집안 아니면 마을의 집들 사이에 옹색하게 끼여 있는 공터뿐이었다.

마당 너른 집 한채가 들어설 만한 공터는 아이들의 뜀박질로 다져져, 모래를 조금밖에 섞지 않은 콘크리트로 마감한 것처럼 연한 잿빛으로 반들거렸다. 아이들은 학교에서 돌아오자마자 책가방을 던져두고 공터로 쏟아져나왔다. 이따금, 자치기하던 남자애의 나무토막이 날아와 고무줄놀이하는 여자애의 머리를 치거나, 데설궂은 남자애들이 구슬치기하겠다며 하필 여자애들이 차지한 자리를 탐내는 바람에 싸움이 벌어지기도 했다. 남자와 여자로 패를 가른 아이들의 싸움은, 공터 구석에서 슬그머니 틈을 보던 늑대라도 물러서야 할 만큼 왁자했다.

저 산 저 멀리 저 언덕에는 무슨 꽃들이 피어 있을까. 해가 지면 밤이 오면 꽃은 외로워 울지 않을까.

치맛자락을 돌돌 말아 팬티 가랑이 고무줄에 끼워넣은 여자애들이 가랑이 사이로 공을 퉁겨올리며 부르는 노래는 이내처럼 공터에 번졌다. 통통 튀는 공과 겉도는 구슬픈 기색의 노래. 수챗가에 쪼그리고 앉아 눈물 흘리기 직전의 마음처럼 멍든 빛깔인 달개비꽃을 뜯다가도, 그 노래만 들으면 내 안에서 무언가가 슬금슬금 기지개를 켰다. 고치에서 벗어나 막 날아오르려는 어린 나비가 조심스럽게 날개 펴는 동작 같기도 하고, 어미 품안에서 폭 잠들었다가 깨어나는 아기늑대의 꿈질거림 같기도 한 무엇이. 그 스멀거림의 정체를 알 길 없어 푸르스름한 이내가 번져오는 공터 입구를 멍하니 바라보는 내게, 나비와 같이 훨훨 날아서 나는 갈 테야, 에이야호! 느낌표를 세 개쯤 찍은 것처럼 결연하게 끝나는 노래가 다그쳤다. 애야, 마을 바깥엔 널 기다리는 것들이 많단다. 넌 대체 언제쯤 떠날 거냐?

낮 동안 숨어 있던 늑대들이 앞발을 쭉 뻗치고 엉덩이를 치켜올리며 기지개를 켜고 있을 시각이었다. 어스름녘이면 털 빛깔까지 바꾼 늑대가 땅거미에 묻어들어와 공터에서 어슬렁거린다는 것을 누구나 알고 있었다. 밤이 되면 안전한 곳은 집뿐이었다. 그런데 늑대가 조화를 부리는 것인지, 내가 여기 아닌 다른 곳에 있어야 할 듯한 기분이 짙어지는 것도 그 무렵이었다. 어딘가에 집을 두고 멀리 떠나와 있는 듯 막연한 그리움에 사로잡혀 공터로 들어오는 길에 내리덮이는 이내를 오래 바라보게 되었다. 그럴 때면, 신발 속에서 꼼질거리는 발가락, 바람기로 들썩이는 작은 엉덩이를 보기라도 한 듯, 담장을 넘은 목소리가 목덜미를 낚아챘다. 아무개야, 저녁 먹어라.

식구들이 빙 둘러앉은 두레반상에서 내 몫의 숟가락과 젓가락이 놓인 자리에 끼여앉으면, 어제와 다르지 않고 일년 전의 어제와도 다르지 않은 하루가 저물었다는 헛헛함이 어깨를 쓸어내렸다.

우어허엉…… 우어헝……

흐린 불빛 아래 묵묵히 수저질을 하던 식구들의 동작이 잠깐 멈췄다.

또 시작이다, 저 미친년!

말을 입에 담아둘 줄 모르는 식구 가운데 하나가 툭 뱉었다. 그 바람에, 침으로 삭던 밥풀 하나가 톡 튀어나와 보시기의 김치에 올라앉았다. 엄마가 나무랐다. 그런 소리 하면 못써.

저러니 부모 속이 오죽할까. 멋쟁이 엄마 얼굴이 반쪽이 됐더라고요.

그러게 말만 한 게 겁도 없이 어딜 나가. 교복 벗었다고 쥐 잡아먹은 입술 하고 다닐 때부터 알조더라니.

숟가락을 상에 탁 내려놓으며, 아버지는 말만 하고 망아지만 한 형제들을 짯짯한 눈길로 둘러보았다. 기름기로 번질거리는 형제들의 입술에서 아버지가 쥐 잡아먹은 흔적을 발견할까봐, 어린 노새 같은 내

가슴은 두근거렸다. 멋쟁이, 아니 영희언니를 내가 좋아한다는 것을 알면, 아버지는 거스러미 인 내 입술에서도 쥐 잡아먹은 흔적을 발견할지도 몰랐다.

'멋쟁이'로 불리던 건넛집 영희언니는 그 시절 잡지에 나오는 영화배우들처럼 옷장 문을 절반쯤 열고 그 곁에 기대서서 사진을 찍었다. 죽 걸린 옷 옆에서 교태롭게 웃는 사진만 남기고 스며들었던 안개가 걷히듯 슬그머니 마을을 빠져나갔던 멋쟁이는 몇달 뒤, 탑에 갇힌 공주처럼 저녁마다 공들여 빗던 머리채 잡힌 채 질질 끌려서 공터를 가로질렀다. 공터 귀퉁이에 강아지털처럼 뭉쳤던 머리카락이 그날 뽑힌 머리카락인지 아니면 집에 들어서자마자 깎였다는 머리카락인지는 아무도 몰랐다. 방에 갇혀버린 멋쟁이가 하늘가 물들였던 놀이 스러지고 어둠이 깔릴 무렵마다 으어헝 내지르는 외침이 놀빛을 더 처절하게 할 뿐이었다. 멋쟁이의 외침은, 흡혈귀에게 물리면 흡혈귀가 되는 것처럼 늑대에게 물려가면 늑대 비스름한 게 되어버린다는 교훈을 주었다. 통금 싸이렌처럼 규칙적인 그 외침을 들을 때면, 작은 감만 하던 내 심장이 문득 너무 오래 말린 곶감처럼 오그라드는 것만 보아도 그랬다.

식구 중의 하나가 멀리 떠나간다면, 아버지는 이 빠진 그릇이 상에 놓인 것을 보았을 때보다 더 화를 내리라. 엄마의 가슴은 마침내 숯검정이 되어버리겠지. 지레 어둑해지는 마음에 어둠별 하나 가까스로 돋웠다. 나중에, 세상을 다 둘러보고 돌아와, 늑대털로 만든 목도리를 엄마의 야윈 어깨에 둘러드리며 엄마가 보지 못한 먼 세상 이야기를 들려드릴 거야. 그러면 숯검정이 된 엄마의 가슴도 다시 발갛게 불이 살아나겠지. 수저질을 하며 상상 속에서 달려나가던 나는 그만 돌부리에 발이 차인다. 세상을 채 돌아보기도 전에 멋쟁이처럼 머리채 휘어잡혀 돌아온다면?

아버지의 호통과 매, 엄마의 진득한 눈물, 그리고 저마다 한두 마디씩 던져올 형제들. 말이 한두 마디지, 여섯이나 되는 형제들이 입을 연다면, 백조들 틈에 끼인 미운 오리 새끼 신세 되는 건 잠깐일 것이다. 골목 안에서 마주치는 마을 사람들이라고 그냥 있겠는가. 그러면 안된다는 훈계, 도대체 어쩔 심산이었느냐는 호기심, 왜 떠나면 안되는가를 조목조목 일러주는 자상함으로 저마다 입에서 침을 튀길 것이다. 동네 사람의 등에 업힌 아이마저, 그런 분위기에 편승해서 떼치, 하며 손을 휘저을 것이다. 머릿속에서 김이 모락모락 나는 것 같았다. 이러다 평생 마을 바깥으로 못 나가볼지도 모른다는 생각에 목이 메어와, 나는 급히 김칫국 국물을 떠넣었다.

마을을 지나가는 차들은 국도와 지방도로가 교차하는 사거리를 꼭 거쳐야 했다. 먼데서 와서 멀리로 가는 차들은 볕과 바람, 그리고 길에서 피어오른 먼지에 빛깔이 삭아 고단해 보였다. '푸른 언덕'이라는 지명을 적은 작은 표지판 아래엔 화살표가 수직으로 내리꽂혀서, 먼 곳에서 온 사람들은 그 앞에서 고개를 갸웃거리며 사방으로 난 길을 기웃거렸다. 그게 '되돌아가시오'라는 뜻임을 알 리 없었다. 그곳을 넘어서면 냇둑이 나오므로, 나는 그 경계를 넘어서지 못한 채 공연히 서성이고 있었다.

너, 여기서 뭐 하니?

매캐한 먼지가 콧구멍을 간질여 에, 에, 숨을 몰아쉬는데 누군가의 목소리가 어깨를 쳤다. 에에취. 같은 반 아이였다. 마을 바깥, 늑대가 득시글거리고 여우가 둔갑하는 고개를 지나, 물에 빠져죽은 귀신들이 지나가는 사람의 발목을 잡아 물속으로 끌고 들어간다는 저수지 너머에서 사는 아이들 가운데 하나였다. 그곳에서 사는 아이들은 혼자 다니지 않고 꼭 떼를 지어 몰려다녔다. 하기야 그 모든 위험을 무릅쓰려면 혼자 다녀서는 안될 것이었다. 옷차림새만 보아도 마을 바깥에서 온 아이라는 것을 알 수 있는 아이 몇이 그애 뒤편에 서 있었다. 장날이면 나물 몇가지며 곡식 몇줌을 장바닥에 펼쳐놓고 퍼질러앉아 하루를 보내는 엄마나 할머니 곁에서 알짱거리는 아이들이었다. 그러고 보니 그애들은 장마당 쪽에서 오고 있었다.

학교는 마을 가장자리에 있어서, 아침이면 마을 쪽에서 걸어나간 아이들과 마을 밖에서 들어온 아이들은 양갈래에서 흘러든 물이 합치듯 교문 앞에서 마주쳤다. 들과 숲과 산과 물가를 지나는 동안 그애들의 몸에 배어든 늑대냄새 때문인지 마을 안 아이들은 그애들과 잘 어울리지 않았다. 하지만 나는 색총이며 크레파스 같은 준비물을 그애들에게 자주 빌려주었다. 늑대도 어쩌지 못한 용감한 아이들 아닌가. 그애들은 내게 다가와 공책을 펼쳐놓고 그 위에 고소한 보릿가루를 쏟아줌으로써 답례하기도 했다.

우리 어린이해수욕장에 멱감으러 간다. 너도 같이 갈래?

내 귀가 낯선 기척을 느낀 늑대 귀처럼 쫑긋 섰다. 냇물을 죽 거슬러올라간 곳에 있는 어린이해수욕장 이야기는 들은 적이 있었다. 냇물의 수심이 다른 곳보다 얕아 아이들이 놀 수 있는 곳이라 그런 이름이 붙었다. 냇물? 그것도 마을 바깥? 그러나 쫑긋 선 내 귀는 수그러들지 않았다.

물에 씻기고 볕에 달궈진 돌들은 희고 매끈하게 빛났다. 벗은 치마며 윗도리는 아이들이 하는 대로 바람에 날아가지 않게 돌로 눌러놓았다. 돌에 눌리지 않은 치마 끝자락이 잠깐 분 바람에 나부꼈다. 물에서 나오면 치마만 입고 젖은 팬티를 꼭 짜서 달궈진 돌 위에 펼쳐놓으면 금방 마른다고 했다. 늑대 따위 겁내지 않고 마을 안팎을 드나드는 아이들답게, 그 아이들의 몸은 볕에 단단하게 그을어 있었다.

따끈따끈한 돌을 밟으며 조심스럽게 발을 집어넣었다. 물은 미적지근했다. 그러나 발목에서 정강이가 잠기는 곳으로, 정강이에서 허리가 잠기는 곳으로 들어가자 물속에서는 차가운 기운이 뻗쳐왔다. 겁먹은 내 손을 잡고 아이들은 점점 더 깊은 곳으로 이끌었다. 부력이 몸을 밀어올리는 게 느껴졌다. 동그랗게 원을 그린 아이들은 입을 모아 노래를 불렀다. 너하고 나하고 강물에 빠져 죽자. 노래 가사가 무서웠다. 아이들은 손으로 코를 쥐고 일제히 몸을 젖혀 물에 몸을 던졌다. 물 위에 뜬 아이들의 발이 물장구쳤다. 아이들이 하는 걸 보면서 나도 어설피 몸을 젖혔다. 발이 뜨는 게 아니라 머리부터 꼬르륵 잠겼다. 입으로 코로 들어오는 물 때문에 코가 맵고 숨이 막혔다. 이제껏 느껴지던 부력은 내가 몸을 던지는 순간 낯을 바꿔 자꾸만 몸을 내리눌렀다. 기껏 가슴팍에 닿는 물에서 나는 허우적거렸다. 겨우 몸을 가누며 발을 딛는 순간, 소름이 발바닥을 타고 머리끝까지 뻗쳤다. 늑대다! 늑대가 그 날카로운 이로 덥석 문 것 같았다.

거 봐라, 부모님 말씀 안 들으니까 이러지. 늑대한테 물려가면 어떻게 되는 줄 아니? 늑대는 사람을 물어다 달랑 머리통만 남겨놓고 아작아작 씹어먹는단다.

늑대처럼 허연 이빨을 드러내며 바늘을 놀리는 의사는 부모 말 안 듣는 아이의 두 발을 맞붙여 꿰매놓고 싶어하는 것 같았다. 유리병조각에 베여 쩍 벌어진 발바닥을 꿰매는 바늘이 드나들 때마다 소름이 새삼 등줄기를 훑었다. 의사는 가위로 실을 끊어내더니 내 머리통을 손바닥으로 톡 쳤다. 손등에 털이 숭얼숭얼한 의사의 손이야말로 늑대의 앞발 같았다.

앙감질은 불편했지만, 너른 냇가에서 하얗게 빛나던 자갈들이며 벗은 몸 위로 쏟아지던 햇살에 땀구멍이 열리던 느낌, 그 위를 간질이듯 스치던 바람, 어디라도 갈 수 있을 것같이 가볍던 맨발의 기억은 쉬 지워지지 않았다. 춤추는 빨간 구두를 신은 것처럼 발이 옴찔거릴 때면 나는 다락으로 기어올라 모로 웅크린 두 다리 사이에 손을 집어넣고 날개 접은 나비처럼 길고긴 낮잠을 잤다. 안 그랬다가는 빨간 구두를 벗겨내기 위해 발목 잘리는 일이 벌어질지도 몰랐으니까. 철컥철컥, 길을 지나는 엿장수의 가위소리를 잠결에 들으면 아물던 발바닥에 찌르르, 통증이 살아났다. 늑대떼에게 쫓기다 벼랑에서 떨어지는 꿈을 꾸며 아아아, 발을 경련하듯 뻗치기도 했다. 아침저녁으로 바람이 소슬해지자 옷장을 정리하던 엄마는 지난해 입었던 치마를 내 몸에 대보다가 고개를 갸웃거렸다.

그새 키가 많이 컸구나. 단을 더 내어야겠다.

키가 자란 만큼 머리도 영글었다. 나는 돼지저금통의 동전 넣는 곳에 드라이버를 끼워넣어 동전을 뱉게 하는 기술을 익혔다. 만화가게는 어른들이 말한 담장 안에 있었지만, 둔갑한 늑대가 자주 나타나는 곳, 가서는 안될 곳이었다. 그러나 그곳엔, 살금살금 다가온 늑대에게 발목 하나를 내주고라도 단념할 수 없는 세상이 있었다. 그 세상으로 가기 위해 때로는 옷걸이에 걸린 어른들의 호주머니를 뒤지기도 했다. 늑대 먹이로 던져진대도 할말 없는 죄였다.

늑대에게 먹히기는커녕 발바리에게 발뒤꿈치도 물리지 않은 채 침침해진 눈으로 만화가게를 나올 때면, 물먹은 듯, 어느결에 스며든 그리움에 가슴이 에였다. 하염없이 쓸려나가는 물을 오랫동안 지켜본 뒤끝처럼 멀미기가 일어, 만화가게에 들어설 때만 해도 아기늑대 한 마리쯤은 두들겨 잡을 수 있을 듯 오달지던 걸음이 타달거렸다. 어쩐지 저 산 너머엔 어스름녘의 서먹한 기운 속에 외로움에 떠는 무언가가 나를 기다리고 있을 것 같았다. 한껏 부풀린 치맛자락을 한손에 쥔 채 춤추는 여인들의 나라, 혹은 사람이 되었다 목탁이 되었다 하는 아이가 데구루루 구르고 있을지도 몰랐다. 어쩌면, 저 바깥엔, 늑대만 우글거리는 게 아닐지도 몰라. 어른들이 늑대만 보느라 놓친 것들이 있을지도 몰라. 늑대가 있다면 늑대의 먹이인 몽실몽실한 양도 있을 테고, 악마가 있다면 악마 뒤를 따라다니며 나쁜 짓 하려는 악마들의 팔을 붙잡기에 바쁜 천사들도 있을 거야. 두려움과 호기심이 내 양팔을 잡아당겼다. 나는 날 잡아당기는 그것들을 뿌리치듯 팔짝 뛰어보았다. 다 나은 발이 미더웠다.

그날, 내가 두려움에게 잡힌 팔을 어떻게 떨쳐냈는지는 잘 기억나지 않는다. 어쩌면, 이렇게 팽팽히 당긴 채 옴짝달싹못하고 있을 바엔 나를 반으로 쭉 찢어서 나눠갖자고 호기심이 꼬드겼는지도 몰랐다. 두려움이 그럴까, 하고 잠깐 생각하느라 한눈판 사이에 휙 떨어져나왔는지도 모르고. 호기심에게 질질 끌려가는 아이치고는 주도면밀하게 나는 짐을 꾸렸다. 바깥세상에서 보고 들은 것을 적을 공책과 필통, 필통 안에 무기가 될 수도 있는 칼을 챙겨넣는 것도 잊지 않았다. 그리고 벽에 걸린 옷에서 집어낸 돈과 돼지저금통을 턴 돈, 언젠가는 숙녀가 될 꼬마답게 손수건도 챙겨넣고 마을을 벗어났다.

내를 가로지른 다리 앞에서 문득 뒤돌아보았다. 고개를 돌리다 사선으로 비낀 내 그림자에 철렁 놀랐다. 하오의 햇살에 하얗게 부서지는 냇물을 보는 순간, 다시 철렁했다. 지금이라도 돌아갈 수 있었다. 아무 일 없었던 듯, 그저 늘 다니던 곳에 잠깐 나갔다 왔을 뿐이라는 듯 집으로 들어가 여느 때와 다름없는 나날을 보낼 수도 있었다. 나는 입술을 깨물며 다리로 올라섰다. 걷는 사람도 자전거를 타고 가는 사람도 모두 요놈, 하는 눈으로 나만 바라보는 것 같았다.

두려움을 밟고 걷는 길은 엿가락처럼 하염없이 늘어났다. 간간 지나가는 차가 끼얹는 먼지에 시달린 입과 눈이 텁텁했다. 다음에 또 먼 길을 떠날 땐 물통을 챙겨야겠다고 결심했다. 길 위에 더러 보이던 사람들도 다들 집으로 돌아간 모양이었다. 그 집들은 다 어디에 있을까. 눈에 보이는 것이라고는 막막한 벌판뿐이었다. 그나마 동무가 되어주던 그림자도 어스름 속으로 스며들고, 어느새 바람이 선득선득하게 느껴졌다. 어둑한 형체로 서 있는 가로수 뒤편마다 누군가가 숨어 있는 것만 같았다. 날이 어두워지는데도 혼자 길바닥에서 헤매는 아이가 나타나기만을 기다리는 무엇인가가.

종아리에 알이 밴 것처럼 당겼다. 발이 운동화 속에서 부풀어올라 꽉 끼였다. 나는 길섶에 쪼그리고 앉아 신발을 벗었다. 유난히 작은 발이 왠지 미덥지 않아 보였다. 운동회날 달리기를 할 때면 가슴이 터져라 달려도 늘 꼴등으로 들어오게 하던 발이었다. 발이 좀더 커진 다음에 떠나는 게 낫지 않았을까. 이미 마을은 까마득히 멀어져, 되돌아가기에도 늦어버렸다.

저만큼 앞에서 작은 점 같은 게 나타나더니 점점 커졌다. 자전거를 탄 어른 남자였다. 내 곁을 지나치던 자전거가 끼익 소리를 내며 섰다. 나는 벌떡 일어섰다. 가슴이 덜컥했다. 이럴 줄 알았어. 이제 다시는 집에 못 돌아갈 거야. 철렁한 가슴속에서 누군가가 종알거렸다. 다리의 힘이 풀려 주저앉을 것만 같았다.

아니, 네가 여기 웬일이냐?

자전거를 끌고 다가온 그가 나를 내려다보며 물었다. 하관이 뾰족한 얼굴이 바싹 다가들었다.

너 모퉁이집 막내딸 맞지? 아저씨 몰라? 병태아저씨야.

그가 '병태아저씨'라고 바로 밝히지 않았더라면, 나는 어스름에 묻혀 윤곽이 흐리마리한 그를 바라보다 얼결에 대답했을지도 몰랐다. '처제하고 사는 이' 아저씨!

마을엔 늑대에게 물려갔다 돌아와 늑대 비스름해진 멋쟁이 같은 사람들말고, 역시 피해야 할 변종 늑대도 있었다. 내 앞에 바싹 얼굴을 들이댄, 내게는 먼친척뻘인 병태아저씨가 그 표본이었다. 올망졸망한 아이들 넷을 두고 그의 아내가 병으로 죽자, 거지들이 혀를 차고 지나가게 생긴 아이들 꼴을 보다 못한 아이들 이모가 그의 집으로 와서 조카들을 돌봤다. 그러다 아이들의 아버지까지 덤으로 돌보면서, 병태아저씨는 이름을 잃고 그 대신 '처제하고 사는 이'라는, 늑대 꼬리처럼 기다란 별명을 얻었다. 늘 달고 다니기엔 지나치게 무거울 그 꼬리와 무게중심을 잡느라 그러는지, 그는 마을 안에서는 언제나 고개를 숙이고 다녔다. 그가 무슨 일로 찾아오면, 아버지는 그를 마루에도 앉히지 않고 선 채로 용건을 말하게 했다. 그것도 대문간에서. 그를 안으로 들였다가는 그가 있던 자리에 늑대털이 날릴 것처럼. 그가 늘 입던 밤색 점퍼가 아니었더라면 그를 알아보지도 못했을 것이다.

네가 이 먼데까지 웬일이냐. 그것도 혼자.

눈물이 글썽 맺혔지만, 그가 '이 먼데까지'라고 한 것을 놓칠 정도로 설운 것은 아니었다. '이 먼데'까지 늑대에게 잡혀가지 않고 와봤으니, 집으로 돌아가도 될 만한 자격이 있는 것처럼 느껴졌다. 마을에 있을 땐 다른 데를 그리워하게 만들던 어스름이 짙어졌다. 마을 밖의 어스름은 매몰차게 떠나온 마을과 집을 그리워하게 만들었다. 그는 더 묻지 않고 나를 담쏙 안아올려서 자전거 짐받이에 앉히고 내 가방을 자전거 앞의 손잡이에 걸었다.

아저씨가 집에 데려다주마. 아저씨 등 꼭 붙들어야 한다.

우물에 빠졌다가 동아줄을 잡은 심정이었지만, 그 동아줄이 썩은 동아줄인지 아닌지 알 수 없었다. 나는 그의 등을 붙들지 않고 그가 앉은 자리와 짐칸 사이에 튀어나온 쇠고리를 잡았다.

아저씨 못 만났으면 어쩔 뻔했냐. 아이 혼자 돌아다니다간 큰일난다.

그가 고개를 살짝 뒤로 돌리며 말했다. 늑대와 친척인 그가 늑대 이야기를 하는 게 신기했다. 어쩌면, 마을 어른들이 그를 잘못 본 것인지도 모른다는 생각이 들었다. 어스름녘, 들판을 혼자 걸어가는 아이에게 말을 걸어준 사람은 마을 안에서 늑대 취급을 받던 그뿐이었다. 먹빛으로 더 짙어진 가로수들이 이제 무섭지 않았다. 나는 슬그머니 그의 허리춤을 잡으며 그의 등에 몸을 기댔다. 그의 몸에선지 아니면 저녁공기에선지, 비 맞은 개에게서 나는 축축한 냄새가 맡아졌다. 한번도 본 적 없지만, 그게 늑대냄새인지도 몰랐다. 어느새 나도 어린 늑대가 된 것일까. 그 냄새를 맡자 눈꺼풀이 자꾸만 감겨왔다. 자울자울 졸았다. 걸을 땐 그토록 먼 길이었는데, 자전거로 오니 금세 마을이었다. 마을 어귀에서 어슬렁거리던 동물이 자전거를 보고 컹, 짖었다. 늑대인지 개인지 구분할 수 없었다. 아저씨가 있으니 어느 쪽이라 해도 무섭지 않았다. 뜬금없이, 아저씨도 아이들 엄마가 세상을 떠났을 때 무서웠을지 모른다는, 아이들의 이모가 집에 왔을 때 지금의 나처럼 든든했을지도 모른다는 생각이 졸음기 덜 깬 머릿속에서 흐느적거렸다.

집집마다 밝힌 불빛이 마을을 덮은 어둠에 무늬를 놓았다. 몽롱하던 머릿속이 개면서 두려움이 송곳니처럼 뾰족하게 돋아났다. 늑대들이 득시글거리는 곳에서 안전한 곳으로 돌아오는데 왜 이리 가슴이 두근거리는 것일까. 허연 이빨을 드러낸 무언가가 집에서 나를 기다릴 것만 같았다.

걱정하지 마라. 아저씨가 아버지께 잘 말씀드려줄 테니.

그는 등으로 내 마음을 들여다보는 것 같았다. 늑대들로부터 나를 구해냈어도, 마을 사람들은 여전히 그를 늑대의 사촌쯤으로 볼 것이다. 오늘만은 아버지가 아저씨더러 방으로 들어오라고 했으면 좋겠다, 하고 생각하자 문득 코끝이 찡해지고 목이 싸해졌다.

자전거가 공터 어귀로 들어설 때, 우어허엉, 멋쟁이의 울부짖음이 어둑한 허공을 울리며 나를 맞았다. 으허엉, 내 몸에서 알지 못할 소리가 울려나오는 듯했다. 아무래도 어둠이 나를 늑대로 바꿔치기한 것만 같아서, 내가 나 아닌 아기늑대인 것 같아서, 나는 눈을 흡떴다.

사람들 사이에 섬이 있다

황도경

1. 경계 넘기, 혹은 늑대의 발견

늑대 이야기로 시작해보자. 「늑대가 나타났다」에는 그야말로 늑대들이 득시글거린다. 사람을 물어다가 달랑 머리통만 남겨놓고 아작아작 씹어먹는다는 늑대들로부터 아이들과 여자들을 보호하기 위해 어른들은 안전하게 다닐 수 있는 곳에 말로 울타리를 친다. 철도역이 교차하는 곳까지, 개망초며 명아주가 지천인 냇둑까지, 혹은 철길 건널목이 있는 곳까지. 그 울타리 바깥에는 늑대들과 문둥이들 그리고 위험하고도 무서운 세상의 온갖 것들이 주인공처럼 호기심 많고 부모님 말씀 잘 잊는 어린이가 지나가기를 호시탐탐 기다리고 있다. 아이들에게 그 울타리는 넘어서지 말아야 할 경계와 금지의 선이다. 그 금을 밟으면, 그 선을 넘으면, 군사분계선을 넘으려던 이등병처럼 위험과 징벌을 감수해야 한다. 마을을 빠져나갔다 끌려와 머리카락이 깎인 채 방에 갇혀 있는 영희언니는 아이들에게 그 금지선을 넘어가면 어떤 징벌이 내려지는지를 환기시키는 인물이다. 안전과 평화는 말 잘 듣는 착한 아이에게 주는 상처럼 금 안에서만 보장된다. 하지만 아이의 몸이 자라고 머리가 커지면 늑대들의 울음소리는 더 크게 들려오는 법. 주목할 점은 그 늑대들의 울음소리가 저 바깥세상에서가 아니라 우리들의 안에서 들려온다는 것이니, 고무줄놀이를 하면서 부르는 구슬픈 기색의 노래에 "아기늑대의 꿈질거림 같기도 한 그 무엇이" 자기 안에서 "슬금슬금 기지개를 켰다"고, 그리고 그 노래가 "마을 바깥엔 널 기다리는 것들이 많단다. 넌 언제쯤 떠날 거냐?"라고 다그쳤다는 것은, 이미 그 늑대가 저 바깥세상이 아니라 우리 안에서 자라나는 것임을 시사한다. 요컨대 늑대는 '내' 안에 있다는 것이니, 성장한다는 것은 그리고 어른이 된다는 것은 어쩌면 이 자기 안의 늑대를 발견해가는 과정이라 할 수 있을지도 모른다. 여기가 아닌 다른 곳에 있어야 할 것 같은 기분, 어딘가에 집을 두고 멀리 떠나와 있는 듯한 막연한 그리움, 저 산 저 멀리 저 언덕에 피어 있는 꽃들이 감당하고 있을 외로움에 덩달아 마음에 드는 멍, 늑대는 아이로 하여금 이런 삶의 외로움과 쓸쓸함, 그리움에 눈뜨게 하면서 다가오기 때문이다. 우리는 이 늑대의 울음소리에 이끌려 저 먼 세계에 대한 갈망과 기대로 그리고 호기심과 두려움으로 울타리를 넘는다.

　하지만 앞서 언급했듯이 이 늑대와의 만남은 원천적으로 금기시되어 있고, 이를 어길 때는 항시 징벌이 따른다. 막연한 그리움과 일탈의 기운에 젖어 있을 때면 "신발 속에서 꼼지락거리는 발가락, 바람기로 들썩이는 작은 엉덩이를 보기라도 한 듯" 저녁 먹으라는 엄마의 목소리가 '내' 목덜미를 낚아채고, 밥상 앞에 앉아 멀리 세상을 다 둘러보고 돌아와 늑대털로 만든 목도리를 엄마에게 둘러드리는 상상을 할 때에도 "상상 속에서 달려나가던 나는 그만 돌부리에 발이 차인다." 그런가 하면 늑대처럼 떼를 지어 몰려다니고 몸에선 늑대냄새가 배어나오는 마을 바깥 저수지 너머에 사는 아이를 따라 어린이해수욕장에 간 '나'는 유리병조각에 발을 베이고, "부모님 말씀 안 들으니까 이러지"라는 의사의 말을 들으며 발바닥을 꿰맨다. 이때 '발'은 바깥 세상으로의 출분을 감행케 하며 '나'를 늑대에게로 이끌어가는 일탈의 원동력이다. 여기가 아닌 저 먼 바깥세상으로 호기심과 그리움이 이끄는 대로 훨훨 날아가게 할 날개와도 같은 것, 혹은 금을 넘어가려는 욕망을 담은 몸. 이런 점에서 '나' / '우리'는 어쩌면 '춤추는 빨간 구두'의 운명을 지닌 존재들인지도 모를 일이다. 언제나 춤을 추며 온 세상을 돌아다녀야 할 운명, 그리고 그 빨간 구두를 벗겨내기 위해선 발목을 잘라야 할 수도 있는 운명. 발은 그 위험한 운명을 안은 채 언제나 세상 밖으로 향해 있다. 우리 모두에겐 어디라도 갈 수 있을 것같이 가볍던 '맨발의 기억'이 있다. 하지만 꼼지락거리는 발가락의 움직임조차 밥 먹으라는 엄마의 목소리에 움찔하듯 혹은 늑대-소녀와의 마을 바깥 해수욕장에서의 물놀이 끝에 발이 베이듯, 일탈을 꿈꾸는 '발'은 항시 상처를 입는다. 어린 주인공이 드디어 마을을 벗어나는 시도를 했을 때에도 그것은 "두려움에게 잡힌 팔"과 호기심에 잡힌 '발'의 싸움이 된다. 마을을 벗어나면서 종아리는 당기고 발은 운동화 속에서 부풀어오르며 유난히 작은 그녀의 발은 미덥지 않다.

더군다나 달리기를 할 때면 항시 꼴등을 하게 하던 발이었으니, 그녀의 탈주가 미완의 그것으로 끝나고 만 것은 어쩌면 당연한 일이었을 것이다.

결국 그녀는 상처나고 부르튼 발로 늑대들의 세계로부터 안전한 집으로 되돌아온다. 이는 경계 밖으로 나갔던 늑대가 다시 순한 양이 되어 돌아오는 것이라 할 수 있을지 모른다. 그런데 이상한 건, 늑대들로부터 그녀를 구해낸 것이 마을 사람들로부터 늑대의 사촌쯤으로 여겨지는 병태아저씨였다는 것, 그리고 병태아저씨와 함께 들어선 마을 어귀에서 어슬렁거리던 동물들이 개인지 늑대인지 구분할 수 없었다는 것, 늑대들이 득시글거리는 곳에서 안전한 곳으로 돌아오는데 오히려 가슴이 두근거리고 "허연 이빨을 드러낸 무언가가 집에서 나를 기다릴 것만 같았다"는 것, 자기 몸에서 늑대 소리가 울려나오는 듯했다는 것, 그래서 어둠이 자신을 늑대로 바꿔치기한 것만 같고 "내가 나 아닌 아기늑대인 것" 같았다는 것이니, 주인공의 이 귀가를 과연 늑대들의 세계에서 안전한 집으로의 그것이라 할 수 있을까? 게다가 돌아보면 실상 이상한 것이 한두 가지가 아니다. 마을 바깥의 무서운 늑대들을 경계하라고 하고 있지만 정작 늑대는 마을 안에 득시글거리고 있는 듯하기 때문이다. 가령 "여자의 품안에서 허물을 벗고 싶은 마을 청년들"이나 "철컥철컥 쇠가위 소리를 내는 엿장수" "고깔모자에 쩍 벌어진 입으로 웃는 삐에로를 앞세우고 풍악을 울리는 써커스단"도 의심스럽기는 마찬가지고, "늑대의 앞발"처럼 "손등에 털이 숭얼숭얼한" 손으로 "늑대처럼 허연 이빨을 드러내며 바늘을 놀리는" 의사도 이미 늑대처럼 보이는가 하면, 마을 바깥 해수욕장에 가자는 말에 '내' 귀는 "낯선 기척을 느낀 늑대 귀처럼" 쫑긋 선다. 이들은 금 안으로 귀환한 늑대, 혹은 언제든 금 밖으로 뛰쳐나갈 수 있는 잠재된 늑대들이다.

늑대는 우리 안에 있는 금기된 욕망의 기운이다. 자라면서 아이는 자기 안에 자리한 늑대를 발견하고, 일체의 구속과 경계를 벗어나 그 욕망의 소리가 이끄는 대로 나아간다. 하지만 어른이 된다는 것은 동시에 우리 안에서 발견한 그 늑대를 다시 우리 안에 가두어야 한다는 것을, 경계를 넘어 떠났더라도 다시 순한 양으로 귀환해야 한다는 것을 깨닫는 것을 의미하기도 한다. 「늑대가 나타났다」는 이 쓸쓸한 성장에 관한 이야기이다. 우리 안의 늑대를 발견한 후 우리는 그것을 다시 울타리 안에 가둔다. "그 시절, 내가 살던 마을 근처엔 늑대들이 득시글거렸다"라는 서두의 문장이 과거시제로 되어 있음에 주목해보자. 제목에서 강조하는 것과는 달리 이제 우리 삶에서 '늑대는 사라졌다.' 우리의 삶은 이 늑대에 대한 그리움으로 늑대를 찾아 울타리를 넘어서려는 발의 욕망과 그것을 붙잡는 두려운 팔 사이에서 진행되는 것이라 할 수 있을지도 모를 일이다. 금 안의 안전과 평화에 안심하면서, 하지만 때로는 '우어헝,' 우리 안에서 올라오는 늑대의 외침 소리를 환청처럼 들으면서 말이다. 이 쓸쓸한 삶의 과정이 어른 남자들을 제외한 여자−아이에게 유독 강조되고 있다는 점은 여성과 관련한 또 다른 문제를 숙고하게 하지만, 여기에선 일단 늑대의 발견으로서의 성장이 우리의 삶/세상에 그어진 부당한 금/경계에 대한 인식을 수반하고 있다는 점을 상기하도록 하자. 살아가면서 만나게 되는 수많은 금/경계 앞에서 우리 안의 늑대는 매번 꿈틀, 일어서려 할 테고, 그때마다 우리는 새삼 "늑대가 나타났다" 외치게 될지 모를 일이다.

2. 금 안의 우리, 금 밖의 그대

그렇다면 우리의 삶에 금은 어떻게 존재하는가? 사실 이 소설집에 실린 많은 작품들은 우리 삶에 그어진 이런 무수한 금들에 대한 이야기로 읽힌다. 나와 너 사이, 우리와 그들 사이, 남자와 여자 사이, 우리 식구와 남의 식구 사이, 그리고 우리 민족과 다른 민족 사이에 존재하는 넘어설 수 없는 금들. 이혜경의 소설은 이런 금들이 어떻게 '우리'와 '타자'를 구분짓고 또 어떻게 타자에 대한 오만과 폭력을 만들어내는지를, 그리고 결국에는 그것이 어떻게 우리의 삶을 붕괴시키는지를 보여준다. 「망태할아버지 저기 오시네」를 보자. 다가구주택이 다닥다닥 붙은 좁은 골목 안에 있던 집에서 강촌의 새집으로 이사를 온 여자가 있다. 신혼여행에서 돌아오자마자 마주해야 했던 구겨진 침대시트와 시아버지의 이혼 선언, 시어머니와 시이모들의 등쌀, 시도 때도 없이 출몰하던 바퀴벌레들, 이젠 더 이상 이런 것들에 시달리지 않게 될 것이라고, 거실에 가득한 햇살, 안방 너른 창으로 들어오는 탁 트인 풍경, 논과 강과 시원한 바람, 식구들과 함께하는 저녁 산책, 이제 이런 것들이 자신의 새로운 삶의 목록으로 자리하게 될 것이라고 꿈꾸면서 그녀는 새 삶을 시작한다. 하지만 그 아름다운 풍경 뒤편에는 안락한 집 어딘가에 숨어 있다 갑자기 나타나는 바퀴벌레처럼 여전히 함정이 도사리고 있으니, 주차를 잘못했다고 주민들에게 호통치고 험담하는 경비원, 유통기한 지난 요구르트나 우유를 버젓이 진열해놓고 시든 과일에 천연덕스럽게 높은 값을 매기는 슈퍼마켓 남자, 갑자기 우르르 몰려와 폭탄 맞은 집처럼 만들어놓고 가는 시어머

니와 시이모 등 사람살이의 상처, 문제들은 그곳에서도 여전하다. 그
런데 이때 주목할 점은 이런 삶의 상처들 속에서 특히 강조되는 것이
'우리' 의식이 만들어놓은 타자에 대한 폭력이라는 사실이다. 소문이
안 좋은 여자와 가깝게 지냈다는 이유로 평소 가깝게 지내던 희정엄
마를 다그치고 멀리하는 동네 여자들의 모습은 우리가 '우리'라는 이
름으로 '우리'의 바깥에 얼마나 쉽게 냉정해지고 폭력적이 되는가를
보여준다. 이들의 모습은 바지에 오줌을 싸고 주눅들어 있던 찬우에
게 자기도 오줌을 싼 적이 있다고 혹은 똥을 싼 적도 있다고 이야기하
는 아이들의 모습과 대비되면서 더욱 그 구차함과 어리석음이 부각된
다. 사람살이에서 문제는 많은 경우 편가르기에서 비롯된다. '우리'에
겐 한없이 너그럽지만 '우리' 바깥에 대해서는 가차없이 냉정하고 잔
인한 것, 금 안의 대상을 향해서는 따뜻하고 온화하지만 금 밖을 향해
서는 날선 이빨과 손톱을 내미는 것, 그것이 '우리'라는 이름 아래 숨
어 있는 편리한 윤리다. 이 위험하고 삐딱한 윤리에 의해 "내가 남자
라도 우리 엄마 같은 사람하고 평생 사는 건 피곤할 거야"라던 남편
은 어느새 "세상에 더없이 불쌍한 우리 어머니"를 강조하는 남편이
되고, "강가 씨종자라면" 모두 다 보기 싫다던 시어머니는 며느리는
강가가 아니라 괜찮다는 듯 당신 자매들이 오는 날이면 며느리를 불
러내 가족들 바라지를 시키고, 동네 여자들에겐 딸이 귀 뚫어달라고
보채는 것도 아이가 소문 안 좋은 여자와 가깝게 지내는 집에 드나들
다 나쁜 물이 든 때문이 된다. 요컨대 '우리' 편은 언제나 옳다. 그러
므로 금을 넘어가면 비난과 징벌을 감수해야 한다. 말 안 듣는 아이들
을 잡아간다던 망태할아버지는 그렇게, 어른이 된 우리에게도 여전히
두려운 존재로 남아 있다.

「문밖에서」에서는 금 밖의 타자에 대한 집단의 폭력이 더 구체적으로 그려진다. 연락이 안되는 L의 생일을 기념하며 모인 사람들이 있다. 이들은 한줄에 꿰인 구슬처럼 결속되어 있는, 하지만 구슬 하나가 떨어져나갔다고 해서 목걸이를 버릴 수는 없는 배타적 '여성 동지들'이다. 서로의 사생활에 대한 지극한 관심, 우리는 하나라는 믿음, 이런 것들이 이들을 '동지' 의식으로 묶어두지만, 그 관심과 믿음은 때로 타인에 대한 무례와 일방적 강요를 수반하기도 한다. 그 '동지' 의식 안에 개개인의 사생활, 개인적인 취향, 남들과 다른 생각은 자리하기 어렵다. '우리' 의식은 이처럼 개인을 인정하지 않는 집단의식, 차이를 인정하지 않는 독선 그 자체로 억압과 폭력이 된다. 골목을 지키고 있다가 오가는 사람에게 행패를 부리던 쌍둥이 형제 이야기는 이 집단의 횡포와 폭력을 환기시키는 일화다. 자기들은 장난이었지만 거길 지나는 다른 아이들에겐 공포였던 쌍둥이 형제들의 존재, 더군다나 혼자 있을 때는 송충이 앞에서도 벌벌 떠는 겁쟁이인 그들이 둘이 함께 있으면 그렇게 무섭게 변했다는 사실은 집단의 이름으로 이루어지는 비겁한 폭력을 환기시킨다. 게다가 L의 고백처럼 쌍둥이가 지키던 골목이 무서웠던 우리는 언젠가부터 우리 자신이 그 골목을 지키는 쌍둥이가 되어 있는지도 모른다. "다른 빛깔, 다른 말, 다른 문화"는 그 '쌍둥이 세계'에서 억눌리거나 지워진다. 소설 속에서 고딕체로 처리되어 있는 대목들은 그렇게 억눌리고 지워지고 묻힌 L/타자의 목소리이다. 쌍둥이들의 동질성으로 묶여진 '우리'의 세계에서 '그대'/'당신'은 언제나 그렇게 '문밖에' 있다.

「피아간」은 금 안과 밖을 구분짓는 또다른 기준으로서의 핏줄에 대한 이야기이다. 유난히 핏줄에 집착했던 아버지의 죽음과 주인공의 가짜 출산이 겹쳐지면서 핏줄에 대한 집착이 어떻게 사람들 사이에 금을 만들어놓는지가 드러나는 이 작품에서, 핏줄에 대한 집착은 결국 삶도 죽음도 허위와 위선의 그것으로 만든다. 입양을 인정하지 않는 식구들 눈을 피하기 위해 가짜로 부풀어오른 배는 "생명을 담고 오는 배〔船〕가 아니라 거짓말로 쌓아올린 봉분"이 되었고, 임신 기간은 "무덤속 같은 나날들"이 되었다. 제가 낳은 새끼를 쉽게 찾아내는 어미박쥐에 관한 다큐멘터리에서 확인하게 되는 것 역시 "내 새끼와 남의 새끼" "내 핏줄과 남의 핏줄"을 구분하는 것이 목숨이라는 사실이니, 이것은 소설 속에서 모성의 위대함이 아니라 살아 있는 모든 목숨들에게 적용되는 잔인한 본능으로 이해된다. 내 가족, 내 핏줄만으로는 만족하지 못하리라는 꿈에 남편이 동참해주길 기대하며 결혼을 결정했던 주인공도 정작 입양을 하면서는 아이의 태생적 근원에 대한 속물적 우려와 기대를 버리지 못한다. 그녀 또한 어쩔 수 없이 "내 새끼와 남의 새끼"를 구분짓는 목숨이었던 것이니, 우리 삶에 그어진 이 핏줄의 금은 근본적으로 핏줄을 잇지 못하는/잇지 못한다고 여겨지는 여자들에 대한 배타적 금 긋기의 문제를 포함하여 무수한 삶의 균열을 만들어낸다. 무엇보다 놀라운 것은 "흙이 무너지지 말라고 봉분 중간을 빙 둘러가며 끼워넣은 솔가지가, 나와 남 사이에 그토록 선명한 금을 긋고" 있었던 것처럼 이런 금 긋기가 우리의 삶에서 뿐 아니라 죽음 이후에도 계속된다는 사실이다. 새집을 지어야 한다며 사위들을 찾는 누군가의 목소리로 끝나는 소설의 마지막이 섬뜩한 것은 이 때문이다.

불법체류 노동자들의 고단한 삶을 그리고 있는 「물 한모금」에선 또 다른 종류의 금이 문제다. 이곳에 머무를 수 있게만 해준다면 금지된 일은 하나도 안할 사람이라는 겸손한 표정을 짓고, 자신은 무력하고 무해한 인간이라는 걸 강조하고, 근무지에서 벗어나지 않았으므로 합법적이라는 무언의 항변을 하고, 또 버스를 타면 항시 맨 뒤쪽으로 가박혀 있어도, 그들은 여전히 금 밖의 사람들이다. 샤프의 말처럼 이 나라에 올 수 있었던 건 그들에게 유일한 행운이었지만 동시에 마지막 행운이 된다. 그들은 이 나라에서 손을 잘리고 다리를 다치고 병을 얻고 혹은 추방을 당한다. 그들은 바다를 건너 이 나라로 왔지만 우리와 그들 사이에 있는 금을 건너지는 못한다. 그들이 사람이 다니는 곳과 차가 다니는 곳 사이에 놓는 것을 만드는 일을 한다는 것은 이 점에서 시사적이다. 차도와 보도 사이를 가르는 경계, 금 안과 금 밖의 경계, 거기가 그들이 서 있는 자리이기 때문이다. 이 작품은 최근 들어 큰 사회적 문제가 되고 있는 불법체류 노동자들의 삶을 다루고 있다는 점에서 시사적이지만, 작가가 보다 근본적으로 관심을 갖는 것은 불법체류 노동자들의 고달픈 삶 자체라기보다 그런 부당함과 사회적 폭력을 낳는 배타의식, 혹은 경계의식 자체다. 한국에 온 아밀과 샤프의 이야기는 물론 '지상의 낙원'이라는 섬으로 갔다가 거기에서 도둑질을 하다 주린 배를 끌어안고 맞아죽은 라흐맛의 이야기는 '나'와 '남' 사이에 혹은 '우리'와 '그들' 사이에 놓인 수많은 금들이 낳은 슬픈 사례다. 다른 신을 믿는다는 이유로 그의 선조들에게 쫓겨온 사람들이 가꾼 섬인 '지상의 낙원'에서 폭력의 희생자들은 어느새 가해자가 되어 있다. 게다가 관습적으로 묵인되는 거리재판에서는 죽은 사람은 있지만 죽인 사람은 없으니, 집단의 이름으로 이루어지는 폭력에서 개인의 책임과 죄는 숨겨지고 지워진다. 문제는 다시 '우리'와 '우리 아닌 것' 사이의 경계, 그 배타적 '우리' 의식이다. 그러니 샤프가 발음하기 어려워했던 말 '경계'는 '딱딱한 단어'임이 분명하다.

3. 아일랜드, 슬픈 영혼의 고향

작중인물의 말처럼, 우리의 삶에 그어진 무수한 금들 앞에서 그리고 배타적 '우리'의 결속에 동조함으로써 금 안의 안전과 평화를 얻기를 강요하는 현실 앞에서 우리가 선택할 수 있는 길은 달아나든가, 방관하든가, 부딪치는 것, 세 가지 길밖에 없다고 할 때, 이혜경의 인물들이 선택하는 것은 첫번째 길이다. 그들은 "아닌데 아닌데 하면서도 휩쓸리지 않을 수 없는"(「문밖에서」) 일들에 떠밀리다 결국에는 사람들로부터 떠나는 사람들이며, "우리에게는 얼마든지 너그럽지만 그 테두리를 넘어선 대상에겐 언제든 날카로운 송곳니를 드러내고 살점이 떨어질 때까지 물어뜯을 수 있는 충직함"(「그림자」)을 가진 개가 되지 않기 위해 타인과 거리를 두고 스스로 섬이 된 사람들이다. 이 점에서 그들은 근본적으로 아일랜드인이다. 다수인 신교도에게 오랫동안 차별을 당해오면서 다른 사람들과는 고향이나 출신학교, 심지어 좋아하는 빛깔조차 묻지 않고 오직 날씨만을 화제로 삼는 사람들, 혹은 본토에 속하지 못한 채 외롭게 떠도는 섬과도 같은 사람들. 아일랜드는 이 슬픈 영혼들의 고향인 것이다.

「그림자」는 이같은 아일랜드인을 현대를 사는 우리의 쓸쓸한 실존으로 파악하고 있는 작품이다. 소설 속 주인공은 환자와 의사를 연결해주는 네트워크 담당자다. 그녀는 그들의 개인적인 고민들을 들어주기도 하고 후원자들 생일이면 카드를 써서 보내기도 하지만, 정작 그들이 정말로 개인적이고 친근한 관계로 다가오는 걸 느끼면 "상기하자, 아일랜드"를 다짐하며 뒤로 물러선다. 동료 김진숙이 밤중에 전화해서 마음을 열라고 얘기하면 속으로 "넘어오지 말라고" "송곳니를 드러내며 으르렁거렸"고, 교통사고 이후 팔년 동안 누워서만 지낸다는 여자를 보면서는 "일단정지. 끼어들지 말 것"이라는 "철도 건널목의 경고음"을 상기하며, 경주로 오라는 대니얼의 전화를 받으면서는 다시 그 경고음을 들으며 마음속으로 "금 넘어오지 마" "이건 반칙이야"라고 응수한다. 이같은 그녀의 태도는 분명 서로가 일정한 거리를 두고 금을 넘지 않으며 관계를 맺는 삭막한 도시인의 단면을 보여준다. 하지만 여기에서도 주목해야 할 것은 이같은 '거리두기' 혹은 '금 넘지 않기'라는 삶의 방식이 상처를 통해 형성된 방어적이고 수동적인 최소한의 관계맺음 방식이라는 점일 것이다. 이제는 드러나지도, 만져지지도 않는 상처이지만 그 밑에 여전히 자리하고 있는 알 수 없는 상처의 근원은 여전히 그녀를 괴롭힌다. 근질거리는 머리밑을 헤집는 그녀의 손길은 그 상처의 근원을 더듬는 두려운 몸짓이다. 이는 결국 작가의 관심이 도시인의 삭막한 삶의 방식 자체에 있는 것이 아니라 그것을 낳는 상처의 근원에 있음을 보여주는 대목이기도 하거니와, 이 점에서 '섬'은 단자화되고 타자화된 현대인들의 쓸쓸한 현존을 드러내는 비유인 동시에 다른 한편 '금 밖의 그대들'이 폭력과 상처를 낳는 허위의 '우리' 의식으로부터 달아나 도달한 작은 공간이라 할 수 있을 것이다.

그러므로 다시 한번 확인하건대, '금 안의 우리'가 되지 못한 이혜경의 인물들은 근원적으로 섬으로 간 사람들, 혹은 스스로 섬이 된 사람들이다. 환자와 의사를 연결시켜주면서 전화로 사람들과 이야기를 나누고 그들의 고통과 상처, 외로움을 나누지만 정작 그들을 직접 만난 적은 없는, 그래서 길에서 그들을 만난다고 해도 모른 채 스쳐지나갈 네트워크 담당자뿐 아니라(「그림자」), 돈 대신 시간을 누릴 거라며 직장을 그만두고 프리랜서로 일을 시작하고 이따금 훌쩍 혼자 여행을 떠나거나 친구들과 소식을 끊고 잠적해버리는 L(「문밖에서」), 수많은 사람들과 만나지만 단지 일회적이고 순간적인 만남일 뿐 지속적인 관계를 갖는 것은 아닌 여행 가이드(「섬」), 대형마트 직원(「크레바스」), 불법체류 노동자(「물 한모금」) 등 이혜경의 인물들은 모두 사람들로부터 일정한 거리를 두고 홀로 떠도는 섬들과도 같다. 뿐만 아니라 실제로 「물 한모금」에서 라흐맛은 '지상의 낙원' 섬으로 가서 맞아죽었고, 「크레바스」에서 주인공의 동생과 마트에서 본 여자는 모두 얼굴에 눈물방울 모양의 스리랑카 섬처럼 생긴 반점을 가지고 있으며, 「섬」에서 주인공은 여행 가이드를 하기 위해 섬나라 일본으로 간다. 이로써 이들이 자신들의 존재의 근원을 섬에 두고 있는 섬나라 사람들, 혹은 아일랜드인이라는 사실은 다시금 확인되는 셈이다.

이때 물 위에 떠 있는 섬은 조금씩 흔들리고, 조금씩 금이 가고, 조금씩 기울며, 그러다 서서히 가라앉는, 우리의 불안한 삶의 지반을 은유한다. 이혜경의 인물들은 우리의 삶에 상존하는 그 균열과 위험에 민감하다. 그들은 "스릴이라고는 눈 씻고 찾아도 보이지 않는" 마트에서도 도처에서 위험과 균열을 예감하고 발견하며(「크레바스」), 일상생활에 지장을 주지 않는 정도의 미진이라 해도 미진이 계속되면 석불에 금이 간다는 것을 안다(「섬」). 어느순간 우리를 수천 미터 아래 땅속으로 혹은 물속으로 떨어지게 만들지 모를 무수한 '크레바스' 위에서 진행되는 것, 그것이 우리의 삶이라는 것을 알고 있기 때문이다.

이처럼 이혜경의 인물들이 저 아래 어딘가에서 무언가가 꿈틀거리며 삶의 균열을 만들고 있는 곳 위에 서 있다고 할 때, 이들이 곧잘 멀미와 어지럼증을 호소하는 것은 자연스럽다. 언니는 여행을 할 때면 심한 멀미 때문에 고생을 하고, 일본에 온 '나'는 지진 때문에 울렁거림을 느끼며(「섬」), 아밀은 새 일자리를 찾아 한국에 오면서 멀미기인지 뭔지로 내내 속이 울렁거리고(「물 한모금」), 마트에서 일하는 남자는 어릴 적 사라진 동생처럼 얼굴에 반점을 가진 여자를 보자 뱃멀미에 시달릴 때처럼 가슴이 울렁거리고 정신이 건들거리는 것을 느낀다(「크레바스」). '멀미'는 진동하고 균열하고 있는 세상 앞에서 느끼는 어지럼증, 혹은 그 알 수 없는 세계와 운명 앞에서 느끼는 울렁거림이다.

그 어지럼증과 울렁거림을 잠재울 수 있는 것이 물이라는 것 역시 섬나라 사람들의 운명을 환기시킨다는 점에서 흥미롭다. 아이러니컬하게도 물에 에워싸인 곳인 섬에서는 물이 귀하다. 「물 한모금」에서 아밀의 고향은 바닷가였지만 물이 귀했다. 어쩌면 소설 속 인물들의 고단한 삶은 '물 없음'에서 비롯된 것인지도 몰랐다. 새 일터에서 본 물을 나르는 콘크리트 관이 고향의 땅속에도 이어지고 그 속으로 물이 콸콸 흘러넘쳤다면 아밀은 자기의 고향에서 농부가 되어 있을지도 모르고 그의 가슴을 설레게 했던 앳된 여자애도 인근 도시의 가정부로 나가지 않았을지도 모를 일이다. 하지만 이들에게 물은 항시 모자랐다. 라흐맛은 자기가 마시고 싶은 물을 마실 거라며 고향을 떠났고 결국 물을 달라는 말을 마지막으로 남기고 죽었으며, 추방을 당하게 된 샤프는 눈앞에서 엎질러진 물그릇에 더 심해진 조갈증으로 그나마 몸에 남은 물기를 쥐어짜고 있을 것이고, 물을 실어나르는 콘크리트 관으로 들어가 몸을 누인 아밀은 콘크리트 냄새가 자기 몸에서 물기를 앗으려 드는 것을 느끼며 더 심해진 갈증을 제 침샘에서 짜낸 침으로 달래고 있을 뿐이다. 이들에게 생명수로서의 물은 여전히 부족하다.

그런가 하면 「섬」에서 '나'는 물 없이는 먼길을 떠날 엄두를 내지 못하는 인물이다. 비닐봉지 없이 차를 탄다는 건 상상도 할 수 없는 언니나 그녀 모두 삶의 멀미, 조갈증에 시달리는 인물이라는 점에서 닮아 있다. 단풍놀이로 갑자기 부모님이 돌아가시고 작은아버지가 부모님 재산을 가로챈 것에서 비롯된 삶의 균열은 이들 자매로 하여금 심한 멀미와 조갈증에 시달리게 만든다. 이들에게 물은 그 어지럼증과 상처와 분노를, "오래된 먼지처럼 끈끈하게 들러붙은 기억"을, "그 아래 살속에 파묻혀 있다가 까끄라기처럼 만져지는 가시들을 뽑아내"주는 생명수와도 같다. 상처의 기억을 버리지 못해 끙끙대는 이들의 몸안으로 흘러들어가 그 세포를 씻어내주는 것, 그리하여 다시금 사랑을 시작하게 하는 것, 그것이 물이다. 주인공이 작은아버지가 누워 있는 병원 대신 마지막 사랑이 있는 대만으로 가기로 하는 것은 생명과 사랑의 물로 상처와 분노의 기억으로 차 있는 몸을 씻어내는 행위와도 같다. 그것이 다시 사랑을 하기 위해 먼저 필요한 일이기 때문이다. 이렇게 보면 현실 밖으로 달아나고 도망가는 듯 보이던 이혜경의 인물들은 이제 이 땅을 박차고 날아오르는 새가 되는 대신 언 땅을 뚫고 나오는 새순이(「틈새」) 되기로 결심한 듯 보인다. 날아오르기 위해선 먼저 언 땅을 뚫고 나와야 할지 모른다. 아직은 수많은 틈새, 금, 경계에 끼인 채 허덕이고 있을지라도, 이들은 섬에서 또다른 섬으로 옮겨가면서(이 점에서 「섬」에서 일본에서 대만으로 이동해가는 주인공의 여정은 시사적이다) 사랑을 모색중이다. 스스로가 외로운 섬들인 그들은 "밤거리에 섬처럼 드문드문 불 밝힌 창들을 보면서"(「섬」) 사랑을 통해 각자 홀로인 그 섬들을 잇는 생각을 한다. 어쩌면 이것이 섬으로 간 사람들 혹은 섬이 된 사람들인 이혜경의 인물들이 어렵게 도달한 사랑의 방식일 것이다. "사람들 사이에 섬이 있다. 그 섬에 가고 싶다."(정현종 「섬」) 이혜경의 소설은 이 시 구절을 쓸쓸하게, 그러나 따뜻하게, 환기시킨다.

끝으로 이혜경 소설의 문장에 대한 이야기를 덧붙이자. 인물과 세상에 대한 섬세하고 따뜻한 시선만큼이나 그것을 표현하는 단어, 구절, 문장 등에 대한 그녀의 노력은 신선하고 놀랍다. '데설궂은' '짯짯한 눈길' '거스러미 인 내 입술' '오달지던 걸음이 타달거렸다' '시드럭부드럭해졌던' '감때사나운' '뼈세진다' '희치희치했다'와 같이 우리의 언어생활에서 잊혀지고 사라져가는 표현들을 찾아내 맞춤으로 구사해내는 능력은 작가의 언어적 섬세함과 예민함에서 비롯되거니와, 그녀는 이 섬세한 언어감각과 시선으로 소설 곳곳에 반짝이는 문장들을 만들어놓는다. 가령 이런 문장들을 보자.

군사분계선을 무단히 넘으려던 이등병으로 간주되어 기총소사 같은 잔소리에 너덜나기 마련이었다. (…)

수챗가에 쪼그리고 앉아 눈물 흘리기 직전의 마음처럼 멍든 빛깔인 달개비꽃을 뜯다가도, 그 노래만 들으면 내 안에서 무언가가 슬금슬금 기지개를 켰다. (…)

그 바람에, 침으로 삭던 밥풀 하나가 톡 튀어나와 보시기의 김치에 올라앉았다. (「늑대가 나타났다」 223~25면)

경비원의 목소리에 섞인 분노가 집안 구석구석까지 분무약처럼 분사되었다. 차주가 눈앞에 있으면 한대 치기라도 할 기세였다. 차주가 달궈진 프라이팬에서 볶이는 참깨의 속도로 튀어나오지 않는한, 경비원의 방송은 한번에 그치지 않았다. (「망태할아버지 저기 오시네」 207면)

무의식에 수채에서 오글거리는 장구벌레처럼 엉겨 있을 무엇을 남에게 보여주다니, 그는 소심한 사람이었다. (「크레바스」 175면)

큰 독에 장아찌 담그듯 차곡차곡 집어넣고 넓적한 돌로 단단히 눌러놓은 기억은, 조금만 틈을 보여도 부글부글 끓어넘쳤다. (…) 발효해버렸으면 싶은 기억은 양념이 다 삭아 어우러진 신 김치 속에서도 제 맛을 주장하는 생강조각처럼 도드라졌다. (「섬」 65면)

어른들의 잔소리, 경비원의 분노어린 목소리, 어둡고 더러운 것들로 가득 차 있을 무의식, 잊고 싶은 기억 등이 구체적이고 신선한 비유를 통해 전혀 새로운 감각과 의미로 다가온다. 비유는 대상을 수식하고 설명하는 보조수단이 아니라, 그것 자체로 새로운 대상, 새로운 세계를 만드는 의미의 주체다. 어떤 점에서 소설을 읽는다는 것은 '잔소리를 들을 것이다' '경비원의 분노 섞인 목소리가 들려왔다' '상처의 기억이 잘 잊혀지지 않는다'와 같이 사건이나 상황을 파악하는 것을 의미하는 것이 아니라 '기총소사'와 '분무약'과 '돌로 눌러놓은 장아찌 항아리'를 새롭게, 다른 감각으로 만나는 것을 의미한다. 그것은 세상을 새롭게 만나고 이해하는 것이기도 하니, 이혜경의 소설은 이 소설 읽기의 기쁨과 의미를 충실하게 보여준다. 외로운 섬으로서의 사람들에 대한 이야기도, 그 섬들을 잇는 일도, 소설에선 언어를 통해서 이루어질 수밖에 없다. 언어가 그 섬들 사이에 난 길이기 때문이다. 그러므로 이혜경의 소설이 이끌어가는 길들이 미더운 것은 어쩌면 그 언어 때문이라고 할 수도 있을 것이다.

黃桃慶 | 문학평론가

作家의 말

소설을 쓰겠다고 마음먹었을 때 내 꿈은 거창하고 야무졌다. 딱 한 권 분량의 장편 세 편쯤, 소설집 세 권가량. 게다가 용기가 생긴다면 산문집 한권 정도. 그다음엔? 신발 벗어서 머리에 얹고 훌훌 떠나리라. 어디로? 구름이 허리께에 걸친 산자락으로 숨어들든 저자로 스며들든 무슨 대수랴. 그럼 사는 건? 들에 핀 풀꽃도 입히시고 하늘을 나는 새들도 먹여살리시는 그분이 돌봐주시겠지.

신발만 보면 물어뜯고 싶어하는 강아지처럼 내가 쓴 글만 보면 뜯어고치려는 본능으로 문장을 고치고 제목을 바꿔가며 세번째 소설집의 교정을 보던 어느날, 하필 그때의 다짐이 떠올라 얼굴 붉히며 무안한 웃음을 지었다. 곧 죽어도 폼에 살고 폼에 죽으려던 그 푸른 시절엔 몰랐다. 내가 꿈꾼 그 세 권의 소설집을 얻기 위해서는 여섯 권, 아홉 권, 어쩌면 그보다 더 많은 분량의 소설을 써보아야 한다는 것을.

254

여기 실린 글을 쓰는 동안, 세월의 변죽만 울리는 맹문이들을 보다 못해 저 위에 계신 분이 마련한 '인생 집중탐구 단기속성반'에 들어야 했다. 스스로에게 부끄러운 마음을 낸 적도 여러 번이었다. 내 속에 내가 그렇게 많았다니! 진창길을 걷듯 버거웠지만, 그 길을 걷지 않았더라면 볼 수 없었을 것들에 겨우 눈을 뜨게 되었다. 고맙다. 그래? 그럼 한번 더 해볼까, 하고 물으신다면 고개를 살래살래 저으며 뒷걸음질치겠지만.

꽁꽁 얼어붙은 겨울 밤하늘 같던 나날에 술로, 이야기로, 묵묵한 동행으로, 노래와 시낭송으로 별빛 돋워준 벗들, 그 환한 순간들을 기억한다. 평생 할일이니 아껴가며, 그렇지만 겁내지 말고 쓰라고 일러주신 선생님들, 그 말씀을 지팡이 삼았다고 감히 말씀드릴 순 없지만 언젠가 그렇게 말할 수 있도록 나아가려 한다. 내게 이야기를 들려주고 이야기 너머로 표표히 스러진 당신들, 당신들의 성실한 눈빛을 담아내는 내 손길이 서툴더라도 너그러이 보아주시길. 굼뜬 손길을 견디며 한권의 책으로 만들어주신 분들, 글을 보태어 책을 빛내주신 분들의 정성을 새기는 봄날, 비에 씻긴 하늘이 맑다.

2006. 5.
이혜경

| 수록작품 발표 지면 |

「물 한모금」…『문학과사회』 2003년 봄호

「그림자」…『문학동네』 2004년 여름호

「섬」… 미발표작

「문밖에서」…『작가세계』 2003년 여름호

「틈새」…『문예중앙』 2004년 봄호

「피아간(彼我間)」…『창작과비평』 2005년 봄호

「크레바스」…『문학·판』 2005년 가을호

「망태할아버지 저기 오시네」…『현대문학』 2006년 1월호

「늑대가 나타났다」…『문·학·관』 2005년 여름호